U0910976

致 珹& 茗 我的爱

犯罪画师

The Sketch Artist

葛圣洁／著

江苏凤凰文艺出版社
JIANGSU PHOENIX LITERATURE AND ART PUBLISHING, LTD

图书在版编目（CIP）数据

犯罪画师/葛圣洁著．—南京： 江苏凤凰文艺出版社，2018.7

ISBN 978-7-5594-2077-0

Ⅰ.①犯… Ⅱ.①葛… Ⅲ. ①推理小说－中国－当代 Ⅳ.①I247.5

中国版本图书馆CIP数据核字（2018）第099364号

书　　名	**犯罪画师**
作　　者	葛圣洁
图书监制	黄小初　侯　开
出 品 人	崔　佳
责任编辑	姚　丽
特约策划	赵　彬
责任监制	刘　巍　江伟明
出版发行	江苏凤凰文艺出版社
出版社地址	南京市中央路165号，邮编：210009
出版社网址	http://www.jswenyi.com
印　　刷	三河市鹏远艺兴印务有限公司
开　　本	880毫米×1230毫米　1/32
字　　数	246千字
印　　张	11.5
版　　次	2018年7月第1版，2018年7月第1次印刷
标准书号	ISBN 978-7-5594-2077-0
定　　价	39.80元

目录

第一章 幸存的美女

事后调查发现，对方居所的财物丝毫未少，也并未有性侵痕迹。虽从手法上看，像是新手作案，但是现场丝毫没有纰漏，指纹、足迹、汗液、目击者、视频录像，一样线索都没留下。正因为如此，这起白天发生的凶杀案顿时在居民区里被传得沸沸扬扬，一时人心惶惶。

A市的气候几乎没有春秋两季，总让人觉得日子过得和这城市的日常节奏一样，不至于马虎，但终究有点仓促。

刚立春，满大街的树刚刚吐出嫩嫩的新芽，浅绿色的树叶还没来得及和往年的深绿平分秋色，路上的行人便已经有点按捺不住身上冒出的阵阵热气。外套纷纷搭到了手臂上，长袖的袖口也都捋到了臂肘上。弄堂里的老太太们步履蹒跚，都脱掉了之前似乎长在了身上的毛线背心。

这种天气对于民警来说更是难耐。长袖制服刚刚穿了不到两周，气温转瞬就高歌猛进直冲三十摄氏度，偏偏这一季制服的面料又不是全棉的，不透气还不贴身，让人浑身不适。

顾世看了微信工作群里的消息才意识到这一点。她正埋头在电脑上敲报告，手机振动了一下，内勤通知全局从明天起换夏季短袖执勤服。她随手把这条消息粘贴到日历的备忘录里，放下手机，又开始全速打字。纤长嫩白的手指让人眼花缭乱地飞舞着，让人怀疑她不是在写报告，而是在录入一份文件。

几个刚出外勤回来的同事一进门就说说笑笑。他们显然是没来得及吃午饭，手里都捧着一次性饭盒，身后还有个胡子拉碴的腆着啤酒肚的家伙拿着一个超大的托盘，上面摆着几样家常小菜，一时办公室里菜香四溢。几个同事一边看着墙上的美女照片，一边讨论着，看到里间的顾世，一下子就止住了话头，气氛有点异样。

年纪稍大的那个男人放下托盘解围道："爱美之心人皆有之嘛，我作为一个纯Man，理解，理解。我们有机会经常看到美女科长，可别人没机会啊，还不赶紧对着警花的照片多看两眼。"顾世并无反感，嘴角轻轻一动，众人瞅了才放下心，哈哈大笑起来，空气里的尴尬一扫而光。

这张美女照片是顾世的，被贴在过道里墙壁上宣传栏中的"本月之星"的位置，这张照片在上面挂了有大半年了。顾世的五官清秀，有些说不清道不明的异域风情。一双丹凤眼似乎能够看穿所有人的内心，冷酷却又透出几分冷艳，明明拒人于千里之外，但深邃的眼神又让人有种含情脉脉的错觉。

她的照片之所以挂了大半年，是因为业务科室任务繁重，又没有专职宣传员来打理，往往一布置好就一劳永逸，再也不会变更了。即使这样，男警察们似乎也并没有感到审美疲劳，每次经过这面墙时，都会忍不住和照片上的顾世对视一眼，这已然成为一种习惯。

一个年轻的民警拿着相机在到处拍。旁人赶紧顺着恢复话题："这小子也不知道哪个科室的，有点面生。我之前好像有在其他楼层见过，看他手里还拿着相机，东拍西拍的，像是在做什么研究一样。"

"觉得面生又拿相机的就一定是机关科室的，他们趁我们出去干活、吃灰吃土、有上顿没下顿的时候，来我们基层接地气，走群众路线了。"

顾世并没有接话茬，键盘按键还是此起彼伏。大家赶紧悄无声息地转移到隔壁的小会议室，关起门用餐。

那个微胖的男人是警局门口开饭馆的小老板樊勇，平时大家加班加点经常在他这里点菜。他的饭馆价格公道，几个拿手菜甚至不逊色于私房菜馆。大家已经习惯了他家菜的味道，再加上他乐观幽默，常有军转干的老民警夸他："我们部队里常说，一个好炊事班顶得上三个指导员，你活脱脱就是我们的樊指导员啊。"

每次樊勇来，为了让大家吃得健康、有食欲，总是舍弃一次性饭盒，出动连盆一起端来的阵仗，有一次还惊动了副局长。顾世为此事没少挨批评，但却没有迁怒于他们，只是温和地提醒。自此他们会从侧门小路匆匆进入大楼，从消防通道直接进入二楼的房间，沿街的房间窗帘还要放下。

“不知道的人还以为我们公款吃喝呢，谁晓得我们都是自掏腰包，也就老樊发发慈悲给做点好的。”科里的同志抱怨归抱怨，他们知道了顾世挨批的事情，心里内疚得很，还是服从这个分管人事的年轻副科长的命令，尽量不给她再惹麻烦。

大家表面上说“怜香惜玉”，其实心里都明白，这么乖巧行事不是因为她的青春和颜值，而是因为她的专业和敬业。顾世并非巧舌如簧的人，短短三年里两次受到嘉奖，一次三等功，其他优秀党员、优秀团干部的荣誉更是锦上添花，同时也是局里最年轻的副科长和射击教练员。众人对她的痕迹分析能力和出类拔萃的射击水准心服口服，对每每连轴加班还神采奕奕的她，也只有感叹“年轻真好”。

樊勇放下餐盘，就静静坐到一边去看电视了。侦查员们吃饭速度快，说快都是客气的，简直是倒下去的。只有慢条斯理的顾世加入时，他们才会刻意收敛，但没过五分钟就秋风扫落叶般完成任务了。当过兵的樊勇已经见怪不怪，所以并不回店里，就等着给他们收拾。

众人才吃到一半，顾世敲门进来，挥了挥手机，一摆头：“谁和我走？赶紧的，疑似同案犯，人在重症病房躺着。”

顾世拿好器材包，匆匆穿过走廊的时候，那个凝视照片的民警还在，果然脖子上挂着相机包。擦肩而过时，他身上的香水味随风飘来，脚上的一双纪梵希皮鞋很是显眼。最出乎意料的是，顾世注意到，他耳朵上堂而皇之地戴着一枚不知是钻石还是锆石的耳钉。

"现在招进来的人，素质一批不如一批，胆子真够大的。"顾世在心里唾弃道。尽管被相机挡住了大半部分，但还是能看得出对方的俊朗。过目不忘的顾世怀着鄙夷记住了这个耳钉男的侧脸。

这已经是本市最近一个月来发生的第三起类似的凶杀案了。第一次，顾世正在参加警衔晋升培训，电话响的时候，她正在参加实弹射击训练，队里马上召回了其他外勤民警出现场。

顾世过后才回了电话，只看到了前方传来的现场照片：受害人倒在血泊中，脑浆四溅，颈动脉被切断，血液呈喷射状，洒满了受害人家门口过道的墙壁以及天花板。从她扭曲的形态、跌倒的周边痕迹来看，受害人是在午休时进入家门的一刹那，毫无防备地被尾随的凶手连劈后脑勺和颈椎要害部位数下，当场毙命。

顾世在电话里追问了受害人的情况，死者是一名二十岁左右的年轻女子，貌不惊人，身材也普普通通，职业家境都很平常，居住小区所在的辖区平时治安状况良好。大约在案发一个小时后，快递员发现了她的尸体，并报了警。

事后调查发现，对方居所的财物丝毫未少，也并未有性侵痕迹。虽从手法上看，像是新手作案，但是现场丝毫没有纰漏，指纹、足迹、汗液、目击者、视频录像，一样线索都没留下。正因为如此，这起白天发生的凶杀案顿时在居民区里被传得沸沸扬扬，一时人心惶惶。

大家纷纷揣测，这起案子类似于二十多年前发生过的"敲头案"，凶手专门挑选年轻单身女子下手。有的业主振振有词地推理说："这个凶手不图财不图色，这才可怕，纯粹的反社会仇视女性，只要是女的，都有可能中枪。”一时间，老公接送老婆，爸爸接送女儿，居民们还自发组织了巡逻队，穿起了以前的志愿者马甲，边散步聊天，边紧盯每一个陌生面孔，连白天也不敢放松。

第二次案发，时隔十多天。电话响起的时候，早有准备的顾世第一时间从郊区的警校开车直奔现场。案发，对于受害者来说，是百分之百的飞来横祸，但在顾世看来，百分之百的挑战里往往藏着百分之九十九的破案机遇。

这两起案子如果是同一个案犯，他就给自己出了难题：他如何隐藏自己的连续作案动机呢？现场痕迹可以掩盖，但是心理痕迹相对稳定且隐蔽，作案人自己都未必能意识到，更不用说掩饰了。何况根据前两个受害者的尸检报告，已经基本能够判定，凶手的年纪不大，体力也相对较差。他怎样才能伪装自己的作案手法，同时又丝毫不出错呢？

一切似乎即将水落石出，但顾世总觉得哪里不对劲。顾世翻看未结案的案卷，第二次的受害人十五岁，男孩，补课后回家进门的那一瞬间被重物击倒。凶手冒着风险等待了一分钟，发现他尚有一口气时，用一把水果刀猛割了他的颈部。

凶手置对方于死地的决心是相同的，作案手法以及被害人普通的背景也是相同的，但是新的死者无论是性别还是年龄，都出乎顾世的预料，也把威胁的覆盖面又扩大了一倍。

究竟是什么人，为了什么目的，想要将这个城市的普通居民区闹得人心惶惶？

顾世在重症病房外一边找相关人员谈话，一边记着笔记，脑子还在高速运转着：这已经是第三个案子了，还是没有任何有用的线索，却一次又一次地打破案件共同点。

莫非，这次他们真的遇上了无作案动机、反侦查意识又极强的高智商犯罪者？

透过重症病房的玻璃幕墙，顾世能看到病床上的当事人。这个女孩不同于以往两个貌不惊人的受害者。她的外貌尤为出挑，顾世甚至隔了那么远都能感受到她吹弹可破的肌肤。她轻盈卷翘的睫毛与她那精致清爽的五官相得益彰，即使躺在病床上，穿着病号服，素面朝天，微闭着双眼，她周身透出的古典美都让她自带女神光环，连顾世这个美女都不禁惺惺相惜，忍不住多看她两眼。幸运的是，医生已经过来通报，女孩已经脱离生命危险。顾世耐心地等待她苏醒，准备第一时间和她聊一聊，相信一定会有收获。毕竟，她是目前为止，唯一幸存的受害者。

周五早上，政治处宣传部的民警张弛一手捧着豆浆，一手提着几根油条，头戴铁三角耳机，正晃悠着朝自己的办公桌走去，突然被一个壮实的身影挡住了去路。来人不是别人，正是他的师兄，刑警队技术组民警陈庭。他赶紧摘下耳机，搁下早饭，身上还背着书包就问："大清早的，我还以为我犯了什么错误，师兄何事登我三宝殿啊？"

一般的民警不会没事来机关串门，更何况平时为人处世极其低调的陈庭，张弛问他要两张一线工作照，到现在都没着落。

果然，陈庭一板一眼地告知："工作时间，能不能有点正形？你这个点快迟到了吧？我等你半天了，我们领导有请。"

张弛大口吃起油条，猛喝了一口豆浆，皱着眉头思索自己和这件事之间的关联。陈庭不耐烦了："业务上的事情要请教你，去了不就知道了嘛。我们老大已经和你们领导打过招呼了。"

这下，张弛更加大惑不解了："师兄，你也知道，我从警校读完社区管理专业到现在做内宣外宣，除了实习的那个派出所，不管是实战经验还是业务知识都还不及你们里面的新警。今天也不是愚人节吧？"

"几天不见，扭扭捏捏的，我们领导叫你去总是有原因的，不过我也不知道你的特别之处在哪里。快走吧，我们领导已经催我了。"陈庭挥了挥手机示意。

一直到刑警队警长顾志昌面前坐定，张弛才明白自己的任务居然是——画画。原来他们经手的一起疑似连环杀人案正处于胶着状态，顾志昌无意中得知他在读书时多次获绘画大奖，于是向领导提出让他试着画一下犯罪画像。

这其实有点"死马当活马医"。一来，目前并无其他线索可以开展侦查；二来，张弛也是自己人，可以有效保密，防止信息泄露；三来，国外已经有这样的先例，美国得州的一名嫌犯肖像素描专家甚至通过犯罪画像申请了吉尼斯纪录，警方根据她画的嫌犯肖像素描在三十年里逮捕了将近一千名罪犯。

尽管顾志昌一再纠正他，这叫作"犯罪模拟画像"，但张弛还是坚称这就是"画画猜人"。

"顾师傅，我知道你说的这个人，她叫吉布森，美国警方用她的素描画甚至比用嫌犯指纹破案的成功率还要高。问题是，吉布森是科班出身，就读的是法医艺术专业，她可以说是最好的犯罪画师，而我只是业余画师中比较专业的，根本没有可比性。”

顾志昌是刑警队中的“老人”了，不但破案经验丰富，还出了名的与人为善，恐怕除了犯罪嫌疑人对他闻风丧胆，连院子里平时常低着头不敢正眼看人的保洁阿姨，在走廊里遇到他都乐得主动拉家常。

顾志昌只是笑眯眯地看着他，张弛脑海里却浮现出顾世冷冰冰的丹凤眼。流着同样血脉的父女俩，怎么一个热情似火，一个冷若冰霜？

顾志昌继续说道：“吉布森是世界上最好的犯罪画师，的确没错。但她也只能破获百分之三十的悬案，这还是参与案件的总体统计结果。可想而知，刚刚开始时也并不是一帆风顺的。我今天只想单独问问你，你也知道这一领域在国内公安办案中还是空白，现在你有机会成为中国未来的吉布森，你就一点儿都不想试一试吗？”

“吉布森已经达到了别人很难超越的境界。我印象深刻的是，当时我的图画老师就是用她的画，在细节上的写实程度举例，她的画细致入微到让人震惊的地步，皮肤病专家甚至能根据她画的嫌犯的伤疤，确定该伤疤到底是穿刺伤、烧伤、手术伤口还是车祸导致的伤疤……”

“看来你很早就关注她了。”

陈庭一直在外间等候，来回走动，搓着双手。

他没有告诉张弛，顾志昌请他来还是因为自己和同事聊天时，回忆警校各类奇闻趣事，一时嘴快说到了学弟的特长：画得比照片还逼真、 他看人脸基本上过目不忘，隔个几天还能画得分毫不差。

现在，他忐忑不安，既担心张弛坚决回绝领导的任务，又怕他领了任务后，根本没有能力完成。无论哪种情况，他都脱不了干系。平时一直谨慎小心行事的自己，没想到随便聊天开玩笑也会不经意给自己挖个坑。眼下，他只有祈祷顾师傅不会把受害者目前的身体情况如实告知张弛。

只听到一阵此起彼伏的爽朗笑声，两人勾肩搭背地走了出来。面对目瞪口呆的陈庭，顾世昌只是简洁交代了一下，大概意思就是接下来的具体工作由张弛陪同并且及时汇报。

待顾志昌关上门，陈庭赶紧打预防针："这次的工作难度比较大，你回去好好准备下。"

张弛还沉浸在和顾志昌的忘年交的愉快气氛中，不以为然："不就是画笔、画板嘛，多大的事。兄弟放心，我功夫没废，不会给你丢脸的。"

陈庭欲言又止："受害人的情况比较特殊，我怕你招架不住。"

第二章 自杀的凶手

突然，打头阵的刑警猛地撞门，侦查员们鱼贯而入，震慑性的警告语一时此起彼伏，人声鼎沸。周围一下子变成黑乎乎一片，顾世看不清眼前的一切。

张弛一下子来了兴趣：“怎么个特殊法？冰山美人，不肯开口？”

陈庭如释重负：“顾师傅都和你说了啊，这样你也答应，兄弟够义气啊。”

张弛摆摆手，让他不要放在心上：“冰山美人，我自有办法对付，更何况我是去帮她的，又不是去害她。看到我这张酷酷的帅脸，心理创伤说不定就好了大半了。”

陈庭腼腆地笑笑，认识张弛多年，这样说还真是实事求是。

他尽管喜欢吹牛夸海口，但是在女人眼中的魅力还是有目共睹的。一直以来，在这方面，他都对张弛肃然起敬，富二代是不少，但是撇开车子房子票子，自身不炫富又魅力四射的，张弛能算一个。俊朗的外形、豁达的性格、壮实的身材，还有高大上的种种兴趣特长，都让美女们心驰神往。他知道的，就有不下五个美女主动追求过张弛，有些其实并不知道张弛的家底。对于这点，他倒从来不显摆，陈庭都是眼见为实，才知道他可以低调到这种地步。

然而，当张弛走进病房，和病床上的美女同时惊讶地指着对方的时候，陈庭还是大吃一惊。

张弛忙向显然误解了他的陈庭介绍道："这是我高中同学，没想到在这里遇上了。"实际上，张弛是当时的校草，何萌是校花，所以即使两人并不是同班同学也算彼此认识。高中毕业后，何萌的企业家老爸就把她送到了英国留学。时隔六年未见，难怪刚才都叫不出对方的名字了。

陈庭拍拍张弛的肩："世界真小，希望她能够全力配合我们的工作吧。"

"那是必须的，对不对，老同学？"

看到何萌带着甜甜的微笑点了点头，陈庭看出这其中带有一丝无奈，赶紧转身离开，让张弛专心工作。

不出半小时，张弛就气定神闲地拿着画板走了出来，一看到陈庭就笑着数落他："师兄，你早就知道她目前得了失语症对吧？这不是坑我吗？"

陈庭的脸一下子涨得通红，忙解释：“我是怕你有精神负担，更不利于完成任务。”

张弛瞟他一眼，只是笑：“你是怕我知道受害者连话都说不了，就正好以此为托词拒绝这个任务吧。不过也是，如果对象特征描述不清，都不能画模拟画像，何况她这种只能说‘嗯’‘啊’的病人呢。你可是太为难我了。”

“也不能这么说。我是这样考虑的，虽然从西医角度考虑，她是头部受外伤导致失语，但从中医角度判断，她的头部创伤并不严重，没有器质性损坏，并非是外伤引起的瘀血阻络型失语，也不是常见中风病人那样的风痰闭窍型失语。这两种恢复难度都很高、时间很长。以她的身体情况和精神状态，更像是精神创伤引起的肝气郁结型失语。肝气郁甚而上逆，气机逆乱，蒙蔽清窍……”

“师兄，有时候，我真觉得你入错行了，你应该继承家业，像你母亲一样，做个医生。一代名医就这么夭折在警界，实在可惜。说实话，你能不能给个直接的说法，我能听懂的？”

“我的意思就是，我们应该改天再来。我觉得何萌只要放松心情，调整心态，很快就能恢复说话的。我再去叮嘱下她的家人，你有空也可以来陪她叙叙旧，让她放松下心情。”

张弛大幅度摆摆手：“得了，我才懒得一次次跑呢，别人还以为我看见美女紧追不舍呢。刚才和你开玩笑呢，画像草稿已经画好了，等我回去修正下，马上把定稿图给顾师傅拿去，你就放心吧。”

陈庭喜出望外：“你行啊。怎么办到的？你还会读心术不成？”

张弛取出包里厚厚一沓画纸，让陈庭叹为观止。大大小小、形态各异的五官被分别画在每张纸上，单单眉毛就有粗细、高低、短长、散密、齐乱、浓薄、断连等近二十张画像，看起来大大咧咧的张弛做起工作来让他刮目相看，真是有备而来。这样的话，即使何萌说不了话，也能通过点头摇头来一一选择，再经过组合拼接调整，画像就横空出世了。

“有几成把握？”陈庭怀着敬意，满怀期待地问。

“何萌是美术科班出身，观察力绝对没有问题。一般人在紧急情况下，记忆人脸的能力会比平时强。我让她看了成稿，虽然她没说什么，但是脸上有了惊恐的表情，一时还回不过神来。如果她的记忆的确没有受损的话，我想应该八九不离十了吧。”

画像定稿被作为通缉令，迅速发往各个媒体平台。犯罪嫌疑人疑似定居的区域，这张模拟画像如雪花般被贴满了各个楼道、街角。

第二天，一个社区民警反映，画像上的人和自己辖区内的一个租户有百分之九十以上的相似度。对方的照片经何萌指认后，收网行动迫在眉睫。

晚上十点，收网警力到位。似乎没人注意到，有个短发美女的苗条身影也敏捷地穿梭在浓墨夜色中，这是顾世，她主动请缨参与到抓捕行动中，父亲顾志昌一脸欣慰地同意了她的申请。顾世和其他男同志一起，分三路包抄。

这不是她第一次参与收网了，但今天要面对的是一个身上至少有两条人命的歹徒。作战部署中，她负责上铐。此刻，她在心里不停演练着最快的上铐方法，尽管白天她已经对着一个桌角训练了无数次，桌角上的油漆都被蹭掉了，引得隔壁办公室的同事都偷偷来看。

楼内已经清场，各个楼层都有专人守候，以应对突发情况。堆放着杂物的曲折楼道、狭窄闭塞的空间、复杂的地势，还有四通八达的弄堂让抓捕变得没有太多回旋余地，必须速战速决。除了远处小区里一个婴儿的哭声，周围静默到能听见犯罪嫌疑人屋中钟摆的声响。

突然，打头阵的刑警猛地撞门，侦查员们鱼贯而入，震慑性的警告语一时此起彼伏，人声鼎沸。周围一下子变成黑乎乎一片，顾世看不清眼前的一切。

刹那间，众人一片寂静，好像都在适应这突如其来的黑暗。不过两秒钟，有人叹了口气，随后大叫："清了！清了！没有危险，警戒解除。"

夹在几个大汉中间的顾世透过人群的缝隙，眨了眨眼睛，逐渐适应了黑暗。借着室外隐隐约约的光亮，她迅速发现了六尺开外，离她最远的阳台上有个巨大的身影，一个晃悠的身影。这个身影高高悬起，让周围有了一种诡异的气氛。

有人身手矫健地扶起凳子，站上去以最快的速度把绳子松开，另外两个侦查员合力抱住嫌疑人，把他轻轻放倒在地上。其中一人把手搭在对方的颈部几秒，立即站起身，无奈地朝大家摇了摇头。

这时，顾世发现了放在桌角的一封遗书，六页纸上写满了歪歪扭扭的大字，每个字似乎都是颤抖着写下的。虽然凶手很明显是看到画像后，选择了自我了断，顾世还是戴起手套，把遗书放入证物袋里，准备回去验明指纹。

原来，凶手那天买了半打啤酒、一盒夫妻肺片、半只三黄鸡，正不慌不忙地准备回家看看球赛，喝喝酒，潇洒一番。他走到楼道里，楼道里黑乎乎的，看不清楚，就跟平时一样打开手机的手电筒照着楼道。这一照，吓得他差点踩空台阶，手里的熟食都翻在了塑料袋里。

“谁把我的照片贴在楼道里的？”他不敢相信，又蹑手蹑脚地走回大楼门口，往远处一看，几乎每栋楼门口都贴着他的照片。他吓坏了，大跨步地迈上台阶往自己家奔走，还不忘记撕了一张拿在手里。

回到家里，他仔细一看，原来是一张和自己长得几乎一模一样的模拟画像，上面还写着“通缉令”三个大字，瞬间就明白自己难逃法网了。他觉得自己的罪肯定要判死刑，听以前在里面待过的朋友说，从逮捕到最后执行，要进行很长一段时间。他决定长痛不如短痛，还不如自己了断少一些痛苦。于是，这些本来是每次作案后的常规大餐，转眼间就成了最后的晚餐。

顾世原来预计收网会轰轰烈烈地大获全胜，没想到居然这样虎头蛇尾地结束，就因为某个人的一幅画像。顾世心有不甘。她实在难以理解，父亲怎么会不相信自己的侦查能力，而宁可去相信一个非业务出身的新手。在她看来，画像并不能取代传统刑侦的种种手段，更无法媲美痕迹分析的精准与科学，虽然画像提供了一个侦查的方向，但是科学才是破案的依据和保障。这次纯粹瞎猫碰上死耗子罢了。

罪犯竟然已经赶在被逮捕前畏罪自杀了！他身上还背负着三起命案，其中还有一起是在外地犯案，一并在遗书里交代了。消息从顾志昌这里传来，让张弛也大吃一惊。

“小伙子，你果然一鸣惊人。你帮我们立了大功啊，我没有看错人。”顾志昌亲自给张弛打了通电话道喜，透出满满的欣慰。

“运气好罢了。我这人喜欢英雄救美，和美女比较有默契，这才配合得好，画出画像来比较精准，如果受害人是别人，估计我的画笔也就没那么灵了。”

顾志昌开怀大笑，张弛心情不错，也哈哈大笑起来，两个人就像二重奏一样。

开过玩笑了，顾志昌的语气一下子认真起来：“小张，鉴于你这次在专案行动中的表现，我打算给你申请三等功，这个名额算在我们科室，我已经和你们领导请示过了。”

“顾师傅，你客气了，我这只是举手之劳，没必要这么大张旗鼓。”

“不，必须高调，让领导们都知道我们公安系统内部就有你这样的特殊人才。人才不能埋没，我还有下一步打算，希望你能够考虑加入我们刑警队。”

“哦？”

“这件事我先来征询你的意见，希望你认真考虑。我也知道你目前在政治处的岗位，很多年轻人都很向往，但是以我的经验，对你的个人成长，帮助并不大。我知道，你内心是想做个真正的警察的。走业务这条路，虽然可能仕途上进步不快，工作强度也比较大，相比政治处还算是倒退回了基层一线，但是对年轻人的锻炼是有目共睹的，也是真正能够做出一番事业来的。”

张弛的脸也严肃起来，认真地听着。顾志昌的确说中了他的心思，有哪个男人不希望在破案一线做个响当当的刑警呢？

“就以我的女儿顾世来说，其他女警大多在刚工作时就直接被分配去了内勤、窗口这些岗位，她当时征询我的意见，我就强烈建议她去业务一线，出现场，甚至参与抓捕行动。”

“您就不担心，她一个女孩子会有危险吗？以后有了家庭难以顾全两头吗？”

“这点顾虑你要说没有是不可能的。但是，我们是警察世家，警察是什么工作？就是放弃了安稳，放弃了节假日，甚至放弃了安全和生命才能够用心做好的。如果只图工作时间规律，不加班加点，没有危险，那就不是我眼里真正的警察了。”

“你说得没错，警察要的就是那股精气神。”

“你看顾世现在，做事情雷厉风行，出任务从来不搞特殊，业务上也因为实践经验丰富，比她的女同学们成长速度翻了几番，这些都是坐办公室坐不出来的。你别误会，我也就背后讲讲，平时从来没夸过她，她还挺不满的，这小丫头。”

“那是虎父无犬女。我也注意到，顾世的气质比较特别，骨子里就是个警察。”

“顾世一个小姑娘都能有这样的收获，你不想磨炼自己一下，让自己的特长真正有用武之地吗？我说句难听的，你是想光鲜、安稳地坐一辈子办公室，每天守着一堆为他人作嫁衣的稿子，做一个连破了什么案都说不出的警察吗？”

张弛愣了愣，以前就听说顾志昌在机关领导面前也口无遮拦，这都一把年纪了，连白衬衫都没穿上，不过他倒挺佩服他这样的性格：“顾师傅，您的意思我明白了，我会考虑好，给您一个答复的。”

“好，我给你一个月的时间，等到立功受奖那天，你不妨当面告诉我。强扭的瓜不甜，我该说的都说了，不管你做出什么决定，我都会支持你的。”

因为顾志昌的一通电话，张弛把手头的新闻通稿和活动策划书写到一半，就再没有心思继续写下去了，一直在回想他说的话。和几个兄弟约好了晚上打桌球后，他心情愉快地收拾背包准备下班走人。他刚要锁门，微信响了一下，打开一看，是一张自己所在办公大楼的外景照片。他定睛一看发信人，一个不熟悉的网名，看头像应该是个女孩。

张弛心想：可能是哪个暗恋自己的女生吧。平时陌生人加他，他都会通过，确切地说，他的微信就没有设置验证功能，来者不拒。他并没有在意这件事，把手机重新揣回了口袋。他头戴耳机快步走出电梯，推开玻璃门时差点迎面撞上一个人。

“你怎么来了？”张弛摘掉耳机，环顾了下四周。

何萌如沐春风地笑了笑：“老同学，上次我们没能说上话。今天我出院了，特地来请你吃饭，还请你赏脸。”

张弛本想找借口拒绝，但看到笑盈盈的何萌，白皙的皮肤透出一丝无力的苍白，身材尽管苗条挺拔却掩饰不住一种疲劳，也算是大病初愈。他知道从医院到这里的车程并不近，想到同学之间吃顿饭也算稀松平常，何况是这样的校花，于是也就顺应了她的好意。

张弛没承想这样的好意延续到了之后的每一天。第二天中午，因为吃厌了单位食堂，张弛刚要呼朋唤友出门觅食，一个穿着整整齐齐的制服的送餐员叫住了他。整整五人份的粤式餐点。细心的何萌在聊天中记下了他们办公室的人数，雨露均沾地让他们一起享用美味，连每天的饭后甜品都不带重样的。到了第三天，张弛打电话请求何萌不要再破费，对方婉言拒绝，给出的理由是：费用都已经交了一个月了，这算是警察叔叔们加班的辛苦餐。

同事们品尝着鸳鸯奶茶和烧腊拼盘，忍不住打趣："辛苦餐？我们不辛苦，就是以后要辛苦张弛了，赶紧把人家白富美给收了。"

张弛不置可否地笑笑，眼前出现的却是另一张从未看到过笑容的脸。张弛也不明白，顾世到底哪一点吸引了自己。如果说精致的五官和凹凸有致的身材，何萌丝毫不比她逊色；如果说学识和出身，何萌和她各有千秋，一个是优雅的独立画家、年轻的策展人，一个是英姿飒爽的痕迹专家、年轻警长，也无从论高下；可能最大的不同在于，顾世对于他而言，是一个更加未知的世界。

他读不懂顾世的每一个表情，更无从理解表情背后的心理世界。何萌是块晶莹剔透的水晶，完美无瑕、玲珑纤细，让人怜惜又不忍伤害。顾世大概是一块璞玉，没有人能看透她坚硬的外表下，哪一部分是玉之所在，是她真正的自己。

五四青年节当天，市警局举行了一年一度的表彰大会，顾世是市警局“五四”奖章的获得者，和兄弟单位的获奖者一道作为当天的重头戏，早早被安排在后台进行彩排。

她远远地就看到“耳钉男”也在会场，他单肩背着相机包，正在选择不同角度拍摄。由于本单位只有她一个获奖者，毫无疑问，“耳钉男”正是冲着她连连摁快门。

旁边的后援团里不少女警注意到了他的存在，有个别的甚至交头接耳地打探着帅哥是哪个单位的，最后目光又都聚焦到了顾世的身上。顾世只能窘迫又无奈地和身边的同事说话，装作没注意到眼前的这一幕。

“耳钉男”原地朝她张望了一会儿，像是思索着什么，然后居然捧着相机径直走到她面前，打断她和旁人的聊天：“顾世，我是政治处宣传员，需要拍摄你领奖的画面，麻烦你看下镜头。刚才拍的照片里，你的眼神都不对，效果不太好，还请配合下我的工作。”

顾世有点不快，她一直觉得打断别人说话是一种很没有教养的表现。她并不指出，因为他既不是她的朋友，也不是她的下属，于是她直视着他的眼睛，这才注意到他看似散漫带笑的眼睛里的认真和诚恳，微微一笑：“好的，政治处领导，只是你为什么不等过会儿领奖的时候再拍呢？何况为了我一个人，还辛苦你这么跑一趟，实在不好意思呢。”

“哎，你别误会。”张弛摆摆手，“我今天也是来领奖的，这不顺便了嘛，所以才要赶在彩排的时候拍。否则就只能我们俩等会儿互拍，想必你也不答应，那我回去就交不了差了。”

张弛正说着，顾志昌大步流星地走了进来。顾世有点诧异，刚想开口，就看到张弛对自己的父亲做了个暂停的手势，然后认认真真地指引顾世看着镜头微笑定格。拍完后收好相机，张弛就勾着顾志昌的肩膀走开了。这下，顾世愣在原地，只能摇头。

一回到观众席，顾世就把陈庭拉到边上问："你说你们头儿是怎么了？和一个小民警称兄道弟的，有那么熟吗？还有，这人号称自己也是来领奖的，我们单位不就我一个人评了'优秀青年'吗？'优秀团员'是你，'优秀团干部'名额空缺，能有他什么事？"

"这人你都不知道是谁？"

"我只知道他喜欢拿着相机到处逛，还喜欢涂香水戴耳钉，一副纨绔子弟的模样。"

"这可就是上次'不战而胜'，靠一张画像就把凶手逼死的大名鼎鼎的张弛呀！"

"他就是那个据说女朋友一年换一打的张弛？"

"没错。据我了解，老大给他申请了三等功，已经特批下来。上上下下对这个鬼才都很期待，毕竟破了这个几乎成为悬案的连环杀人案。老大应该在做他的工作，如果不出意外，他很快就会变成我们的同事了。"

"即使这样，对老同志也应该尊重一点，哪能这样没大没小的？"顾世还在为自己父亲打抱不平，不过她明白父亲爱才如命，恐怕根本不会在乎这些细枝末节。

"其实我也算熟悉他，你接触时间久了就会了解，他这个人其实并不像他看起来的样子。"

“那他是什么样子？”

“天才的世界我们不懂，我只知道他比我们常人更有思想，更有毅力。如果你发现他无所事事，只能说这段时间，他还没有找到自己的目标。”

顾世还想问些什么，主持人已经开始说话了，她赶紧止住了话头。问东问西地打听一个陌生人，并不是她的习惯。她也不知道为什么，明明反感张弛的不拘小节，却对他的经历止不住地好奇。

张弛对于她，是个全然陌生的世界。领奖曲回旋在颁奖大厅里，在立功者里面，张弛看上去是最年轻帅气的一个，自然引来大家的瞩目。可是，台上的他全然没有其他立功者荣幸之至的自豪表情，敬过礼，接过荣誉勋章后，就单手插口袋，一副事不关己的模样。张弛一双有神的大眼睛，此刻还直直地看向自己，像是在欣赏艺术品一样陶醉又投入，她有点厌恶地把眼神挪开。心里却有一点不知来由的预感，似乎冥冥中，有什么事情会将他们的命运联系在一起。

“真是个自大的自恋狂。”顾世和陈庭并肩走出会场的时候，突然说了句。

陈庭愣了愣，马上明白了她指的是张弛：“大小姐，你还当真了。人家就算真的如此，那也是恃才傲物，就像你，我们的美女科长，进单位几年来，年年拿奖励，不熟悉你的人也会觉得你高冷。”

“照你这么说，我和他还算是同类了？”顾世笑着反问。

“我可没下这结论，不过你应该相信老大的眼光，看人看事不能只盯着表面。”

“不看表面，那你看这是什么？”顾世抬抬下巴，陈庭顺着她示意的方向看去，原来市警局侧门那里停着一辆车，有个戴着墨镜的美女本来倚在车门边，此刻微笑着上前迎接的不是别人，正是张弛。张弛和她交谈了几句，就马上坐进车里。美女回眸一笑，油门一踩，绝尘而去。

“雷克萨斯LS啊，这可是辆进口好车，虽然是日系的，却是高端车型，上百万呢。”陈庭感叹道。

“车是不是好车，我不懂，但人是个大美女，看来还是个白富美。这小子还真不低调，谈恋爱都谈到市警局来了，我怎么觉得这个女人有点眼熟？”

“对啊，不就是上次案件的被害人何萌嘛。”

顾世若有所思地目送着豪车远去，冷冷笑着，没再说什么。

第三章　三张画像

按照常理，她知道自己做出完全不同的特征描述后，对于画像的截然不同虽然会惊讶，但是也不至于特别惊讶。而且，惊讶的微表情，其实在面部反映出来时，往往只有一秒钟的嘴巴微微张大、眼睛瞪大、眉毛上扬之类的表现。超过一秒，就是伪装了。

张弛并没有在规定期限前给顾志昌一个明确的答复，他的理由是：这是个重大决定，换部门事小，但是自己的特长到底是不是能够有用武之地，还需要时间的检验。他希望多接几个任务后，双方再做决定，这样也是对顾志昌力荐的负责。

他的回答出乎意料地成熟稳重，顾志昌笑呵呵地答应了，心里说果然没看错这个孩子。从警几十年来，他早就磨炼出了看人的锐眼，大智若愚的人见了不少，像张弛这样嬉皮风格加上工匠精神的人却不多见。

张弛没想到，执着的顾志昌那么快就给他又派了任务。一大早，看到陈庭杵在自己的办公室，张弛就乖乖跟着他走了："这样下去，政治处非把我除名不可。你也知道，这儿编制少，一向是喜欢从各科室借人用的。借了不还，科室领导虽然叫苦不迭，倒也是求之不得，多个自己人在核心部门。你们倒好，反过来操作，这不是把我顶在杠头上吗？"

陈庭嘿嘿一笑："真要是这样，你小子无路可走，也就只有来我们这儿了，正好顺了老大的意思。"

顾志昌正指着黑板上的人物关系做讲解，看到他们俩，招呼他们坐在前排。

案件发生在本市一家高档养老院，每个公寓都是独立门洞进出。报案的是住家护工曾某，她称案发当天也就是周六晚上，在老人的子女探望完离开后，就开始给老人打水擦身，这是每天的例行工作。大约七八点的样子，有人敲门，说是维修热水器。她想养老院的维修师傅有时会在这个时间来进行维护，大概是老人的子女反映了水不够热的问题，于是就开门迎他进来。

谁知道这人一进门就趁自己转身擦手的那一会儿工夫，一拳把自己打晕了。等她醒来，放在老人床头柜上的一沓钞票不见了，大约有九万块，是老人半年的养老院的住宿和伙食费用，还有她自己一个月的工钱。曾某的解释是：因为老人的子女工作比较忙，难以规律地来探望老人，更无法在养老院财务人员的工作时间来交款，曾某已经照顾老人五六年了，老人的子女一向都是请她代缴费用的。

“现在的难点集中在案发确切时间不明，而且现场除了曾某，没有其他目击证人。因为恰逢雨天，犯罪嫌疑人穿着雨衣，在监控录像中捕捉不到真实的体态和面部特征。小区当班保安称进出的人比较多，在雨天时打扮都差不多，没什么深刻印象。”

“老人没有受伤吗？她应该也能看到犯罪嫌疑人。”陈庭问。

“所幸老人反应迟钝，没有叫喊，对方的主要目标是财物，所以只是拿走了钱，并没加害老人。老人是老年痴呆症患者，看到了嫌犯，但是前言不搭后语。”

“所以，现在唯一近距离看到犯罪嫌疑人长相的只有曾某。”

一直没有说话的张弛说：“顾师傅，能不能让我和这个曾某聊一聊？”

张弛话音刚落，组里的其他组员就小声嘀咕起来，气氛瞬间有点微妙。张弛马上意识到了主动请缨有点越俎代庖的意思，话却收不回来了，只能静静地等着顾志昌吩咐。

“讨论什么？！有话放台面上讲，不要私下议论。”看到顾志昌极为少见地板起了脸，众人再不敢有任何非议。

“受害人和老人家属的社会关系排查了没有？软进门还是硬进门，性质确定了没有？同类案件筛查统计比对了没有？案发地附近细致走访了没有？不管什么分工，我们的目标是一样的，谁做出了多大贡献，我也都看在眼里。行了，散了，都去忙吧。”

张弛在机关习惯了长篇累牍、一开半天的会议，如此雷厉风行的简短会议倒是让他有点不适应。顾志昌朝他点头示意，收拾东西准备出门，他只得夹紧了事先准备好的画夹紧随其后。

走进养老院，院领导就把他们迎到了案发的公寓门前。曾某很快就来开门，看到穿着便服的两个人，愣了愣，两个人都出示了警官证，随后进门。

顾志昌向护工曾某介绍了张弛的身份，就去做外围走访了。从警这么多年来，即使现在已经升至警长，不说资历和年龄，他让众人信服的一点就是：永远活跃在一线，干的活和其他侦查员一样多。正因为如此，每次遇到什么意见不统一的问题，大伙都会让他拿主意。德高望重的顾志昌才是刑侦大队里的“无冕之王”。顾志昌在权力面前不说假话，在同志面前不说虚话，一把手都对他礼让三分。大伙心里都明白，越来越多的年轻人急功近利，越来越多的老人赶着在退休前实职虚职地晋升，无所不用其极，像顾志昌这样不顾名利、提拔后人、实实在在的老同志不多了。他是大家的最后一道保护屏障。

顾志昌在外面忙活了半个多小时，张弛的电话来了。

“小张，今天画像那么快，顺利吗？”

“顾师傅，可能有点问题，等你来了和你当面说。”

“画像完成了吗？”

“快了，大约还要半个小时，能直接定稿。但这画像不是主要的……”

顾志昌听他压低了声音，旁边寂静一片，应该是在一个没有其他人的房间悄悄给他打的电话，马上明白他说话不方便，就嘱咐他不急，慢慢画，先完成画像，其他的事情等回局里后再进一步商量。

回局里的路上，顾志昌一直在纳闷：到底是什么问题呢？张弛这孩子一向只让人担心太过粗犷，今天却欲言又止，吞吞吐吐，不会是画像难度太大，加上今天其他同事的不友好，想要临阵退缩吧？

想到这里，顾志昌摇了摇头，否定了这个猜想。

他对张弛有着一种莫名的亲切感，现在细想来，这孩子身上有一股和女儿顾世一样的倔劲儿。大概是这股现在年轻人身上少有的倔劲儿，在他第一次见到张弛时，吸引了他。

可是，这孩子的穿着打扮在体制内有点格格不入，不过没事，只要入了刑警队，大多数时间都是便服侦查工作，这些都不是问题了。不过，自己多少还是要找机会好好敲打敲打他。他刚才心急火燎地打电话来，应该是有了什么重要的发现，等会儿先听听他怎么说再做判断吧。

中午十二点半，食堂里已经空空荡荡了，张弛才步履匆匆地走进大门。顾志昌隔着食堂玻璃门就看到了他挺拔的身影，忙向他招手示意，张弛看到了，一溜小跑进来。

“我已经吃过了，就等你，赶紧去打饭吧，都快没什么菜了。”

“没事，不就填饱肚子嘛。只要有肉，吃什么不是吃。”张弛说完，一会儿端了三菜一汤回来，盘子里两个椒盐鸭腿，一个清蒸鸡腿，还有一份麻婆豆腐。

顾志昌心里暗笑：真是个食肉动物。他不动声色地接过了张弛递给他的一幅画像，细细端详起来。

“你刚才在电话里说画像有问题，我没看出什么问题，很完整很生动啊。”

张弛嘴里塞满了食物，拼命地咀嚼，说不了话，只顾着摇头，又从画包里抽出了另外两幅画像给顾志昌看，特地指了指画像的眼部。

顾志昌纳闷地比对着画像，居然是三个完全不同的人像。不仅眼部特征大相径庭，一张是桂圆大眼，一张是眯缝长眼，还有一张是眼尾下垂的“熊猫眼”，就连脸型和鼻子都截然不同。

他惊讶地问：“曾某推翻笔录，改口说有三个犯罪嫌疑人共同作案了？”

张弛已经快把饭菜扫光了，只是嘟哝一句：“怎么可能？”

顾志昌又仔细看了看三幅画像的不同，还注意到了画像旁边的简单注释，脸上疑惑的表情少了许多。

张弛喝了口汤，抹了抹嘴：“看来顾师傅已经看出来了，我给你的第一幅画像是最终定稿，另外两幅画像实际上都是草稿。”

“曾某描述特征时改口了？”

“改口倒是比较正常的情况，离案发时间不远，心理状态又不太放松，加上我的形象大概不太符合她对警察的预期，所以有防备心理还是正常的。”

顾志昌哈哈大笑起来，一副“原来你也意识到了”的表情：“小张啊，以后还是尽量和大家保持一致。听顾师傅一句劝，在体制内，枪打出头鸟，别人不会因为你穿得好看帅气就欣赏你。相反，在整齐划一的环境里，只会因为你的不同把你视为异类，排斥你、冷落你甚至中伤你。”

张弛嘴上没有答应，只是点点头，心里却很感动。他回忆起来，似乎还从来没有同事这样开诚布公地给他提过建议。从他工作以来，他听到最多的建议就是“职场上没有真正的朋友”，现在看来，这条就是可以打破的定律，凡事没有绝对。

“我像上次一样，对被害人进行了简单的心理疏导。”看到顾志昌抬了抬眼镜，张弛忙解释道，“我还是有针对性地疏导的，忘记和顾师傅汇报了，我很早之前就考了国家二级心理咨询师资格证，业余时间也有在做心理工作室的志愿者，还算理论结合实践。

“但是，曾某的情绪在短暂的平稳之后，又变得极其不稳定。我问问题，她很多次都不正面回答，只是一再强调自己害怕死了，还掩面哭泣。等到她冷静下来，我们进入到正式画像阶段，我根据她的描述开始作画，等到画好了五官，她又全部推翻掉，变成了截然不同的描述。”

“所以，你索性两幅画同时进行？”

“是的，考虑到她不时要满足旁边老人的要求，工作比较琐碎忙碌，我就想抓紧时间完工，并没有和她解释后面的画像流程。因为我坐在她的斜对面，她也看不到我的作画过程。”

“所以，她很有可能已经忘记了自己之前的描述，做出的改动才会让画像的效果变化这么大？”

“我注意到她的头上并没有明显伤口，没有包扎绷带和纱布。”

“我之前和她确认过，案发后，在子女的陪同下，她去医院做过检查，并没有器质性伤害，只是轻微脑震荡，精神病、心理疾病和脑部疾病也都是空白历史。”

“顾师傅，我今天去和她接触了以后，其实一直在考虑你早上说的话，入门性质问题。”

“你怀疑是……”

“软进门和硬进门虽然在表象上看完全不同，但在这个案子里是不是也存在这种可能。同样是软进门，但是会不会同时存在诱导入门和熟人进门的多种可能性？”

“可能性在真相冒出来之前都是存在的，但问题是你推断的依据是什么？”

“我也明白你们在破案时会首先排除熟人作案的心理倾向，尽可能地站在证据角度客观地判断。我不是专业人员，我只能说，根据她的肢体语言和口头表述，我有很大的把握，今天的画像是完全作废的。”

“小张，这点我要和你事先说明，你画像的准确与否，我从来没有给你下过硬指标，你不用有心理负担。”

“这我明白。我只是就事论事。”张弛抛了支烟给顾志昌，给他点燃后，自己却不抽。

“这样说吧，如果她改变描述的特征这一点对于模拟画像来说是司空见惯的，那么她改变论述时的表情却是很耐人寻味的。”

“你是指她的微表情？”

“对，就是细微的面部变化，往往是转瞬即逝的心理活动外露。当事人自己都不一定能觉察意识到这些变化，所以很难掩饰，往往会给我们提供最真实的信息。”

“她有些什么异常的微表情吗？”

“我把在她辅助下完成的两幅画像给她看的时候，特意注意了她的面部微表情。按照常理，她知道自己做出完全不同的特征描述后，对于画像的截然不同虽然会惊讶，但是也不至于特别惊讶。而且，惊讶的微表情，其实在面部反映出来时，往往只有一秒钟的嘴巴微微张大、眼睛瞪大、眉毛上扬之类的表现。超过一秒，就是伪装了。”

“她的惊讶是装出来的？”

“我观察过她之前的面部表情和个性特征，大致属于比较内向、面部表情并不丰富的人，但是这个惊讶的微表情却持续了整整五秒钟，有点夸张过头了，显然是故意装作惊讶。那她装惊讶的目的是什么？无非是让我注意到她自己并非故意改动叙述，只是记忆力出了偏差。”

“还有什么其他的表现吗？”顾志昌皱着眉头思索着什么。

“在我和她确认了自己的工作难度，适当施加了压力之后，她的双手十指交叉，还抱住了膝盖，这从心理学角度来说，是特意使用肢体力量来表示对抗，是一种自我防卫的肢体语言。照理说，我是去协助破案的，能够找到犯罪嫌疑人是帮她的忙，她的抵触反感，于情于理都说不通。

“她回答我的每个问题时，眼神都瞥向右方，从心理学角度阐释，她应该是编造事实而非回忆事实，但是因为我对她的了解度不够，也的确有人的行为有例外，所以我也不作为依据。但是在看到我的定稿画像后，她的头部微微后仰，我解读为是在远离刺激源，她似乎想要远离这幅画像。”

“你觉得什么原因造成她这样的动作呢？”

“第一，我画像的时间并不长，远远没有超过一般成年人能够接受的时间极限；第二，我事先就声明不会打扰她的工作，只是见缝插针地询问她；第三，画像是在她提供的信息的基础上完成的，还在她的再三改口下进行了修改确认，她没有理由不满意。一般按照正常逻辑，看到符合犯罪嫌疑人的画像时，受害人都会比较激动、欣喜，或者是像上个案子的受害人一样，有种身临其境的恐惧，似乎被侵害的场景再现。可是当我把最终定稿展示给她看时，她的眼睛里一闪而过的是慌乱、不安，没有其他多余的感情色彩。”

“那样的话，答案看来只有一个了。她并不希望你能画出准确的画像，但真的看到画像完全不像凶手时，又有说不出的愧疚、恐惧和纠结。”

“顾师傅，这些当时还只是我的猜测，后来在画像完成后，她看似松了口气，放松了心理防备，这时候我问的一个问题完全印证了之前的猜测。”

“你小子，关键话还留在后面说。”

“案发当天，A市正下着阵雨，一整天断断续续地下着，没有停歇过，你还记得吗？”

“是啊，所以犯罪嫌疑人穿着雨衣，成了很好的反侦查道具。”

“但是，我收拾画具的时候，随口问了她一句：‘他打你的时候，有没有水甩在你脸上？’”

“她怎么回答？”

“她毫不犹豫地说没有。”

“这就有问题了。如果穿着雨衣进来，不可能没有雨水洒到她身上。”

“我当时没说什么，她好像很快意识到自己说漏嘴了，马上改口说自己都晕过去了，哪里记得这些细节。”

“脱口而出的答案往往才是真相。看来你今天跑这一趟，功夫在画外，画是没有太大参考价值了，但你倒是给我们提供了很重要的线索啊。”

张弛笑着起身，把餐盘上的酸奶随手塞给了顾志昌，行色匆匆地收拾好画像，话还没说完，人已经走到了食堂门口：“顾师傅，我待会儿还有个大Boss参加的会议要去拍照。如果我的推断能够帮你们破案，我就同意之前你的提议，加入刑警队。即使画不好画，也算能起点作用。先走一步了，有情况随时给我打电话吧。”

顾志昌只是在他身后笑着摇头：“这孩子……果然一个抵俩。”

阳光灿烂的午后，一年一度的常规体能测试如期开始，实职科长级别以下的民警分科室三三两两从局里赶到测试地点——A市的一所高校体育场，不少人头上已经密布着汗珠，气喘吁吁地说着“这样消耗体能，等会儿跑步哪里还跑得动”之类的话。

自从取消公务用车以后，类似的单位集体活动哪怕是涉警业务活动和比赛，一律都不能动用警车，这让民警们颇有微词。好在政治处培训科安排的测试点离警局大院不远，走路刻把钟也就到了，还在操场上准备了急救箱和大麦茶，这让大家的怨言轻了不少。

张弛注意到，顾世和一行同事到达了场地，穿着紧身黑底红纹运动装的她看上去比平时更苗条了，身材凹凸有致，全身上下似乎每个毛孔都充满着青春气息。她正在做热身运动，但是脸色紧绷，看上去很严肃，不知是紧张还是冷漠。

陈庭看到他正在朝他们这边看，马上走了过去："怎么，还在看我们的美女科长？"

张弛不在意地笑笑："她这小身板，估计跑步不行吧，看把她紧张的。对了，怎么没看到顾师傅？"

"嗨，你就别为我们大姐大瞎操心了。顾师傅在审曾某和她丈夫呢，已经吐得快差不多了。没想到居然是夫妻俩的苦肉计，联合作案。话说你小子这次的画像也太失败了吧？完全没一点相似之处嘛！"

"是吗？我很用心画的啊，哪里不像了？你倒说说看？"

"主犯是个塌鼻子、方脸、小眼睛，你画像上的是高鼻子、鸭蛋脸、桂圆眼，真是怎么帅怎么画啊！"

"是啊，人家都犯了这事了，还不给人家形象整好点。"张弛忍俊不禁，心里松了口气，真相果然和自己推测的一样。

女子组的2500米长跑已经开始了，原本看起来柔柔弱弱的女同事们，听到发令枪一响，争先恐后地往前抢内道，看这架势，是第一圈就用上了冲刺的速度。顾世瞬间就成了倒数第三个，张弛目不转睛地盯着她的背影。

陈庭指着远处正在你追我赶的跑步选手：“你别小看我们大姐大，她虽然看上去不是什么运动天才，但是体能惊人。人家几乎每次国际马拉松比赛都报名了，而且参加的是全程。你看吧，等会儿非第一不可，刚才只是谦让别人，怕绊倒年纪大的同事。”

“你就吹吧，护着自己人。”张弛不理会他的言论，拿着相机走到赛道内侧的草地上，摆好架势准备抓拍。

“这有什么好吹的？我一向实事求是。算了，你也没看过她在抓捕行动时的爆发力，照我说，她的优点是耐力不错，冲刺力更强。听说当年在警校时，连最强的男生都跑不过她。”

顾世果然一点点地赶超前面的人，她的脚步大而稳健，呼吸也很平稳，看得出参加过专业训练，半圈之内就轻松地越过了五六个人，这才是第一圈。而其他女警，显然在开头的那一阵冲刺里已经用尽全力，此刻能够保持不减速就不错了。

顾世一阵旋风般跑过张弛身边的跑道，早有准备的他趁着她迎面跑来的时候，提前摁了快门，调好参数拍下的运动模式照片里，总算有几张满意的特写，只是顾世这眼神带着点不屑、鄙视还是敌意？

张弛回味着刚才顾世经过时留下的那一缕清风，似乎带着甜甜的香味。以他对香水的研究，这气味既不是任何品牌的香水也不是古龙水，大概是洗发水遗留的味道结合她的体香所形成的独特气味。这个味道，似乎也透露出主人桀骜不驯和柔情似水这两种截然不同的性格。

正当他意乱神迷的时候，陈庭猛拍了一下他的肩："别发呆了。看，我说准了吧？"

他这才注意到，顾世冲在前面，已经快要抵达终点了。他几乎和陈庭异口同声地大喊了"加油"，顾世冲陈庭莞尔一笑，眼睛却没看张弛的脸。他无所谓地耸耸肩，心想：你迟早会是我的女人，不急，看谁笑到最后。

"哎，你怎么不接电话？"张弛陷入沉思，听见身后一阵带着喘息的抱怨。

第四章　机密盗窃案

孩子的记忆力是否有偏差，表达能力是否好到可以交流，判断力是否准确，这些都是不确定因素。他缓慢地摆起画架，仔细整理着画笔和素材，不时望向门外。

居然是顾世！

幸福来得太突然了，张弛一下子不知道说什么好，只是木然地说："我又没有你的电话。"

顾世的脸白里透红，鼻尖上还有晶莹的汗珠，跑完步以后，她的皮肤看上去更加有光泽了，整个人也显得更有热度。张弛真想上去把她搂在怀里。

"谁说我的电话了？我是说你的，顾志昌给你打电话了，你怎么不接？"

“我？哦，我刚才没注意。”

“得了。来，用我的吧，省得他来回拨，人家老同志也不容易。”顾世说着就递过来一个透明手机壳的苹果7 Plus。

张弛这才明白，原来顾世真的像传言里说的那样，在工作时间里和父亲界限分明。但看得出，父女俩的感情超好，有点像兄妹。

“小张啊，认真工作呢吧？打扰你了。”顾志昌的声音在电话里也是这么和蔼可亲，慢条斯理。

“顾师傅，你找我什么事？直说吧。”刚说完这句话，他用余光看到顾世双手叉腰，对着额头上的刘海狂吐一口气，也不知道是不满还是太热。

“是这样的，小张，要辛苦你到B市出差一趟。那里有个我们这边案件的串并案件，线索不多，离悬案不远了，上头公安部指示必须短期内破案。我们这里打算派出的破案警力就是你，去专门负责犯罪模拟画像。”

“我一个人去？”

“别担心，晚点儿我会叫陈庭和你会合一起去。具体情况到了那边会有同事和你们解释。”

“大致什么案件？”

“是一起泄密案件，对象盗窃国家机密，具体情况也不方便电话里多说。你们快去快回吧，记住，尽力而为。”

张弛挂断电话，小心翼翼地把手机交还到顾世手里，尽量不碰到她的手，然后转身走开。

顾世叫住他：“哎，你去哪里？”

“顾师傅不是叫我出差嘛，我回去整理行李去。”

“这就走了，你和你们领导请过假吗？”

“顾师傅每次做事都会给我们领导打招呼的，我何必多此一举呢？”

顾世擦着汗，只是摇头：“顾志昌是我们的头儿，你的头儿是政治处的。你的编制还在政治处，就这样不打招呼走了，你们领导会不会觉得你眼里没有他们，不尊重他们呢？”

张弛一向最烦这套机关礼节，但也没想到顾世会这样直截了当地提醒自己，还是感激地冲她笑笑。张弛却并不打算这样层层通报，心想：顶多吃个通报又怎样？

现在他满脑子想的就是这个部委领导高度重视的案件，他揣摩着这次见到的证人会是什么样，信息是否齐全，画像会不会再像上次那样南辕北辙。

张弛明白，这次的任务不同以往，如果说之前的两个案子有运气的成分，是一次赛跑前的热身运动的话，那么这一次就是真枪实弹的演练。他去了B市，代表的就是A市公安的水准。

张弛想到了那张每条皱纹里都含着慈祥笑容的脸，即使他个人无所谓荣誉奖惩，他也不想辜负站在他背后默默欣赏他、支持他的顾志昌。

早晨七点半，A市机场的候机大厅里，人流涌动，熙熙攘攘。有的旅客因为航班延误或取消，横躺在座椅上睡觉，不少人拖着行李箱在排队买早饭，连机场的星巴克里都没有一个空位。有人因为检票时间过了，拉着行李箱在大厅里飞奔，有人在服务台心急火燎地重开登机牌，工作人员只是慢条斯理地打着电话，淡定地讨论着职责归属问题。张弛对这些旅客毫不同情，甚至有点厌恶地朝他们看了看。没有时间观念真是个要命的毛病，不仅弄得自己狼狈，还可能误了大事。

广播台正在反复播报着张弛的航班号，催促登机。他站在已经只剩工作人员的登机口，脚边站着一个十七寸的商务旅行箱，不时看向手机。一向准时的陈庭此时却杳无踪迹，微信不回，电话也不接。到底发生了什么状况？

张弛本想打电话向顾志昌问个究竟，脑海里冷不丁却浮现出顾世昂着头质问自己的脸，秀丽、冷酷。他犹豫了两三秒，重新把手机放回了兜里。陈庭在警校里就是中队长，教官们要组织什么活动，联系什么场地，有什么突发情况，基本只要交给他，都能放心地撒手不管。如今，不管什么状况，作为学弟，他能做的只是不去打小报告，其他问题就让陈庭自己解决吧。

一上飞机，四点多就起了床的张弛关掉手机，靠在座椅上，仰头闭眼。前两周，单位组织了体检，抽了三四管血。张弛当时没觉得什么，现在倒是觉得身体的疲乏来得比平时容易得多。飞机的马达还没开始轰鸣，他就进入了睡梦中……到达目的地，快走出机场时，他又变得神采奕奕了。这时候电话终于响了。

陈庭的语气和平时不太一样：“你已经到了吧？等在出口不要离开，B市警局已经派人去接你了，会举牌子的。”

“师兄，你错过航班了？”

陈庭那边的背景音有点嘈杂，似乎还有叫喊声、哭泣声，他的语速也比平时快：“我这里有点重要的事情，临时走不开，这次出差看来只能辛苦你了。有什么问题你再给我打电话。”

张弛都还没来得及问B市警局联络人的联系方式，陈庭就匆匆挂断了电话。他只知道这次是和B市公安局联合办案，第一次开会的约定地点是市局刑侦大楼三楼会议室，时间是下午两点。案子是什么样的，谁负责，对方是否知道他的名字，还有几方共同参与办案，他一概不知。

张弛没想到第一次公务出差就这么“随意”，只是突然觉得有点好笑，戴上耳机听着Maroon 5的歌，踩着鼓点，脚步轻快地朝接机人群走去，仔细地在接机牌里寻找自己的名字。

手写或打印的大大小小的接机牌上并没有他的名字，其中倒是有一块看似能对上号，但是上面写的是“A市公安局刑侦专家”，自己只是入门级，甚至只是个连侦查员都谈不上的编外人员，哪里能搭上边。等待了大约半个小时，张弛没看到接他的人，就打车直奔目的地。

举着接机牌的市局小民警左等右等见对方不来，联系A市的电话暂时也打不通，只能先撤回局里。专案组组长正要把几个办事不力、人没接到却擅自回单位的小子臭骂一顿的时候，张弛被一个民警领着推门而入。

“哪位？有什么事？”组长没好气地回头问道。

领张弛进门的小民警见状，怯生生地想组织下语言再回答。张弛早就一个箭步上前，有力地握住组长的手，自我介绍：“老师，你好。我是A市顾志昌派来的，专门负责犯罪嫌疑人的模拟画像。”

“你就是顾警长派来的专家？”组长一边说着，一边望向那两个挨训的小伙子，他们都一副“看到了吧，不能怪我们”的无辜表情。

张弛马上就明白了怎么回事，为他们开脱：“怪我不好，让你们白跑一趟。我看接机牌上没写自己的名字，只写了‘A市公安局’，以为是别组的同志，早知道应该和你们确认一下。”

组长是个和顾志昌年龄相仿的警长，浑身上下都透出常年刑警工作练就的锐气。他的眼神犀利，毫不留情地直盯着张弛：“这么说来，你是科班出身的画师？”

“前辈，我虽然有绘画的特长，但不是科班出身，我会全力配合你们。我们顾师傅非常重视你们的工作，特意嘱咐过我，我会用心把工作做好的。”

“非常重视也就只派了你一个人来？”对方冷冷地打量着他，“这样说来你应该有些真手艺，关键时候不要藏着掖着啊。你画这个模拟画像几年了？考过什么职称没有？”

张弛看对方狠狠地低头抽烟，索性配合到底，开诚布公：“报告领导，我去年从警校毕业，现在见习期已满，一直在政治处做宣传工作。画画有十几年了，模拟画像有过破案经验，但时间不长。这个职能全国都没有设立正式的岗位，所以也没有相应的职称可以考。”

组长没说什么，只是交代了开会时间，安排接机的青年带张弛去民警宿舍落脚安顿，脸色由最初的失望转为质疑。

张弛理解他的心情。组长原来设想来者是个经验老到、白发苍苍的老者，再不济也是个和自己差不多岁数的一级警督，好歹是个模拟画像的资深专家。他没想到来了个三十岁都不到的大小伙子，模拟画像经验浅薄，办案经验更是几乎为零，心理落差有点大。

张弛没法和他解释清楚自己为什么只身而来，一旦说计划临时改变，因为A市方面有要事处理，又会拐进“我们的专案没你们的事情要紧”这样的怪圈。何况他的确不知道局里到底是什么情况，但他隐隐感觉到这不仅是一件让陈庭、顾志昌全都为之分身乏术不说，还得全身心投入的事情。难道又发生重大命案了？还是顾世有什么状况？他忍不住担心。

顾志昌到底放心不下，亲自打来电话督战。张弛把遭遇和他简单一提，并没有抱怨，只是客观描述。顾志昌早已心中有谱，随即宽慰道：“这样的情况也不奇怪，在你去之前，我已经给赵队打过招呼了。你放心，只管专心画画，我们用实力来赢得尊重。”

顾志昌在电话里的声音有点沙哑，看张弛还不想挂电话，主动告诉他陈庭缺席的原因——顾志昌的老战友、陈庭的师傅秦警官在这次单位的例行体检中查出了肝部恶性肿瘤，中晚期。

他们原先并不知情，实际上，连秦警官本人都不知道。老秦把体检报告的信封带回家随便一丢，是他老婆拆的，复检电话由于疾病的特殊性也是打给他老婆的。老婆痛哭一场，深知老秦时日无多，就瞒着他的病情，硬是逼着他用公休去度假。

“全家都安排好了，女儿正好休假。都多少年没有全家出游了，十几天的公休没用过一次，更别提加班的补休了。”老秦的老婆说着说着眼泪就下来了。老秦当她是更年期发作，也没多想。

老秦劳碌惯了，哪里闲得下来，出境报告根本就没打，直接跟老婆说单位不批。这下，老婆火了，冲到单位，趁老秦在地下室审讯的时候，直接找到政治处，哭哭啼啼、歇斯底里地说："我只听说，刚生了孩子的女民警请假时间长被你们直接换岗位的，休哺乳假都不让出省的，买了机票要旅游因为一个会议，休假取消的。我们家老秦人都快没了，你们还不批假，这就太过了吧？是要让他殉职吗？节假日没有三倍工资，只看公务员法不看劳动法也就算了，老秦的情况倒是让我看看这单位到底还有没有点人情味了？"

政治处主任恼羞成怒，赶紧叫来刑警队负责队伍的副队长训话。副队长受了一肚子冤枉气，想想老秦平时勤勤恳恳，到头来却生这怪病，还真是可怜，暂且先放下个人情绪，赶紧找来和老秦关系最近的陈庭和顾志昌了解情况。

顾志昌看到副队长的脸色就知道大事不好。得知老秦的消息，他就感觉脑袋里哐当一声巨响，像是有人在里面敲了记又闷又沉的非洲鼓，而后，他的眼眶就潮热起来。但他很快平复了情绪，暗自嘱咐陈庭继续对老秦保密，继而找出个由头，让队里安排轮休。对于经常连轴转的刑警来说，这由头太好找了。而且，以前这样的强制轮休也有过先例。

陈庭到底修行不同，整个人都萎靡了，不哭也不说话，提不起精神。他被安排和老秦同组轮休，为了不让老秦生疑，顾志昌立马让他回家了。最后，顾志昌还要做好筹建治丧小组的准备，以防到时应接不暇。这不，顾志昌一上午就在忙着这事情，现在空下来，震惊之余，电话里不免后劲十足地几次哽咽。

居然是这样的大事！张弛记得这个老秦，虽然见到他的时候不是在勘查现场，就是穿着“A市刑侦”字样的马甲，准备登车去现场。他明明看上去很硬朗，浑身上下的肌肉线条都很分明，丝毫不输年轻人。张弛想起来，几个月前，看到老秦在食堂里称体重，自己还跑上去问他是不是在减肥。老秦当时甩着手，哈哈笑着回答：“发了一个礼拜的烧，倒还真是减了六斤体重。身材好了，就是大拇指总觉得有点麻，大概神经烧坏了。”

那时他的身体已经在发出警报了，可是刑警又有哪个会在乎这点小毛病，更别提手麻这样的“小事”了。大家都铆着劲儿想破更多的案子，盯着每个季度的破案率释然或是发愁呢。

张弛慢慢地握紧拳头，为老秦揪心、痛心。

刚从警时，他就听到过一句话“平安退休是福”，当时他觉得这句话煽情夸张，现在看来，却是朴实至极。烈士墙上笑容灿烂的同行，身边倒在岗位上的前辈，天灾人祸，似乎时时都在暗涛汹涌。平时口齿伶俐的他，面对一个大男人对着自己真情流露，倒是一时语塞。

双方沉默了几秒，张弛承诺保质保量地完成画像工作，让对方放心，其他并未多言。张弛挂断电话，发了一会儿呆，整个人感觉被沉在一条清冽的河里，看清了很多事情，却胸口发闷，嘴巴也说不出话，只能眼睁睁地看着一切发生。

张弛原本估计这次出差能够像上次参与的案件一样速战速决，但明显事与愿违，连顾志昌都低估这个案件了。下午开会，张弛一看台面上的席卡，一听参与单位的名头，再一看参与的人数，基本就明白了这个案件的特殊性和重要性。

这并不是一起普通案件，这是一起涉嫌倒卖国家高度机密的重大案件，我军方相关部门连续两次截获了发往某国的传真，两次都是从私人文印公司发出，传真中有“干货”的那次就是前日捕捉到的。

由于事发突然且性质严重，工作人员立刻逐级上报，并由军方、警方共同成立专案组，进行二十四小时不间断的紧急侦查，力求早日破案，严厉惩戒唯利是图的“卖国贼”，同时将国家损失降到最低。

顾志昌不了解情况也属自然，专案组长并未在电话里说明情况。整个专案组都处在高度戒备的保密级别中。会议一开始，每个人的私人手机就被收取，取而代之的是只有通话短信功能的工作手机。会议室的信号已经被全面屏蔽，整个一层办公区域被临时划为专案组驻地，所有相关信息资料都不得带离这个楼层。

专案组成员都被集中安排住宿，B市当地的工作人员甚至都没能和家人好好安排下，就被“关”了进去，由组织负责通知家属。如此严格的工作纪律，如同乌云密布、雷声大作前的低气压，让所有人都透不过气来。所有成员铆足了劲儿，希望早点破案。

张弛想起来，他开会前还有几条微信没有回，其中有一条是何萌的。她问他：“是否在忙？”她随后发了一张美术馆展览的双人票的图片过来，正是他心仪多时的凯绥·珂勒惠支个展。若在往常，他一定会“礼尚往来”一番。走进会议室前，他犹豫了两秒，锁了屏幕。

开完会，他已经忘记了这件事，摆在他面前的是：怎么样能更好地理解目击者的证词，把特征融入到细节中，还原人像。他第一次感觉到书到用时方恨少，张弛非常清楚，即使面对一个真人画肖像，都会失之毫厘，谬以千里，甚至有时候形似却神不似。何况张弛面对的是虚无缥缈的语言，在一张白纸上画出个假想敌！

张弛本想着给陈庭打个电话，但显然处在工作状态中的他做不到一心两用，尤其是当他得知目击者是一个五岁的男孩时，所有的想法都抛之脑后了。

如此戒备森严的办公场所，到处都是穿着警服的大人，这会对一个年幼的孩子造成多大的压力。然而，地方和服饰都不是他能够左右的。

孩子的记忆力是否有偏差，表达能力是否好到可以交流，判断力是否准确，这些都是不确定因素。他缓慢地摆起画架，仔细整理着画笔和素材，不时望向门外。张弛没有在行色匆匆的人员中看到那个小男孩，看到的却只有组长瞟来的狐疑眼神。他定了定神，索性在画布上先勾勒起人像来。

他一拿起画笔，就完全沉浸入宁静中。他无需思考，无需回忆，一根线条一笔勾勒，都如同早已经刻在心里，只不过把它再重复一遍而已。不出十分钟，画布上已经有了一个栩栩如生的女人的画像。他看着人像正在默默微笑，这时候，一个年轻民警领着一个女人和一个孩子走了进来。

民警探头想看一下画布上的画像，张弛迅速地收起画像。民警饶有意味地朝他笑笑，介绍当时的事：这个女人就是老板娘的妹妹，当时她光顾着管孩子，自然不会注意店里的客户。因为两家的店铺挨得近，孩子正是她那天闲着无聊带去姐姐店里玩的。

“文印店的老板娘，她也没有看清对方的长相？”张弛在一边小声问年轻民警。

对方无奈地耸耸肩：“据她所说，当时只顾着招呼其他客户，也没有留意对方的长相。总之，现在店里没有探头，店外街面的监控摄像头又发生了故障。”

“这么说来，其他人都在忙些什么，有新进展吗？”

张弛看他年龄与自己相仿，顺势打听，以此来搞清自己在整个专案组中的角色。对方刚想开口，组长背着双手，紧锁双眉过来巡视了，隔着空气都能嗅到他身体里焦虑的味道。

民警虽然没说什么，但从他欲言又止的表情里，张弛已经大概知晓了一二，整个案子的线索非常少。目前，除了在他这里“死马当活马医”，无非通过技侦手段进行排查，或是通过街面监控录像巡线追踪，这样对于破案来说真是遥遥无期、大海捞针！

待他们两人都走后，张弛就请那女子坐在一旁，那男孩正拘谨地望向自己，张弛也不朝他看，自顾自地低头摆弄起白纸来。男孩好奇地往前凑，警察叔叔居然折了两个纸飞机，兴高采烈地和他玩起了游戏。没多长时间，小孩子纯真的笑容就回到了脸上，不再是刚才那只好像随时可能拔腿就跑的机警小鹿了。母亲在旁边慈爱地看着他们笑。

看气氛差不多了，张弛请小男孩开始回忆那天在店里都看到了什么人。之所以这么问，是因为男孩还没进入角色，容易搞混店里的客人。

男孩奶声奶气地说：“那天店里有好多大人小朋友，吵吵闹闹的，我都没地方玩飞机。有的人在复印，有的人在看电脑，还有人在传真机旁边打电话。”

张弛说：“你这么小小年纪就知道传真机啦，真厉害！你告诉叔叔，传真机长什么样呀？”

听男孩用自己特有的幼稚语言断断续续描述了一番，张弛心里有点谱了。张弛继续问，小男孩描述：他在店里的时段，他只看到一个叔叔在传真机那里打电话，而且时间很长。这样他基本就能够确定嫌疑人了，张弛简直要欢呼了。

“那个叔叔有多高？”张弛接着问。

男孩困惑地看着他。

他只能换一种问话方式。问清楚当天传真机和孩子的距离之后，他站起身来在相同的空间位置比画道：“传真机旁边的叔叔比我高，还是矮？”

小朋友歪着头仔细想了想，认真地回答说：“差不多吧。”

张弛又陆续问了几个问题，孩子的回答都是“差不多”，表情也是一样的认真诚恳。时间已经过去了半个多小时，画布上却还是一片空白。

第五章 关门弟子

思绪本来是黑压压一片，突然间像被照进了一束光。张弛拼命地回忆，这束光似乎近了点，覆盖的地方也大了不少，景象都还朦朦胧胧，却又仿佛看清了方向。

孩子的妈妈在旁边都有点看不下去了，小声和张弛说："警官，我是想尽力配合你们的工作。但是我想和你说一下，小孩子他玩心重，观察力也不怎么样。你认真问他，他倒当作游戏一样，他的话不能全当真的。如果说错了，不会追究我们家长什么责任吧？"

"那他平时对人脸的辨识度高不高，你了解吗？"

"我的儿子我清楚他的脾气，你看他回答得很认真，过不到五分钟，你再问他，他有可能会给你一个完全不同的答案，倒也不是故意撒谎，实在是年龄太小，可能他自己都不知道在说什么、说过什么。如果这样耽误你们破案，那我们就不好意思了。”

张弛无言以对。孩子的母亲诚惶诚恐，见证人不是成年人，他交白卷是情理之中的最差可能，他早该料到这一切！

只是怎么来面对本就对他充满怀疑的组长？怎么来答复对他抱有满腔期待的顾师傅？

这天，张弛松松垮垮地回到宿舍，电视不开，手机也不看，回到房间直接脱光走进卫生间。镜子里，他修长的身体裸露着，显得格外健硕紧致，肌肉恰到好处，肤色不深不浅，最结实的是他的臀部，微微上翘，仅仅从外观都能感受到紧实和坚韧。

然而，他却无暇欣赏一向自豪的身材。他闷闷不乐地走进淋浴房，呆呆地站在水幕中，双手抱肩，抬头挺胸，只是希望放空头脑，抓住稍纵即逝的画像灵感。他在里面站了很久，从未有过如此的失落。

这到底是怎么了？张弛这才意识到自己对于模拟画像的在意程度远远超过了自己的估计。可是眼下，这份事业前途未卜，难道这就是传说中的“出师未捷身先死”吗？

如果不是B市的小伙伴来敲门，热情地邀请他出去集体烤串，他大概会在卫生间里“自罚”一个晚上，不停地思考，试图解开这个谜团。他疲惫地隔着门谢绝了邀请，回到床上就沉沉地睡去了。

连续几日无所事事，连打杂都没有理由，换作以往，张弛一定会断然离去，现在他却在等……一个机会，一条线索，一个转折？张弛不清楚自己在等什么，只能每天混迹在各个办公室，找相对较闲的人聊天吹牛，当然，还要忍受组长无声的谴责。

在体制内待久了的人会明白，闲人一般有三种。同样是闲，日子的好过程度却是天差地别。第一种，是自己想要闲。这类人一般会紧抱领导大腿，只把领导的事当作本职工作，其余的时间大多用来捕风捉影、打小报告。他们本身并不把这些行为视为缺乏道德底线，相反会认为自己通过平衡之术来获得一定程度的自由，累死累活的群众即使看穿了他们也只能敢怒而不敢言。第二种，是别人想要他闲。这一类大多是曾经身处一线的领导，由于年龄、身体等种种因素，主动或被动地退居二线，现任领导抱着“尊老”的态度也好，为自己将来的处境立个标杆也好，往往放任了这类闲人，老百姓没有什么发言权，只能默许。第三种，是不想闲的闲人。这类闲人日子最难过，虽然年轻力壮、青年才俊，但是因为为人、机遇、性格、领导帮派、小人捉弄，不得已成为边缘角色，领导不派核心业务，自己也承担不了重要角色，日复一日，习惯成自然，闲人也成定型。

而现在，张弛就好像这可悲的第三种闲人。他离开单位多日，前方又杳无音信，顾师傅也没再来电话。神经大条的张弛觉得有点不对劲：怎么像被发配边疆了？

这天，他忍不住在微信上向饭馆老板“樊指导员”打探局里情况，发出“生不逢时”的感慨：“偏偏遇到个无头案，巧妇难为无米之炊，我这天天的冷板凳，都快坐穿了。”

一向被大家认为有“小智慧”的樊指导员很快回了条微信：“兄弟，你可是八九点钟的太阳，火辣辣地刺眼睛呢。直路走不通，不妨走走弯路，穿穿小道。”

他一边反复地看着这行字，一边在脑海里回忆那天小孩子说的每一句话，他母亲说的每一个字。

思绪本来是黑压压一片，突然间像被照进了一束光。张弛拼命地回忆，这束光似乎近了点，覆盖的地方也大了不少，景象都还朦朦胧胧，却又仿佛看清了方向。

他突然兴奋地起身去找隔壁办公室的侦查员。张弛走进屋子的时候，有人在发呆，有人在抽烟，也是一副胶着沉寂的萧条景象。看到他爽朗舒展的面容，大家瞬间把眼神都聚集在了他的身上。

一个小时后，他站在了组长的办公桌前。组长的面容被烟雾吞没了，只看得清他的平头，里面有不少花白的头发：“你确定有这个必要吗，不会再画天窗吗？”

张弛毫不示弱：“之前，我因为目击者的判断力、表达力都不过关，导致无法沟通，无法获得有效信息。现在，至少目击者有自己的思考力和成熟的表达力，而且观察的人是她非常感兴趣的对象，人一般对于自己在意的东西会比较留意观察，记忆力也更好。”

“你怎么判断的，之前怎么没有提到这条线索？”

张弛真想回敬一句：您当初也没问，还不是我新挖出来的点？他沉默了两秒，终于忍住了：“我已经侧面了解过，目击者大龄未生育，一直想有个孩子，之前还是在老家就读幼儿教师专业的，非常喜欢孩子。而且据之前的男孩母亲提到的，店里有个女孩非常可爱，长得像小荧星艺术团的演员一样，她儿子后来就光顾着围着女孩转了。”

“其他信息核实过了？”

张弛打开笔记本确认：“目前，通过我们同志的排摸结果，当天店里一共出现过五个孩子，两个是客人带来的，其余的都是老板娘的老乡的孩子。在这两个陌生孩子里，其中一个是孩子妈妈接孩子回家途中来店里复印材料。另一个就是来发传真的男子带来的，女孩称呼他‘大舅’，对方B市口音，按照这里的称谓，应当是亲戚关系。”

组长不语，他的头轻微动了动。

张弛弯下身来，双手撑在办公桌上，以便直视着他的眼睛，确认道：“那您是同意了？我这就去把人叫来。”

老秦匆匆走了，在旅途中走的。痛苦程度未知，由于没有对病情的惶恐和对未来的担忧，走得虽然突然，但也算是坦然。这给了他悲痛的家人和朋友们些许安慰。

治丧委员会是顾志昌之前就牵头准备着的，临时真枪实弹搞起来，刑警队上上下下连文职都参与了，才把林林总总的后事协助着安排妥当。老秦的家人已经慌了手脚，此刻感激和眼泪一样多。政治处送了个花圈，副主任来站了个队，算是组织关心了。

顾志昌沉着脸，一直盯着棺材里的遗体看，旁若无人，好像灵魂出窍，在旁观另一个自己。陈庭从追悼会一路垂泪到了火化场，等到一切结束，他瘫坐在一旁的台阶上，手捂着眼睛，似乎还不能接受这个事实。

顾世过来在他跟前站了会儿，轻轻唤他："大部队要走了。你是跟我们回去，还是回家休息会儿？头儿说今天不加班。"

远处，顾志昌他们正在和家属握手，互相安慰，彼此都在抹泪。

陈庭定神看了看眼前的人，愣了一下，才回答："我暂时哪里都不想去，你能不能陪我坐会儿？"

顾世有点吃惊，又有点为难，朝远处车上的人挥了挥手，然后坐下了。

"我一直没把你当领导看，称呼上也没改口，你不介意吗？"

顾世摇摇头。

他又深沉地看着刚才火化地的出口："你说，像我师傅这样的警察是不是特别可悲？一辈子家里没放多少精力，不少还因为加班而单身、离婚，都快退休了，事业上还是默默无闻。僧多粥少的体制里，评功论奖、职称待遇，没有一样和他的工作成果成正比。哪怕末了，人没了，最后给他真心实意送行的，也就我们这些工作上的搭档、徒弟。"

顾世宽慰他道："人一辈子能有老同志敬重，小同志信赖，有那么几个人发自内心地为他走了难过，已经是很难得的了。"

陈庭双眼无神地盯着地上的几粒石子，用脚反复揉搓着："也是。有时候，我还挺羡慕师傅的。他想说的话就说，想做的事就做，好像从来没有瞻前顾后的纠结，虽然有得有失，倒也活得淋漓极致。”

“今天这样的地方，这样的事情，总是会让人有很多感慨。”

“不，我不是今天才有这个想法。”陈庭提高了声音，顾世有点诧异地朝他看。

“你不明白，我还很羡慕你。”

“我有什么可羡慕的？无非是个副科长的小职位而已。”

“我不是指实职虚职这类事情。或许因为你有个做警察的父亲，他又比较民主，所以你无论做出什么选择，都不会退缩犹豫，我却不一样。”

顾世明白他指的是他的母亲，一个三级甲等医院的中医科主任。顾世曾经在公安系统的专家义诊时见过她一面，保养得很细腻的皮肤，她那个年龄少有的匀称身材，白皙高挺的鼻子上架着副无框眼镜，说话有着让人不容置疑的威严，似乎总是不愿意多说一个字，自始至终都是淡淡的，礼貌中包裹着冷漠的笑。

警校见习的那一年，她到地区派出所去实习，见到比较难缠的有两类人，一种是耍酒疯的醉汉，还有一种就是自以为是的知识分子。不知为何，陈庭的母亲给人的感觉就是第二类人的进阶版，让人总想刻意保持距离。

“比如，我从来不敢对虚伪的领导说‘不’，哪怕我知道他们大多数时候只是考虑自己的官位；我也不敢和笑面虎同事撕破脸，哪怕知道他在背后中伤捣鬼。我不敢对能干善良的人说出欣赏，即使对用心培养我的师傅。”

“中庸含蓄是我们的本能，你说的这些，我也都做不到。”

陈庭顿了顿：“甚至，我都不敢对喜欢的人说出自己的想法！”

顾世能够理解人在特殊场合突然敞开心扉，只是没料到会谈到这样的话题，而且陈庭哭红的眼睛还直勾勾地看着自己。

他注意到她的窘迫，失落地低下头去：“你说，是不是哪天我像师傅这样一下子走了，会留下特别多的遗憾，就因为我从来都是对家长对领导言听计从，不敢有自己的选择？”

顾世本能地去捂住他的嘴，指间感觉到他嘴唇被全身带动轻轻一颤，又条件反射地赶紧放开。气氛突然间有点微妙，她能感觉到陈庭紧盯不放的凝视，像是在用眼神摩挲自己的脸，她的整个脸都开始发烫，耳朵已经变得通红了。这不是常态的他，平时他从来不正眼看自己。

出于礼貌，她从来没有表现出看不起陈庭。他会因为母亲的一个电话诚惶诚恐地离开同事聚会。他和之前的女友本来都谈婚论嫁了，因为母亲的极力反对，他就和人家分手了，女孩子还哭哭啼啼地到单位来挽留过他，那时他的表情除了无奈，似乎并没有太多的难过，甚至还有像他母亲一样的冷漠。“妈宝男”是她对他进行概括用的一个词。

如今，“妈宝男”居然说出了什么“喜欢”。她不再接话，平淡地说了句“赶紧回家休息吧”就匆匆离去了。陈庭一个人怅然若失地坐在原地。

来B市已经快两周了，周四一大早，张弛把这些天来唯一的定稿模拟画像交到了组长手里，就提出返回A市。画像上，不是犯罪嫌疑人，而是个可爱的儿童。

组长沉吟许久。张弛明白这么多天，他对于自己的信任已经从寥寥无几降到几乎为负。张弛只是不卑不亢地请对方不管如何将信将疑，都要把这张画像传给侦查员跟进。

张弛打定了回去的主意。原因有二：一是，自己所能做的事情已经完成，没有再留下赖吃赖住的意义；二是，政治处已经对他的借调时间颇有微词，听说顾志昌正在为他竭力争取刑警队的正式编制，他隐隐地期待着一个结果，确切地说是一个惊喜。

至于是什么结果，他无法抱太大的期望。他进单位两年不到，就洞察到体制内核心业务部门高于一般部门，但只要是机关部门发话，其他部门又都必须让道，这已经成了一条不成文的潜规则。与此同时，指挥室和政治处的领导表面一团和气，背地里一个嫌弃对方不懂业务，一个鄙视对方不重视队伍，有点类似企业里的销售部门和市场部门，并驾齐驱又彼此挤兑，似乎只有通过长期的抗衡才能获得让一把手重视的地位。而这其中，“抢人”又成了衡量的一个标准，说得好听是求贤若渴，说得难听则是哪怕自己不用，也不能被别人要了去，显得地位弱势。

顾志昌一个自己的实职副处的职位都没解决的老民警，又能有什么能耐和整个体制架构的潜规则去抵抗呢？

周五下午，刚刚开完冗长的警长会议，大家夹着笔记本就直冲卫生间。会议中间，就有几个老烟枪到走廊里过烟瘾，其中一个看到顾世，悄悄让她快把顾志昌找回来，再晚点儿，估计要被直接“剥皮”了。

“剥皮”是老警察们对于开除公职、辞退警察的一种俗称。顾世心中一惊，耐着性子等他们开完会，就径直走到顾志昌的办公室门口，门是锁着的，她只好重新回到自己的办公室，这才意识到刚才父亲早就不在会场里了。

会后过了大概一个小时，电梯门口的那道玻璃门被重重地推开了，随之而来的是有些暴躁的脚步声，短促、高频，最后是一声闷雷般的关门声，整个楼道的办公室的门都被带动着震颤了一下。

那是顾志昌的办公室，连顾世都没有分辨出父亲的脚步声。她赶紧跟进去，关上门，回头就责问父亲：“你不知道自己血压高吗，动这么大的气？”

顾志昌正背对着门，双手叉腰对着靠墙的铁皮柜深呼吸，听到声音，才缓缓转过身来，看到是宝贝女儿，先前的满脸愠色顿时散去了，招手让她坐下。

“少和我来这套，要做思想工作，找别人去。”

顾世赌气地站到他跟前：“究竟为了什么事，万一气得爆血管，还想让组织来养你吗？”

顾志昌苦笑着摇摇头：“你和你妈妈一样，管老子管到单位里来了。我当初真应该和你划清界限，让你去其他部门。”

“就因为妈妈不在了，你更应该为了我照顾好自己。为什么要让我担心呢？”顾世的声音因为激动，带着少见的哭腔。刚才的一个小时里，她揣测了无数种可能性，担心已经化成了怒气和委屈。

顾志昌果然不是为了自己的事情去“求”领导。在政治处主任那里，他罗列了种种理由，希望把有潜力的刑侦人才张弛纳入旗下，和颜悦色的政治处主任认真聆听了他的请求，说了一堆要加强刑侦人才培养的套话，最后却以编制紧张、张弛没有显著成绩为理由拒绝。从没有向组织开过口的顾志昌哪里设想过无功而返的结局，当时就大声叫嚷起来了。文绉绉的主任气也不是，骂也不是，索性低头佯装看文件，不再理睬。

他随即又去找了分管刑警队的副局长，最后直接拖着副局长去找了一把手政委：“什么样的成绩叫作有成绩？张弛破的连环命案，三等功是您亲自批的，那还不叫成绩？什么样的编制不紧张，要说紧张，倒是我们警力紧张得很，你们也看到我们侦查员加班加得孩子都快认不出老爸了。政治处缺一个宣传员怎么了？与其让他放下画犯罪模拟画像的笔，倒不如让他放下歌功颂德的照相机，实实在在地在业务岗位上磨一磨，不好吗？”

政委是业务岗位出身，他平时就教导年轻人有机会要去业务一线多打磨打磨，积累点实战经验。这番话自然听了进去。这年头，为了要个人而不是自己的待遇职称这么拍桌子吹胡子的，算他老顾一个，只有买账。政委给政治处主任打了一个电话，对方唯唯诺诺，立马去落实了。

“爸，不是我说你，为了这么个扶不起的阿斗，你值得这么折腾吗？”

顾志昌闭目微笑，还处于大战险胜的疲劳中，摇摇头：“女儿啊，你到底太年轻了，我这阅人无数的眼睛，还能看错吗？这小子日后稍微点拨下，必成大器。”

“就您这眼力，上上下下的领导都得罪遍了吧，看看以后怎么被穿小鞋。”

“我破我的案子，谁能把我怎么样？你怎么看‘樊指导员’？”

顾世有点莫名：“怎么突然提起他了，不就是餐馆老板吗？”

“我说了这里面的来龙去脉，你大概也觉得是天方夜谭，张弛有点像年轻时的他。”

顾志昌点燃一支烟，皱着眉突然变得深沉起来，开始回忆当年的那一幕幕。当年，他的一个战友，和他同期转业后，留在了家乡的公安局缉毒办，干起了侦查员的工作。三十出头的他正是年轻气盛追求事业的当口，工作中物色了小樊做眼线。多年前的小樊比今日更加八面玲珑，做起事来游刃有余，却常被上头认为不可靠，建议战友多观察多考验。本来对他信任有加的战友经过不同领导的屡次提醒，逐渐失去了对小樊的信任，决定对他进行一次“测验”。然而，就是在这次“测验”中，小樊失去了老婆和刚出生的孩子，自己也暴露了身份。

“我永远忘不了他站在我跟前的样子，整个人就是行尸走肉，没有表情，更没有眼泪。我当时的念头是派人二十四小时紧盯他，因为见过太多非正常死亡的人，生无可恋的那种绝望眼神，和他眼睛里剩下的那点神采一模一样。”顾志昌就是从那时候开始，代替战友赎罪，受重托让他在一个全新的城市改头换面，开始另一种人生。

“所以，你就决定要去信任张弛？这有什么必然的联系吗？”

“不，我是学会了透过一个人的玩世不恭、粗枝大叶去看到他的钻研刻苦、坚强不屈服。当年的小樊有，他最终走出了那场生死考验。现在的张弛也有，他也一定能够走出世俗的偏见。”

顾世还是抱着怀疑的态度，张弛闪亮的耳钉浮现在脑海：“我就姑且祝你这个关门弟子成功出师，否则，你以后可就是受连累的劳碌命了。”

顾志昌摆摆手，电话响了，B市号码。

“陈大组长，怠慢怠慢，我们小陈任务进行得还顺利吗？”

对方洪亮的声音透出掩饰不住的兴奋：“哪里哪里，顾警长你太客气了。岂止是顺利，他给我们带来了突破性的线索啊。”

“这么说来，案子快破了？”

“就在眼前了，人已经顺藤摸瓜找到了，全靠他的一幅画像，真的太神了，不得不佩服。后面转检察院的后续工作就交给我们吧。我来电话呢，主要是想对小张表达一下歉意。这次把这个专家给怠慢了，是我们招待不周。”

“这么说，他已经回来了？”

“对。今天上午的火车，他说什么都要急着赶回去。老实说，这个案件的条件真的非常苛刻，破案压力也很大，多亏了你们。我们组织庆功会，这个头号功臣却不在，这人情可欠大了。”

“说什么人情啊，天下公安是一家，大家不都奔着破案去的嘛？这小张啊，资历浅，但是功底深。”

“顾警长好眼光，觅得这样的好人才。是我有眼不识泰山，光以年龄论英雄了。这小子有点个性，把画朝我手里一塞，说‘现在就看你们的了，应该能抓到嫌疑人了’，我在后面追问‘你确定吗？我打印后要投入很大的警力，每天的加班费就不是个小数目’，他冲我点点头，就头也不回地走了，没想到还真让他给说中了。”

顾志昌爽朗大笑：“这才像是我的徒弟！”

见父亲像是听到夸自己一样满面红光，顾世无可奈何地摇着头走了出去，自己从警校毕业时，他也没有如此开怀。这样一个求贤若渴的刑警父亲，真是让她又好气又好笑。

第六章　目击者的角度

顾世头也不回地走了，像是没有听到他的话。张弛目送她倔强的背影，一种有力使不上的失落感油然而生。他不明白怎么了，似乎越想靠近她，她就离得越远。她看不到他在工作上的精进，她感受不到他对她特别的友善。

张弛回到局里，还没坐稳，政治处主任就叫人找他谈话。他心中一喜，直觉告诉他顾志昌应该是“斗争”成功了。果然，主任一开口，虽是山路十八弯，基本上也就是个送行的调调。他一边听着主任道喜、恭维以及挑刺的长篇累牍，一边已经开始憧憬着刑警队的生活。

这天的A市难得蓝天白云，微风吹着天际的云朵缓缓飘移，一束灿烂的阳光穿透云层，直射进政治处主任办公室的玻璃窗，真是让人有种守得云开见月明的感觉。中意的工作内容、善解人意的师傅、紧张有序的团队，还有美女领导顾世，加班是多些，但他这个单身汉丝毫不在意，还有什么岗位比刑警更让他满意呢？B市的案子虽是开头艰难，但最终旗开得胜，回到A市又是春风得意，他在心里都不禁感叹自己的左右逢源，脸上却是不动声色，一副“听从组织安排”的乖顺模样，让滔滔不绝的主任倒有点摸不透他的路数。

第二天，张弛就抱着纸箱往刑警队搬家。他工作才不到两年，办公室里的东西倒是林林总总，咖啡机、加湿器、笔记本、照相机、小炖锅，还有一整套翻都没翻过的执法资格学习教材。陈庭自告奋勇要来帮他搬，张弛断然拒绝，理由却是说不出口的。他当初断断续续备下这些东西，无非是难逃追求生活品质的处女座性格定势。不够了解他的人，如果看到这些杂物，恐怕会误认为他是个对生活挑剔的女生，又或者认为他在办公室无所事事闲得慌才整出这一堆东西。

张弛把纸箱的盖子盖得严严实实，快步往刑警队的大办公室走去。老办公室里还有不少私人物品，他想到用这些东西的频率的确不高，看来真应该找个机会好好“断舍离”一下，毕竟现在也该有个雷厉风行的刑警模样了。

侦查员小吴一看到他，就嚷嚷着：“你总算来了，就等你了。”小吴催促着让他放下东西，赶紧跟自己走。听到大办公室里人声鼎沸，有鼓掌的声音，还有顾志昌讲话的声音，张弛乐了：顾师傅还真够重视的，莫非为他特地搞了个欢迎仪式？

两人进屋找空位坐下，顾志昌会意地冲他点点头，招呼他上前去。张弛迅速起身，几个大步就走到他身边。

顾志昌轻声请示了一下旁边的队长，举起双手示意大家安静："想必大家也听说了，我们刑警队今天是好事成双。我老顾斗胆挖了政治处的墙脚，犯罪模拟画像师张弛同志，已经连续破获两个系列大案，今天正式调入我们刑警队。来，大家热烈欢迎他成为我们的一员。"

一时，掌声、欢呼声铺天盖地，自从老秦走后，整个刑警队士气低落，沉浸在一片悲痛中，大家都惺惺相惜地嘱托同事保重身体，虽然谁也没提起老秦的名字，但是悄悄红起的眼眶都在无声地缅怀这位曾经并肩作战的老战友。如今，时隔一个月，新一季度的生日会是队长主张要隆重搞一搞的，其中的意思大家也都心知肚明。

刑警队三十岁左右的年轻人几乎占到了四分之三，大家热情似火，为数不多的几个老同志也都精神抖擞，大幅度地鼓掌。张弛含蓄地朝大家笑笑，余光里已经感觉到有一个人在后排角落里冷冷地看着自己。他注意到了会议桌的正中央放了很多红宝石方形鲜奶小蛋糕，拼成了一个"破"字。

稍稍年长的郑队长这时候也笑着发话了："今天，我们细心的顾科长带着一群小伙伴，把集体生日会的蛋糕拼成了一个'破'字，你们能猜到其中的含义吗？"

"找出破绽！"

"打破思维定式！"

"破大案！破悬案！"

“大家说得很好，现在已经是七月份了，新的一个季度开始了，我们的下半年考核也重新开始，希望大家都拿出一股劲来，争取打破上半年的纪录。”

话也说了，新人也迎了，寿星拍过照了，大家的手也拍红了，终于到了分发蛋糕的环节。顾世丝毫没有领导架子，站起身来，和队里为数不多的两个女同事一起，主动把蛋糕送到大家手里。张弛注意到，顾世原本笑意浓浓，发到陈庭这里，突然就冷若冰霜，只是默默递上去。陈庭触了电一样迅速接过来，赶紧低头猛吃蛋糕，连谢谢都没有说。

旁边一片喧闹，谁也没有注意到这个细节。直觉告诉张弛，这两个人关系有进展，而且就发生在他去B市的这段时间。无奈，他们平时都是内向扑克脸，波澜不惊的脸上，丝毫看不出关系到底是往正向还是反向推进。

张弛三口两口吃完了蛋糕，思绪有点混乱。他不了解顾世，但是陈庭是个向来不会主动的人，如果不算单亲家庭的因素，良好的家境、踏实的性格、不俗的外形，都和自己不相上下。他这才离开了多少日子，难道是顾世看上陈庭主动表白了？他吃力地咽了下口水，觉得嘴巴里有点苦涩。

真应该早点开口，但经验告诉他，时机还没成熟。虽然不知道原因，可顾世显然对他有偏见，现在表白只能适得其反。他呆坐在原地，有几个年纪稍长的民警过来发烟，和他寒暄，他游刃有余地应付着，眼神总是不经意地瞟过顾世，像是被磁石吸住了一样，现在他才明白“失魂落魄”是什么滋味。好在一切都不算太晚，这个时候自己的岗位调动，或许就是冥冥中命运的安排吧。

尽管做好了心理准备，刑警队的工作节奏还是出乎张弛的预料，真的是不分昼夜，警情就是敌情。

辖区内发生一起入室杀人、抢劫、强奸的恶性伤害案件，经调查，现场提取的DNA与一个月前兄弟省市一起抢劫、放火案的主犯生物特征匹配，属于流窜同案犯系列案件。

周六晚上八点，张弛惬意地泡了个澡，慢悠悠裹着浴巾，准备换家居服看个电影，小提琴独奏的手机铃声悠扬地响起。刚接起来，电话里就传来顾世音量不高但语气严厉的声音："刑警二十四小时手机不离身的规矩没人和你讲过吗？"

他听到她的声音，心脏一阵狂跳，没有怒气，开了免提扫视了下未接电话列表，顾志昌三个、陈庭五个、顾世两个。他做了一个深呼吸，回答道："什么事？你说吧。我刚在洗澡，没留意到。"

后来张弛才知道，就在自己泡澡的时候，顾世和专案组的成员已经在现场完成了勘查，等他赶到单位时，他们已经连轴转了五个小时。他走进房间的时候，感受到了众人灼灼的目光，有人给他递烟，他看顾世在，就婉拒了。顾志昌正在俯身查看资料，隔着桌子也冲他笑笑，丝毫没有怪罪的意思。没有太多的言语表达，但是大家似乎都把希望寄托在他身上，他镇定一下，暗自给自己减压。

"一人死亡，一人被强奸多次，家中财物损失约八万人民币，嫌疑人逃窜时被多人目击，这是目击者名单。"顾志昌给了他一张A4纸。

负责询问被害人的刑警小吴说："据受害人口述，嫌疑人佯装物业人员检修漏水情况，在下午两点左右软进门，身体素质非常好，力大无比，受害人无法有效地反抗，很快就被控制住。嫌疑人起初只是劫财，但是看到他们衣橱和玻璃窗上贴满的'喜'字，以及女主人穿着的吊带睡裙后，要求对方用刀捅新婚丈夫，嫌疑人遭到拒绝后，直接一刀杀害了丈夫，随后在尸体旁多次强行和妻子进行性交，停留时间长达八小时。嫌疑人其间还要求对方给自己下水饺补充体力，一起看色情录像。同住一个小区的受害人父母过来做客，敲门时惊动了嫌疑人，对方来不及灭口，迅速从三楼窗口逃窜。这时，受害人大声呼救，小区里的片警和上门服务的户籍警两人闻声随即对其猛追。"

张弛听着介绍，看了看目击者名单，有八九人，这些人的职业除了警察，大多是小区居民，都是成年人，心里顿时有了点底。

轮到顾世汇报现场勘查的情况，她打开电脑和投影仪，对照着现场图片逐张讲解："根据现场生物痕迹，结合法医初步判定，死者受害时间与被害人妻子所描述的相符。首先，伤口痕迹面光滑，嫌疑人作案时没有丝毫犹豫，一刀命中要害部位，心理状态比较稳定，属于谋财性质的预谋作案。第二，除了被害人体内提取的精液和现场提取的足迹，现场没有获得别的有效的生物痕迹。他面对受害人的哀求，没有一丝怜悯。在捆绑被害人妻子手脚，对方已经失去反抗能力时，他嘴上说谋财不害命，但真正控制对方后，原形毕露，甚至在强奸完受害人后还想杀死对方。嫌疑人的个性是非常凶残、冷漠的，不仅对物质，也对女性有着强烈占有欲，应当有其他作案经历。第三，我们看到，受害者所住楼房的挑高为一般楼房的1.5倍，我们进行过现场模拟，常人很难赤手空拳从这个高度直接逃走，但嫌疑人不仅安全落地，在被民警追逐的过程中，还翻过一座一米八的墙。”

从警校毕业后，张弛第一次看到这么血腥残暴的现场图片，视觉冲击让他情不自禁地盯着屏幕有点出神。沉着冷静的顾世条分缕析，从犯罪心理的角度对案件进行了解读，白皙的脸上看不出任何感情色彩，但能看出她对这个案件非常重视，平时一副慵懒的姿态，此刻却正襟危坐。张弛心想：或许，能通过这个案子让她走出对自己的偏见？

“这里我要补充一句，据我们兄弟单位的民警提供的信息，嫌疑人在他省作案时，暴力程度是随着受害人的反抗不断加大的，结合这个案件，他杀人的工具涵盖了匕首、毛巾、靠垫，每次手法不尽相同。”顾志昌说完，示意她继续。

“嗯，综合上述情况来看，嫌疑人体能很好，有超强的攻击力。这就是我这里的情况。”

“目击证人现在有哪些在？”张弛问。

陈庭立即把他带到了另一间屋子里，里面烟雾缭绕，有女人在哭泣，也有人焦灼地在来回走动。只因为他太晚接电话，他们等到现在。张弛上去和他们一一握手，心里很是自责。

张弛大体扫视了一下人群，把顾志昌拉到一边商量：“顾师傅，今天我选三个人，都需要单独作画，至少两个小时。那么多人等着也是浪费时间，不如让他们休息好，记忆力也能保持得好，其余的明天再碰头，你觉得如何？”

顾志昌对这个得意门生几乎是有求必应，看到张弛抬头看了一眼会议室昏暗的顶灯，马上安排把自己的办公室让出来：“我那儿光线好，也安静，你就专心画，其他不用管。”

张弛感激地朝他点点头，顾志昌的口气有点像中考时候的母亲，给他送水果和小吃时，总是柔声地提醒他“头抬高点，不要太有压力”。不过，这样的场景已经记不太清楚了。他上高中以后，他的父母就在美国和A市两地，为着自己开办的贸易公司往来奔波。

画像开局顺利，张弛半小时就完成了第一幅，目击者频频点头称“太像了”，让张弛很是松了口气。

无论是绘画速度还是质量，都已经突破他之前的纪录了。张弛学画早，天资高，八岁时从速写起步，而后又陆续学了素描、水墨、油彩。中学时代，他就已经是全国乃至全球同年龄段组别专业比赛的大满贯了。

可能是对奖杯、奖牌有了审美疲劳，进入大学后，他就把兴趣点转移到了摄影上，在顾志昌找到他之后，才重拾画笔。

那次，张弛从B市出差回来，因为天气，航班被取消，坐了高铁，一路上五六个小时，天南海北的游客，都是体貌特征各异的“模特”，简直是求之不得的绝好素材。

他拿着画板，潜心速记，默画人像，一路上倒也画了十个人。画画到底是讲究悟性的，悟性低的人靠勤能补拙，悟性高的人就能事半功倍。张弛重拾画笔，就好像从来没有停过笔一样。

从候车室里开始，他就刻意考验自己，一个素昧平生的陌生人，自己是不是只需看一眼，就能将其面部的特征细节迅速捕获，甚至连一些不经意间的习惯性表情，也刻画进人像中？

没几分钟，人像栩栩如生地跃然纸上，他画完一抬头，才发现身边站了一大群围观者。有人询问模特是谁，有人频频点头称赞，甚至有不知情的妈妈带着孩子挤上前来询问画像价格，说是孩子生日，要作幅画作纪念。张弛也懒得解释，直接作画送给母女俩，赶紧去登车了。

悄悄走进来取材料的顾志昌看到他已经在送目击者离开，惊讶地问："这就好了？我们还是要求准确性，不求速度啊。"

"师傅，你的印象还停留在我那次去医院画像吧。那时候我画一幅模拟画像，从询问到落笔就要两个小时，再加上修改定稿至少半天，可不能和现在比。"

"哦？说来听听，你小子是摸到了什么门道？"

顾志昌兴致盎然，满脸好奇。

张弛没想到师傅人老心不老，还有孩童般的求知欲，不禁有点好笑，仔细想了想，在画板上比画道："应该这么说，以往画像大多是临摹，现在都是盲画，这是两种完全不同性质的画像，看上去都是画画，但是从过程到目的，甚至每一个细节都是完全不同的。”

“在我看来都一样嘛，哪里不同了？无非是人不同而已。”顾志昌拿起他之前画夹里的肖像草稿，还有刚刚完成的模拟画像，戴起老花镜比较着，一脸呆萌。

张弛耐心解释道：“以前我的画有模特，人是有细微动作的，画像时就要侧重于捕捉神态。现在我面前没有模特，只有零碎的信息和细节，要帮助对方回忆、筛选，还要准确辨别、选择。除去这些前期考验‘画外’功夫的工作，更侧重于发现特征和刻画常态的人像表情。”

张弛停顿了一下，发现顾世不知什么时候也站在了顾志昌身边，在认真听他说话。他定定神，斟酌了一下语言说：“说到底，最大的区别还是在于和目击者的语言沟通上要加强，对于获得的线索反映在脸型、细节的绘画表达力上要有提升。当然，犯罪模拟画像由于案件的复杂性，当中可能还会涉及地域、民族及人种的脸部共性特征，这都需要有自己的理解。这样一来，一旦确定了人物局部特点，画起来就少了很多改动，速度也就自然提升了。”

顾志昌听罢，满意地拍拍他的肩：“老话一点都没错，隔行如隔山，没想到画画真不是这么简单的。”他转而又拍拍顾世的肩，“你还记得小时候我带你去鼓浪屿，那几块钱的画像，每个人坐在他面前，谁知道最后画出来都长得差不多，哈哈……”顾世听父亲把话题岔开了，不经意地轻轻皱了下眉头，大概是唯恐他把自己小时候的丑事不合时宜地抖搂出来，赶紧去隔壁招呼另一个证人了。

张弛万万没想到，来到气氛一向和谐的刑警队里没多久，第一个和他杠上的就是顾世。确切地说，他工作以来第一个有正面冲突的同事就是顾世，而她恰恰是他最不愿意与之发生争执的人。

好在，争执点集中在工作上。

顾世根据现场足迹及其他生物痕迹判断，犯罪嫌疑人的身高在一米七左右，体重在八十到八十五公斤之间，年龄在二十三到二十五岁之间。因为这些结论可能会影响到犯罪模拟画像的绘画表达，队长示意把信息提供给张弛。

办公室里似乎空无一人，顾世敲门进去，看到张弛正在埋头作画。顾世没有说话，就递给张弛一张报告，他顺手接过一看，眼神不自觉地在她的手上停留了数秒，白皙的皮肤下紫青色的血管清晰可见，指甲平整有光泽。他很快回过神来，开始琢磨起纸上的数据，看了几眼就微微摇起头来。

顾世凑上去看："有哪里不对吗？"

张弛反问道："这数据是依据什么得出的？"

"说了你也不懂，这里面涉及到一些计算公式、生物监测和仪器测量结果。你倒说说看有什么问题？"

"从我个人角度来说，我只认同这其中的一点，那就是作案性质是抢劫杀人。这个比较好理解，通过犯罪现场的物质痕迹就能做出判断。"

顾世浅笑，张弛第一次看见她笑起来的样子。她的脸清冽不甜腻，也是那么耐看。他看着她嘴边的微笑，还有若隐若现的单侧酒窝，心里像被扔了个石子的湖面，瞬间起了涟漪，但他的表情还是严肃的倾听状，只听她说："原来你对痕迹学有研究啊，你说说看，是不是能讲出个所以然来？"

张弛知道她是痕迹学科班出身的资优生，走学院派路线，在公安学术期刊上有论文发表，一般人奋斗十多年的成果，她用三年轻松超越。

张弛本不想在她面前班门弄斧，谁料她倒发出挑战，索性说了下去："凶杀案，或是为财抢劫杀人，或是为情报复杀人。这两类心理指向不同，所以作案手法也有比较大的区别。"

顾世脸上露出一种"泛泛而谈谁不会"的微笑。

"抢劫杀人只是获得财物的一种手段，财物上痕迹相对较多，受害人身上是约束性损伤、威逼性损伤比较常见，如果致死，也都是比较直接的致命伤，而不是激烈杀人中，看上去又多又杂乱的那种损伤。而报复杀人，则正好和抢劫杀人相反，死者身上的致命伤往往不止一处，暴力损伤的手法也比较多样，带有侮辱性质。"

"简单说来，就是想方设法让对方生不如死。这个案子明显属于前者，还是比较容易定性的，所以像你这种门外汉也能够判断。那好，你有什么依据排除其他结论？"顾世放慢语速，清澈的眼睛直视着他。

张弛收敛起漫不经心的微笑，感觉到气氛有点不太对劲，可不是他预想的那种"不对劲"："这份报告，有参考过目击证人的证词吗？"

"我看过证词，这份报告的结论基本和那两位民警的叙述相符。"

顾世果然是倾向这两个民警的证词，张弛明白自己“站错队”了，可这是不容出错的工作，怎么能被个人感情左右呢？

他只好尽可能委婉地表达：“从我业余的角度来看，目击者是不分身份职业的，倒不如说他们叙述的可靠程度取决于当时的心理状态和记忆力。你有没有注意到，他们两人的叙述和另一个目击者描述的体貌特征不太相符？”

“我更相信我们民警的观察力和判断力，他们都是有长期实战经验的专业人士。”顾世索性在他对面的椅子上坐下，两手交叉搁在桌子上的动作，别的女生做来是小鸟依人的洗耳恭听状，而她却不知为何有点盛气凌人的气势。偏偏，张弛就被这种“高冷御姐范”弄得一点抵抗力都没有了。

他理了理思绪，想要说服对方：“画像时，如果我碰到几个目击证人的说法南辕北辙的情况，就不得不有所取舍或者相对取个主次。就拿这个案子来说，民警是在追逐的过程中，情绪比较亢奋，没有追捕成功，即使责任不在他们，他们也还是会有所顾虑，可想而知，两个人的叙述会保持高度的一致。”

“你的意思是他们俩通过气，给出了有利于自己的证词？”顾世也不知道为什么，在他面前就会一反常态，变得咄咄逼人、尖锐直接。

张弛尴尬地笑了笑，问她加班饿不饿，说着从还没来得及整理的箱子里取出两包零食递给她，企图缓和下紧张的气氛。

她直接挡住了，带着不易察觉的奇怪眼神看了他一眼，客气而冷漠地笑着说：“谢谢，我不吃零食。”张弛心想：又和其他女孩不一样！

“如果是我，就会选择相对没有利益冲突和情绪波动的目击者。除了年龄和特征之外，符合标准的目击者描述的嫌疑人的身高和我差大约一头，我的身高是一米八五，那嫌疑人的身高也就是一米七五左右，和这份报告上的一米七零还是有偏差。”

“看来你强烈质疑我们痕迹检测手法的专业性。照你这么类推，是不是惯犯也不能一概而论？倘若首次作案就手法老练、干净利索，就不能排除有的人天性比较擅长作案，用犯罪行为来表达自己的极端情绪？”

张弛有点意外：“还是你懂我！不对，这不是我的全部想法，我还是……”

顾世并不理会他，冷冷地说：“我更相信科学，今天看来谁也说服不了谁。我们的工作本来就不应该互相干涉，只是从不同角度提供一个自认为正确的破案思路，还是看最后结案的结果再定胜负吧。”她说完索性拿走了那份报告，快步走了出去。

张弛站起身：“要不要打个赌？我输了请你吃饭？”

顾世头也不回地走了，像是没有听到他的话。张弛目送她倔强的背影，一种有力使不上的失落感油然而生。他不明白怎么了，似乎越想靠近她，她就离得越远。她看不到他在工作上的精进，她感受不到他对她特别的友善。

顾世，好像是在草原上独自飞奔的一头母豹，看似温顺却会警觉地和别人保持距离，似乎强大到能够不依靠任何人，甚至她的父亲。但他，却总能清晰地感受到她内心最深处的那一丝孤寂，却不知道这孤寂的源头在哪里。

到底是什么阻碍了他们呢？张弛毫无头绪，这太不像平时善于猜测女孩心思的自己了。还是说，正因为顾世说不清道不明的与众不同，才从最初就深深吸引了他？

第七章　高速公路上的追逐

眼神相对的那一刻，老板儿子知道对方有备而来，如惊弓之鸟飞快地跨上旁边一辆停放在店门口的川崎忍者，转瞬间，轰鸣着马达疾驰而去。本就没有熄火的哈雷和停在一个街区外的警车几乎同时紧追过去。

张弛整天坐在办公室里，别人在抽烟，他在询问目击者；别人在吃外卖，他在埋头画像；大家开会，也习惯了他的缺席，笑称他像母鸡孵蛋，正在“闭门成仙”。

画像数量过多，后续的目击者特别擅长表达，描述起细节来滔滔不绝，有时会反复调整一个细微的说法，在画像上却需要做大的改动。候选的定稿画像已经累积了五份，定稿越来越难，他实在分身乏术。更何况，同事又总会把开会得出的关键性信息反馈给他。

无论如何，他只能做到让每一个人对画像上的特征全面认可，哪怕只有一个细微的差别，累积起来，也会形成较大的偏差。目击者数量是这个案子的劣势也是优势，他只能尽可能做到筛选、还原、集中、排除和整合，最后牢牢地锁定真凶相貌。每画一张像，他都感觉那个朦朦胧胧的人像变得越来越清晰。

这已经是第二天下午了，张弛抹了抹额头上细密的汗珠，全神贯注地画像的他忘记了开空调。送走一个摇着大蒲扇的目击者，他舒展一下身体，整个背部由于长时间地保持一个姿势，有点隐隐作痛。

张弛抬头看了一眼挂钟，又过了午饭时间，或许是抓捕犯罪嫌疑人的迫切欲望压倒性地战胜了生理感受，张弛一点都没有感受到饥饿。

他拿起那张目击者名单，新打上一个钩，还未协助画像的目击者只剩下那两个民警了，他直接把他们的名字划掉。张弛把八张画像在会议桌上排开，来回走动，眼睛却一直盯着它们，细细琢磨着。

这些画像都得到了目击者的认可。每一幅定稿之后，当他们面对画像的那一刹那，张弛特别留意了他们的反应。第一反应最为真实，恐惧、惊讶、震惊、欣喜，转而是看向他的崇拜、钦佩的眼神，都无声地表达了对画像准确性的认可，他们后面的溢美之词都不需要听。

可是，这些人像摆在一起，要说是同胞兄弟，相似度低得很，顶多是同父异母的那种。问题到底出在了哪里？

张弛望向窗外，高架桥上川流不息，天际倒是一扫往日的阴霾，万里长空都是少有的蓝天白云。阴雨连下了几天，天气变好了，自己却在加班，总让人多少觉得有点可惜，心里却放不下这个案子。

张弛双手环抱在胸前远眺风景。斜对面的公寓高楼，在七八层的地方，有人在擦拭玻璃，身体微微外倾，阳光射在窗上形成一个耀眼的光点。他微微闭上了眼睛，脑海却闪现出另一个场景：地上大摊暗红色的血迹，一旁有塑料桶的碎片，桶里的污水和鲜血交融在一块儿，沿着路上的沟沟缝缝，延伸流转，交织成了一大片混浊的血图。一个泪流满面的男人正在和工作人员把一具盖着白布的尸体吃力地往车上抬。围观的群众自觉地往后退，保持着距离，不住地议论唏嘘。警车呼啸而至，刑警跳下车和男人交涉，阻止了他们的行为。

那天傍晚时分，九楼的女主人突然从窗口跌出，摔在小区主干道上，当即死亡，有目击群众见状随即报警。悲痛欲绝的丈夫告诉出现场的刑警，妻子是在擦拭窗玻璃时，脚下一滑，失去重心，横遭惨祸。刑警表示同情，也不得不命令对方停止处理后事。毕竟按照有关法律法规，所有非正常死亡的人都必须经过公安机关调查，确认死亡性质后，才能够由家人处置尸体，操办葬礼。

现场已经被人为破坏，法医对死者尸检后发现，致命性损伤为一侧太阳穴部位破裂，符合头部先着地造成的颅脑破碎特征。刑警随即登楼，在死者家中进行现场勘查，窗台的指纹和脚印都印证了死者丈夫的描述。

可是，在刑警正准备撤离现场时，一个细心的痕迹专家发现，死者坠落点附近一棵树的树叶上存有暗红色血迹。倘若死者是跌落致死，何以在坠落前就有出血点？

在他的坚持下，刑警第二次登楼进行了更为细致的勘查，丈夫的慌乱更加印证了他的猜想。在刑侦技术仪器的辅助下，他发现了几处肉眼难以观察到的血迹，血迹取样鉴定后符合喷溅特征，且与死者的血型一致，并且离开人体时间不超过二十四小时。

在强有力的证据下，丈夫心理防线崩溃，终于和盘托出：两人在为家庭琐事争执时，他盛怒之下，举起阳台上的健身哑铃砸向妻子的头部，而后又制造了高空坠落的假象。一起可能逃脱罪责的杀人案就此告破。

这个警校教学案例曾经被张弛想起很多次，每次都是师兄或者老民警提起，大家说到杀妻案，更多的是对人性和婚姻的感慨。现在这番回想，却给了他新的启发。他利落地收拾起画像，匆匆朝顾师傅的办公室走去。

顾世正在写勘查总结报告，就听到队长在走廊里喊自己的名字，她赶紧关了文档，去隔壁报到。

看到杵在队长身边的张弛，她愣了一下：这小子现在整天跟着父亲，除了作画，几乎形影不离，怎么又跑到队长这里了？顾世看到张弛端详着自己的手，她早就习惯了男人对她投来的这种爱慕的眼神，因此波澜不惊。可张弛的眼神却使她不由得发呆。她不是没有考虑过这些追求者，在心里衡量利弊，只是现在还远远不是时候……

队长看到她，就布置任务："顾科，你陪小张去一下现场，他要找找灵感。"

两人几乎同时说："不用了吧。"然后顾世莫名地朝他看了一眼，他的脸上则挂着"好有默契"的表情。

"顾科，小张是我们的新人，虽然没有什么专门的官方名头，但对于我们刑警队，犯罪模拟画像师是个填补空白的重要职能岗位，一旦发挥作用，就是如虎添翼。你是现场总负责，熟悉情况，正好带带新同志。"

队长是个精干的中年人，由于长期坚持打网球，身材保持得很好，平时走路带风，楼梯一步两级，相比腆着啤酒肚的同龄人，看起来年轻得多，精气神也很足，大家对他的指令一般都不敢违抗。

张弛并不清楚情况，赶紧婉拒："队长，顾科手头也有工作在忙，我自己一个人也可以……"余光里却瞥到顾世在队长背后冲他摇头。

这时，队长的手机响了，他一挥暴着青筋的大手："顾科，手头的文字性总结工作可以后续再做，就这么定了，你们快去快回。"

顾世无奈地哦了一声，纵然想要推辞，也只能领命出发。

警察的工作是理清纷纷扰扰的真假线索，从中找到逻辑连贯、证据印证的真相。真相不是巧合的猜测，不是离奇的推论，而是大胆设想后的小心排除与证实。这就是眼下张弛准备做的。

顾世带着张弛来到事发现场的时候，天色已经暗了。他们照着嫌疑人的路径又走了一遍，顾世也顺带给他回顾了整个过程：事发前，歹徒敲响过其中两个目击者的房门，入门未遂后，来到第三户也就是死者门前，通过编造的理由顺利进入毫无防备的新婚夫妻的房间。而后，屋内的僵持、搏斗、刺杀、强奸都发生在停留的数小时里，直到死者的父母敲门，新娘大声呼救。老夫妻冲到窗口想要抓住嫌疑人，他侥幸逃脱，跳下落地时差点砸到旁边经过的一对父子，引起民警注意，对他围追堵截。他因为随身持刀，躲过了数个见义勇为的小区居民，直到最后逃脱。

“按理说，画像的条件非常好，只是……”张弛不再自言自语，开始每到一处，都在笔记本上零星记上几笔，都是很简单的词语和序号。顾世并不明白他在做什么，却是第一次见到他投入的模样。

父亲对她说的“嬉皮士风格的外形却有着匠人的精神”大概就是指他的这一面吧。

“其实吧，没有一样工作想做好是轻而易举的。”顾世把“你不用太有压力”这句几乎脱口而出的话硬憋了回去。

张弛好奇地抬头看她，发现了她眼神里温柔的一面，淡淡地答：“我还以为对你这样的天才型专家来说，样样都毫不费力的呢。”他这次要打有准备之仗，既然顾世习惯了爱慕者追求，倒不如将错就错，一错到底，说不定反而出奇制胜。他自己不就是这样被她无意地牵动了每一丝感性的神经？

“你不明白。我虽说是痕迹检测的技术员出身，但是警力的紧张逼着自己不得不当个多面手。就拿犯罪现场勘查来说，这其实是一项非常复杂的系统工程，现场保护、现场勘验、现场访问、现场记录以及我现在正在收尾的现场分析，无论哪个环节有了偏差疏漏，都会牵一发而动全身。更何况时效性、关联性都极大地增加了单个环节的难度系数。”

有的居民已经吃完晚饭，成群结队地在小区里慢走消食。一对小情侣在公寓楼下的长椅上卿卿我我。经过这对正如胶似漆、简直要合体的情侣的时候，张弛注意到顾世的表情，她似乎是有点厌恶地往外走了几步，刻意地和他们保持距离。

张弛装作没看到她的反应，配合着也朝外跨了几步：“现在资讯发达了，犯人不仅电脑技术高超，善于整合信息，还会关心国家大小的时政新闻，弄不好就碰到个高智商、反侦查能力又强的嫌疑人，你我当然不是他的对手。”

“预判案情、勘查现场、询问群众、走访调查、讯问嫌犯、侦查结案，不是动动小脑筋、靠着满腔热情就能搞定的，这些功底也都不是一朝一夕练就的，不光看勤奋度，还要看悟性。”顾世说着又瞥了眼他的笔记，竟然这么短时间里写了两整页，数字、短语加一些杂乱的线条，简直天书一样。

张弛却看着她认真掰着手指头说话的样子不以为然地笑笑，啪地猛合上笔记本：“现在食堂应该也已经关门了。走吧，我请你去吃个便饭。”

“不用，我知道一家日式快餐不错，我们AA。”

顾世熟门熟路地带着他朝附近的一条小路走去。她昂首挺胸走着，步子不大但频率高，张弛这样的大长腿也要加快速度才能和她保持同步。今天一路跟随着这个高挑的姑娘跑东跑西，看着她乌黑的发梢垂在领口裸露的肌肤上，倒也是种享受。一个自顾自暴走，一个含笑跟着，两个高颜值的年轻男女一路倒是博得不低的回头率。

他们坐定，小小的餐厅，清爽雅致，菜单简约地印在一张A4塑封纸上，简单询问过对方的忌口和偏好后，顾世打了声招呼，就直接把两人份的便当套餐点好了。张弛还等着她把菜单丢给自己来一句“随便”，没想到却是这样难得的简单，连轴转工作带来的疲劳也一扫而空。

所有的目击者被连夜找来，虽然有年纪大的尚且睡眼惺忪，却没人有半点抱怨，都对公安工作表示了充分的理解，有的还带了自家的夜宵慰问加班的民警。

刚刚打印出来的黑白模拟画像还散发着新鲜的油墨味。画像合为一张，人像的相貌在每一张原有基础上都有了很大的调整，张弛说：“我回避一下，不要让他们有心理负担，这样才能说出真实的想法。”然后他就躲到一边的办公室里去了。

他在房间里来回走动，只等着有人夺门而入告诉他一个肯定的结果。他在心里计算着时间，逐一单独核实，大约最多需要一个小时，这一个小时里，他捧着执法资格考试的书，却一个字都看不进去。

时间过了一个小时，他刚要开门出去自己寻找答案，这时就听到走廊里一阵喧闹骚动，听到有人高喊着：“不好了，快掐人中。”“谁去叫救护车？！”他赶紧冲出去看个究竟，会议室的角落里围着很多人，顾世正在维持秩序，她沉着地拨开围观的群众，让他们都退出房间：“请配合一下，她需要新鲜空气。”陈庭已经在她的嘱咐下拨打了急救电话，顾志昌从办公室里搀扶来了一对老夫妻。

人群散去，张弛这才看清众人的焦点正是死者的妻子。她面色惨白，头发散乱，瘫软在椅子上，脸靠在椅子的扶手上，眼睛似睡未睡地半睁着。

“这是怎么了？”他跨步上前问顾世。

顾世埋怨：“还不是你的画像闹的？”

原来，刚才一一确认画像时，所有人在九张画像里反复查看，最后都不约而同地挑出了定稿的最新画作，表示“太像了”“就是他”，那个遭受丧夫之痛又惨遭蹂躏的少妇本来就虚弱，脸色惨白，克制着恐惧逐一查看，在看到这张画像时，活见鬼一样，话都说不出一句，几乎要当场昏厥过去，顾世用力搀扶着才没让她摔倒在地上。

张弛心里松了口气，想笑却知道不合时宜，只能背过身去冲她笑着叹气：“像也不行，不像也不行，要得到你这个领导的肯定，太不容易了。”

顾世松开绷紧的脸：“要表扬也轮不到我，你又不是我们组的，不算是我的直接下属。”

救护车的喇叭声由远而近，老夫妻在民警帮助下，搀扶着儿媳离开。老太太又折返回来走到他们面前，一只手握着顾世的手，另一只握着张弛的手，老泪纵横：“警官啊，你们辛苦了。我儿子死得冤，我媳妇也受了苦，拜托你们一定要把画像上的这个人抓住。我只想看看，他的心是不是肉长的，他是不是有父母有孩子。”

顾世微微地点了点头，张弛抿了抿嘴，轻微动了动下巴。老太太满意地抹了抹眼泪。等她蹒跚着走远了，手上的温度似乎还在，老太太的泪好像也流到了自己的脸上，潮湿、滚烫。

张弛这才发现，两行清泪已经滑过顾世的脸，流到了她颈部的锁骨那里。

当张弛来到车库时，雨还在下。他把手探出车窗，感受了一下雨的密度和风的力度。一切刚刚好。想到今天晚上的事情，他深呼吸了一口气，稳定了一下心绪。

他看到不远处顾世和一个女同事正合撑一把伞往地铁站的方向走去，特意放慢车速。从她们旁边经过时，他打开车窗，冲着顾世说："我送你一程吧，你看你衣服都湿了。"个子稍高的顾世特意把伞倾向同伴，左肩和后背都被打湿了，但她并无察觉。

顾世不介意地轻拍了下肩，看了看已经停下的车，并不影响其他车辆的通行，就回头和女同事说："我和他说两句话，你等一下。"说完就径直冒雨把头从副驾驶室探进车里，她穿了一件天蓝色的真丝衬衫，纽扣只松开了领口的一粒，这么一俯身，尽管春光一丝不泄，张弛却情不自禁地把眼神转移过去。

顾世察觉到了，瞪了他一眼："听说你今晚要出任务，准备好了没有？"

"警校的基本功还是在的。"

顾世明白，张弛说得毫不夸张。他的体能好，刚来时就在刑警队里传开了，其他男同事望而却步的单杠和长跑，他依然轻松保持最好纪录。后来大家才知道他在校时就是军体委员，业余还是全马的狂热爱好者，每年的比赛从来不会缺席。

她指的明显不是身体素质条件：“抓捕行动我虽然没什么经验，但是知道一般会有两个基本目标：抓捕嫌犯和自我保护。这是理想情况，如果不能两全其美，从个人角度考虑，我建议你还是保证安全第一。”

看着顾世恳切的眼神，张弛本想表达下感谢，转念却鬼使神差地说：“谢谢提醒，我还记得老太太的嘱咐，我想自己应该可以做到。”

顾世上前一步，提高了些音量：“你以为只有你想给受害者报仇吗？没错，我们的工作就是用刑侦技术和法律武器把坏人一网打尽，但世上不可能事事顺心，我奉劝你还是做好心理准备，有时候事情并不如你想的那么顺利。”

张弛冷冷地看着她说：“如果刑警担心冒险，顾虑安全，那就不是刑警了。每个人价值观不同，还是看我现场发挥吧。对了，你如果不要我送，那我就先走了。”说完朝车窗示意一下，随即轰地一踩油门。顾世闷闷地看着他的跑车飞驰离去。

他手搭在方向盘上，冷酷高傲的表情一点一点地松垮下来，沮丧难耐。看着后视镜里那个人影一点点变小，他的心头一阵钝痛。如果这样能够让她对自己另眼相看，即使“不打不相识”，也好过平淡地互相错过。眼下的状况不过是暂时的煎熬罢了。

他打开交通频道的广播，集中关注着一段道路的机动车道路况。冲回家，先洗个热水澡，养精蓄锐，晚上的挑战才是目前真正的挑战。他不知道会面临什么样的突发情况，唯一确定的就是那张刻进脑子里的人像，还有亲手把其抓住的决心。

顾世的提醒不是没有缘由，就在他正式调到刑警队前不久，有同事在一次抓捕中，脾脏遭重击出血，好在抢救及时，才捡回一条命，家人哭得很惨，心有余悸地强烈要求长期病假。

这样的危险好像离他们很远，并非每个人都会遭遇，又离他们很近，在刑警的完整职业生涯中，不过早一时晚一时，不是他，就是我，因而很多刑警在有家有口后，都抵挡不住家人的亲情攻势，申请调离刑警队，以此换来相对低风险的岗位。

他打开电脑，看了看时钟，现在正是澳大利亚的中午时间，母亲应该是忙着在准备午餐，父亲估计还在召集员工开电视电话会议。他想点开Skype的手又缩了回去。算了，没必要让他们远在千里，还为自己牵肠挂肚。即使真的发生什么，也无济于事。

说不紧张是假的，但他更多的是兴奋甚至亢奋。他看了眼微信，是顾师傅发的语音。言简意赅，声音还是那么平和慈祥："小张啊，胆大心细，安全第一。祝你旗开得胜。"不知为何，听到师傅的留言，他的内心渐渐平静下来。

模拟画像传发后，经过侦查员的前期工作，很快得到了回应。掌握了确切线索，下午的闭门抓捕部署会上，队长斗志昂扬地做了交代和动员，同时提供了几点信息：第一，每个人熟记嫌犯的模拟画像，以此为抓捕目标；第二，嫌犯的职业为摩托车修理，要做好其驾驶车辆逃窜的准备；第三，嫌犯在老家当过消防兵，能够徒手爬楼，爆发力和耐力都很出色，有持刀习惯。

每年到了下半年，未破的、尚在侦破的案子日积月累，新发的、突发的案件又层出不穷，刑警队里的案子快堆成了山。几乎每个有经验的侦查员都会给案件分个类，区别轻重缓急。这样不仅有的放矢，也能缓解紧张工作带来的压力。

比较重要的是急办案件，往往是掌握了重要线索，正在收网的案件，或是情节恶劣、影响面广、上级督办的案件；其次就是尚未有进展的重大犯罪案件；最后才是在办的轻微刑事案件。

眼下的抢劫杀人系列案件显然属于重中之重，尤其张弛刚来不久，手头只参与了这个案件，又是案件突破的核心人物，抓捕工作自然少不了安排他一起参与。

此刻的他，心绪平静下来，有点疲倦了。调好闹钟，他很快进入了浅睡。

晚上九点，张弛一身户外运动装束，开着自己的哈雷，停在一家小汽配店门口。正钻在车下忙乎的老板看到这辆高端哈雷，立马笑脸相迎从车底钻了出来。他是内行，识货，知道是新来了大主顾照顾自己的生意了。

“老板，我这辆车后刹好像有点问题。”张弛皱着眉头指指车尾，却并不下车。

“好，您旁边坐，我来给您看看。”

“不用麻烦了，你手头也有活，我不着急，你看叫哪个小伙计来帮我看看就行。”他依然稳坐在自己的车上。他清楚这家小店，经营规模不大，晚上六点以后，一般情况下，其他伙计都已经下班了，店里只有父子俩。

毫不知情的老板是恭敬不如从命，一回头就是截然相反的态度，冲着店铺里改用方言，似乎在骂骂咧咧地催促，叫来了自己的儿子。

就是这张脸，简直一模一样！老板儿子不情愿地磨蹭着走了出来。

眼神相对的那一刻，老板儿子知道对方有备而来，如惊弓之鸟飞快地跨上旁边一辆停放在店门口的川崎忍者，转瞬间，轰鸣着马达疾驰而去。本就没有熄火的哈雷和停在一个街区外的警车几乎同时紧追过去。

川崎没有朝常规大路开去，立马拐进了一个小区，企图从小道把张弛绕晕，复杂的地形、停满的车辆，让警车也难以逼近增援，张弛在对讲机里紧急呼叫，让后援去一个街口等待，随时发动。

并不是只有川崎对地理环境了如指掌，做足功课的张弛紧追不舍，伴随着一阵阵的尖叫，川崎撞翻了几个正在纳凉的居民，哈雷跟随在后，尽全力躲闪，才没轧到已经摔在地上的桌椅和人，几个侧闪又避开了正在夜跑和散步的居民，很快把川崎逼出了道路狭窄的幽暗居民区。两辆大排量摩托的马达声此起彼伏，在安静的初夏夜里分外刺耳。

川崎更加疯狂，掉转车头，驶向此时依然车流不断的南北高架，在高速行驶的机动车中不断穿行，企图让哈雷追尾车辆。受到惊吓的车主纷纷摁响喇叭，探出车窗大声叫骂。

张弛很久没有这样在高速上飙车了，他听到耳边风呼啸的声音，远处的街灯金灿灿一片，也似乎在眼前静止。他想到警校警务驾驶训练场上那些障碍物，想到了顾世一撩头发的低头瞬间，这一刻的感觉很怪，好像空气凝固，他的心跳也已经停止，一切都让人恍惚迷惑。

他的心反而平静下来，对方的车牌已经可以清晰地看到，嫌犯不停地回头，几次差点撞到前方行驶中变道的汽车车尾上。他没有来得及戴头盔，张弛能清楚分辨对方眼里的绝望。他咬住了嘴唇，把速度又提升了三分之一，哈雷几乎达到了极限。他好像听到了发动机快要燃烧的声音。

警车一路闪灯提速，此时来到了川崎的右侧，警笛呼啸拉响，变道到川崎的前侧，川崎从车道中间一拐，继续加速，竟一时失控，撞在隔离墩上，人立马飞到了隔壁车道，旁边的车辆急刹车的声音尖厉地响起。

张弛赶紧停车，几乎是飞身跃下哈雷，以百米冲刺的速度扑向已经挣扎着站起的嫌犯。对方的一只手摸向后腰，掏出一把匕首向张弛刺去，张弛身体一侧避开，甩起腰间的警棍，将他手中已经摸出的匕首击落。紧接着又是用力一击，敲向他的膝盖，嫌犯随之倒下。

年轻壮实的嫌犯立马重新爬起来，痛苦狰狞的眼睛冒着亡命的凶光，赤手空拳扑上来掐住张弛的头颈。张弛并没有预料到这一出，颈部不得动弹，两只手用力掰开对方铁钳般的手指后，迅速控制住对方的手腕，使力的同时，一个弯腰下身，把对方甩在空中画出个抛物线。嫌犯的后背重重地摔在地上，死命地反抓住张弛的手不放，让他也摔倒在地。

两人都迅速地再次爬起，张弛飞出一脚，踢向嫌犯的腰间，只见他身体一歪，手痛苦地握成拳状。张弛又是一脚，没反应过来的嫌犯靠满是肌肉的双手一下子撑在地上，才没狼狈地趴倒在张弛脚下。增援的警力已经拉起紧急隔离带，一名交警疏散车辆离开，嫌犯抬头看了眼此时迅速下车包拢过来的刑警，颓废地一屁股坐在地上，缓缓地把手举起。

嫌犯出乎意料地放弃抵抗，早早备好的约束带也没用上。

车启动的那一刻，一直怒目圆睁、给人凶悍感觉的嫌犯居然无声地落下了两行清泪。

张弛被征用的哈雷已经请同事开去车行保养了，此时坐在嫌犯身边，张弛不觉有点好笑："现在才害怕？"

对方此时似乎变回了属于他的年纪，只是一个十八岁大男孩的腔调："想家了，好久没回去了，想俺老妈、奶奶。"

"想要钱，何必犯这样的恶，好歹你也是有技术的。"

"有技术，给俺爸打工，工资是没有的，只有这样来钱快，我有什么办法？"

"那就一定要杀人？"

"他们看到了我的脸，他不死，我就不能活。"

"人家哪里看清你的脸了？"

"他们反抗，一反抗我还能怎么弄？只能杀了。"

张弛看到他抹掉了眼泪，说这些时，脸似乎又变回了刚才在路上的那个亡命之徒。

"你多高？穿多大的鞋？"他还是有点好奇。

"我不高，也就一米七零，问这些干吗？"嫌犯依然很警觉。

侦查员小吴凑过来说："惨咯，你是不是和顾科打赌了？她最烦这一套。"张弛笑笑不语。

"我能不能问你个问题？"嫌犯亮亮的眼睛紧盯着张弛，"你们是怎么知道我长这样的？"他指指椅子上的画像。

"你觉得很奇怪吗？"张弛反问。

“我每次被人看到的时间都很短，能正面看清我脸的人又是受了惊吓的，不可能记得那么清楚。老实说，连生我养我的俺妈即使有画画的本事，都画不了这么像的。你们到底是怎么做到的？”嫌犯心有不甘。

“那你能告诉我，你最想要的是什么吗？”

一脸稚嫩的嫌犯显然没想到警察会问这个问题，他仔细想了想，认真地说：“我这人其实没什么追求，你说真想要什么，就是活得轻松点、钱多点，如果当初能多读点书就好了，没这样的老爸就好了。”

他指的是自己初中才读了两年，就被老爸带着出来打工了。青年暴力犯罪的嫌疑人似乎都难逃这个路数：教育缺失。不管是家庭教育还是学校教育都早早和他们绝缘。眼前的这个大男孩更是小小年纪就在工地上干重体力活，拿着微薄的工钱，后来跟着父亲学修车手艺，常常被当着外人的面打骂，只给非常少的零用钱作为报酬。长期精神、物质上的压抑培养了他的不良嗜好。和其他网瘾青年一样，他在网上的暴力、性爱视频中寻找最后一丝慰藉。

“这是画还是照片？我看像照片，你能告诉我你从哪里搞到的吗？”嫌犯还没忘记自己的问题，一再追问。

小吴回过头来训斥道：“这不是你问的，你的权利等会儿由我们民警告知，至于我们的刑侦手段，有权向你保密。不要再枉费口舌打听了。”

张弛摸着头颈处火辣辣的皮肤，哑然失笑。一路上不住地朝嫌犯看，这张曾经在想象中描摹了几十遍的脸，如今活生生地出现在眼前，还有点“失散的兄弟回家”的感觉，神奇、微妙。

下了车，队长让小吴他们先直接把嫌犯押到讯问室，张弛正想去办公室拿包，却被拦住了。

队长关切地问：“需不需要去检查下，伤得重不重？”

张弛摸了摸头颈，连忙摆手：“没事，就手上有点擦伤，还有这……这里瘀青有点难看而已。没什么大碍，我自己有数，谢谢队长关心。”

“老顾果然没有看错人，你今天的表现，就是在告诉我们大家，你张弛骨子里就是个真正的刑警。”

张弛面对领导直接的肯定，既不感激地点头也不谦虚地摇头，只是带笑听着。

“给你师傅打电话报喜了没有？”不知他心理活动的队长依然笑吟吟地问。

“说了，刚一上车就发微信告诉他了，也省得他担心。”

队长点点头，两人并肩朝前走。沉默了一会儿，他说：“其实，刚才那小子问的问题，我们都想知道答案。你不妨说来听听？”

张弛不以为然地告诉他，这并不是什么大不了的秘密，其实还是要归功于顾世。那天在她的帮助下，自己去踩了踩现场路线，确定了几个目击者，观察到嫌犯的确切角度，由此筛选了不同的部位进行组合。

“比如受害者的父母，老夫妻俩是居高临下看到的嫌犯，那他们提供的重点部位就是鼻子上方的那块区域。嫌犯逃跑过程中，有个身高一米七零左右的大男孩，他提供的观察角度就是仰视，侧重在嘴及下巴的区域等等。”张弛解释，自己就是反复根据这些标准进行筛选、微调角度，最后整合出让证人认可的犯罪模拟画像。

说到这里，两人已经走进了电梯，队长毫不吝啬地朝他竖起大拇指：“看你说得轻描淡写，但我知道这项工作很了不起。你是勤思考、下苦功、重实践，才研究出这样一套办法，最终取得了完美的效果。要我说，老顾这次是真正的幕后英雄，帮我们队里找来了你这样能文能武的人才。这是我们刑警队的荣誉和骄傲啊。”

张弛太累了，听到官样文章更是忍不住哈欠连天。他报告说准备先去大院里洗个澡吃点东西，再回来参加审讯。队长欣然同意。

这样的夜，除了油然而生的轻松，还有紧张抓捕后的倦怠，其实远远还没有到感受疲惫的那一刻。院子里月色朦胧，趴在警车上的流浪猫，悠闲地紧盯着他，见是熟人又微微闭上了双眼。张弛的脚步不由得轻快起来。

或许，队长说的那句话没有错，他骨子里就是个刑警。真正的刑警，只有在把嫌犯交到看守所、正式收押的那一刻之后，才会感到身心俱疲。

第八章 一条舌头

这是一栋老式的居民楼，建造于八〇年底，没有电梯，楼梯是毛坯的水泥，扶手上是新刷过的红漆，发出一股刺鼻的气味。楼道里星星点点的血从底楼一直延伸到四楼，伴随着几个交叠或重合的血脚印，发生凶案的屋门已经完全敞开。

审讯和抓捕相反，出乎意料地顺利。嫌犯性格再凶残，到底还只是个孩子，面对巨大的压力还有对未知的恐惧，一下子把作案经过全吐了，证据链完整，检察院这里可以交差了。案子水落石出，本应该松一口气，但是这案子对于受害者、施暴者双方来说都是毁灭性的打击，让人心情沉重。

众人从不同渠道得知是张弛的画像确定了犯罪嫌疑人，是他与歹徒直面交锋将歹徒制服，各种版本神乎其神，描述得身临其境。再看到他时，人们嘴上是只言片语的褒奖，眼神里都是掩饰不住的刮目相看，顾世似乎也完全忘了先前两人的不快以及打赌的失败。

刑警队的工作似乎从来就没有让人喘口气的机会，又一个案子接踵而来。总有人说适合在刑警队工作的人都有“劳碌命”，闲着萎靡不振，忙得哪怕飞起来都神采奕奕，这句话还真是太对了。

这天，顾世捧着几杯现磨咖啡从小卖部回来，大家乐呵呵地开始享受难得的午后悠闲时光，好歹也提提神。顾世桌上的电话响起，是最新的出现场指令，原本懒散的一众就像听到军号一样，顷刻都直挺挺地站立起来。

闻着浓香味来串门的张弛一听，马上主动请缨：“我来开车吧，让你们路上休息会儿，慢慢品尝咖啡。”

陈庭自从上次和顾世间接表白后，两人几乎无话可说，这会儿好不容易逮到一个说得上话的，赶紧把握机会打趣：“我看你是醉翁之意不在酒。”

顾世不经意地瞟了他们一眼，张弛虽然不是这个意思，索性将错就错当作没听到一样，拿起车单就要去找领导签字。

队长这时候正好踱着步子过来，一看他手里的单子，赞赏地点头接过来，大笔一挥就把字签了：“你们都要向小张学习，我们分工不分家，业务知识是学习不完的，应该主动抓住学习的机会，每个现场都是一个学习的课堂嘛。”

看队长定了基调，顾世再想拒绝也没理由了，只能用眼神偷偷告诉他："别想给我添乱。"

张弛心领神会地微笑着，陈庭注意到了两人的表情，再想到之前他们的反应，似乎联想到了什么，头一低，脸色阴沉着默默地走了出去。

现场一片狼藉。报警的小学生瑟瑟发抖地躲在邻居家叔叔怀里，苍白的脸上一双眼睛紧紧闭着，好像一睁开就会看到什么恐怖的景象。他放学回来，门虚掩着，里面似乎有低声的呻吟，他好奇地走进去，就见到了恐怖的一幕。

张弛跟随着跨过警戒线后，被眼前的情景震惊了。这是他出的第一个凶杀案现场，看了再多的现场图片，所受到的震撼都不如现场的直观感受。

这是一栋老式的居民楼，建造于八〇年底，没有电梯，楼梯是毛坯的水泥，扶手上是新刷过的红漆，发出一股刺鼻的气味。楼道里星星点点的血从底楼一直延伸到四楼，伴随着几个交叠或重合的血脚印，发生凶案的屋门已经完全敞开。

一居室的房间里堆满了杂物，看上去拥挤、阴暗，开放式厨房的地上，横卧着一个七十岁左右的老妇尸体，面部、颈部、手部处处是砍伤，血肉模糊。颈部有明显扼痕，鼻子耷拉着，快要从脸上掉下来，让人联想到科幻恐怖片中的奇怪生物。接警的辖区警员说，当时地上还有一人，是老妇的孙女，同样身中数刀，一同倒在血泊中，已经被送往医院抢救。

顾世趴在地上测量、提样，动作敏捷、无声，和正在伏击猎物的猫没什么两样。陈庭端着相机，不停地起身俯身做标记、拍照，咔嚓咔嚓，全神贯注。其他的刑警有的在外围维持秩序，有的在屋内观察现场，没有人关心对方做什么，却都像商量好一样井然有序，互不干扰，想必是他们工作日久形成的默契。

张弛艰难地挑着没有血渍的空地跨过尸体，继续朝里面走。屋内非常凌乱，一台电视机翻倒在地，墙上、地上、桌上、床上都有大量喷溅血迹，床上的席子散落在地上，被划出了几个口子。整张陈旧的窗帘都被拉落在地，纸屑、血渍遍布其上。

屋里没什么像样的家具，窗口下有一台老式缝纫机，平时似乎用作餐桌，上面铺着桌布，桌布的一角因为抽屉被打开有点微微翘起。

他上前看了一下抽屉，抽屉很浅，放着一些针线、顶针之类的东西，他戴上手套把抽屉整段拉出，里面居然有一段没有血色的人体组织，他仔细辨认了下，赶紧示意顾世过来。

“这是一截舌头，连这个都认不出来了？”顾世只看了一眼，波澜不惊地告诉他。

注意到他脸色微变，顾世继续不以为然地说：“你吃不消就去外边车里待着，这里空间小，万一被你破坏现场，问题就大了。”

张弛强忍住，没有呕吐，挥着戴着手套的双手，示意自己不会干扰现场，转身就去观察现场的其他细节。

强制转移注意力的方法很管用，他很快克服了恶心和恐惧。顾世不时回看他，确认他没事。究竟是出于保护现场还是关心自己，张弛从她淡淡的面容里无法判断，心里却是说不出的喜悦。他想，顾世如果知道自己是第一次出现场，这样的表现应该也算是凤毛麟角，不丢份了。

张弛注意到现场的凶器共有两把，一把桌上的菜刀，一把掉在席子下方的水果刀，似乎都是取自死者屋中的生活用品。他站在屋子中央，环视这不足二十平方米的空间，家具是他记忆中儿时的样式，上面的把手快要脱落，半悬在空中。床头放着一个低矮的写字桌，上面摆满了小学和初中的教科书。这个家庭似乎只有老人和孩子，而且生活拮据。

屋内闭塞、血腥，屋外围观的群众发出嘈杂的议论。初夏时分，短短个把小时，尸体已经开始滋生出难闻的气味。在场的民警似乎都没有听到噪音，也没有闻到气味，倒像是端坐在一个窗明几净的实验室里，沉浸在一个饶有趣味的实验中。

张弛真不知道平时技术组的民警都是怎样忍受这样恶劣的工作环境的，刚想开口说去外围打探下情况，顾世就好像洞察到他心事一样，冷冷揭穿他："怎么？这点场面，就待不下去了？"

他明白顾世说的是各种更为瘆人的非正常死亡，巨人观、吊死鬼，不一而足。他庆幸自己不是法医，也不是技术员，至少这些工作场景并非他必须面对的。

张弛只能继续在屋里溜达，看着他假装若无其事，旁边几个同事都低头偷笑起来。

他自嘲地笑笑，毫不介意。屋内就他一个人站着，突兀不说，还有点无所事事的样子，但高有高的独特视角，他索性踮起脚，让视线再高一点，注意力很快就被大衣橱顶的一个皮夹子吸引住了。

他示意顾世，这里可能存在有用的线索，她将信将疑地把证物袋塞到他手里："你知道怎么保留证物痕迹吗？没问题就直接拿下来吧。"

他把证物袋交给顾世时，紧锁双眉，对方奇怪地看他一眼。其实他只是在试着理清作案动机。如果此案是仇杀，那截舌头似乎能够印证，可刚才他耳朵里分明飘来两句邻居的议论：这家人几乎没有社交，孩子的父母来自D市，在远洋轮船上打工，老人为了孩子的学业移居至此，平日无非操持家务，监督孩子上课读书。真是这样，能有多大能耐惹到这样凶神恶煞的人？

如果说是谋财，那么本就是不惹人注目的平民小区，租户占到一半以上，何况这家人并没有宽裕的经济，即使负担两个孩子的补课费用都捉襟见肘，几乎是家徒四壁的人家，怎会招来杀身之祸？

这起案件不出意外的话，似乎并没有张弛的用武之地。

但这丝毫不影响他的工作热情，现场勘查、周边访谈、回看视频、开专案组会，没有人叫上他，他也一个不落。同样作为一名警力，大家都干得热火朝天，他做这些基础工作总比呆坐在办公室强。再者，他本来就是个机动岗民警，领导从一开始就明确他的工作重心是犯罪模拟画像，但并没有说全部工作仅限于画像，因此，他出现在哪里，大家都不会觉得突兀。

张弛回到办公室里，现场的景象依然历历在目，尤其是小男孩那双眼睛里深不见底的恐惧更是让他印象深刻。他翻开笔记本，找到了之前特意留下的居委会负责人、小学生班主任的电话，统统嘱咐一遍，做好小男孩的情绪安抚，帮忙联系了心理咨询志愿者，还询问了孩子暂时安顿的去处，有没有人照看，如此这般，没有疑问和顾虑了，这才挂断电话，放心地起身倒茶。

他深深叹了口气，一转身，看到顾世正悄无声息地站在门口，笑吟吟地伸手递给他一杯咖啡，应该是自己的电话无意中被她听到了。张弛受宠若惊地接过杯子，心里却有点难堪，真不愿意自己感性的一面被人看见，哪怕这个人是他中意的女人。

案件在第三天有了些许突破，走廊里突然人声鼎沸，刑警队的人都熟悉这种寂静中突然的喧闹。果然，顾志昌带队，领回了一个人。

他们得到可靠线索，死者主管家中的财务，所有开销支出和存款理财全都由她代理。事发前，死者的儿子、女婿的单位发放了一笔房屋补贴，是工作满一定年限的一次性补助，两者相加大约有数十万。老太太闲来无事，总喜欢去一户底楼人家的牌桌上打两把。老太太一辈子都没见过这个数目的钱，有一天，一高兴就把这件事透露给了几个牌友搭子。

案发当天，牌友中的一人、小区的保洁工老赵曾在楼梯口徘徊，还有人看到他汗流浃背地从楼上下来，脸紧绷着，一只手里捏着几张百元大钞，另一只手里提着一个马甲袋，里面好像装着衣物。

顾志昌正准备朝讯问室走去，张弛赶忙迎上去：“师傅，是要审吗？我想试试，他的底我已经摸清了，和当事人交流我不算零经验。”

顾志昌听了笑着说：“你这小子是门儿清，把自己的优势劣势都说了。好，那师傅就罩着你，让你正式体验一把。说说看，打算用什么策略？”

承担更多工作，意味着承担更多责任，也只有如此，才能成长为多面手，体现自己在刑警队里的价值。张弛进入刑警队的第一周就明白了这个道理：“策略谈不上，即兴发挥吧，如果到时候过头了，请师傅敲打我，让我刹车。真走到这一步，您就多兜着点继续，当我不存在。”

徒弟好学，又难得谦虚，顾志昌喜上眉梢，揽着他的肩就一同走进讯问室里。老赵正无所适从地环顾着房间，手摆在桌面上，十指缠绕，一会儿往膝盖上放，一会儿又放回桌面上。看到两人进来，开口第一句话就是：“我什么都不知道啊。”

顾志昌示意张弛主攻，他得到允许，低头翻了下手头的资料，随即平淡地说：“我什么还没问，你怎么知道我要问的你都不知道？”

老赵一时语塞，焦灼不安的眼神在两名警察和审讯室门口之间游离，似乎期待着有什么人可以马上把他带离这个地方。

张弛不再理睬他，似有似无地和顾志昌扯一堆家常，顾志昌游刃有余地配合着，两人聊得火热，不乏抱怨一番警力不够、工作危险性高、付出和待遇不成正比等等。老赵看着他们，一直好奇地听着他们说话，紧张的情绪似乎缓解了不少。

“要不要烟？”张弛主动问他，看到他渴求的眼神，立即上前半鞠着躬给他点燃了烟。老赵诚惶诚恐地接过，猛吸了一大口，好像一下子回过神来。

张弛转身恭敬地给师傅也点上烟，等他们都快抽完了，老赵情绪基本上也平稳了。张弛打开一堆资料，用笔敲打着桌面，漫不经心地问：“你是小区的保洁员，负责哪几个区域？”

“只要是小区里的保洁工作，都在我职责范围内。”

“每个保洁员每个礼拜都要扫十五栋楼，哪几栋楼是你负责的？”

“三十到四十五号楼。”

“上周四下午四点左右，你人在哪里？”

“我扫楼都是随机的，看到哪幢楼楼道垃圾多了，或是居民和我说要扫一下了，我就会去扫一扫。”

“请你听清我的问题，我问的不是你怎么分配哪天扫哪幢楼，问的是周四那天，下午四点，你在哪栋楼？”

“我没有做记录，不记得了。”

“好，那我来告诉你，你那个时段正在三十七号楼门口。”

“每天进出楼道的人很多，又不只我一个人。”

“那请问，你还记得当时有谁从你旁边经过，也进过这栋楼的？”

“平时每栋楼都会有送快递的、送外卖的、维修水电的进出……”

张弛的音量一下子提高了：“我不要听其他的。请你明确回答，当天，三十七号楼门口，你有看到谁，仔细想好再回答我。”

老赵头上的汗滴了下来：“我真记不得了。”

“那天你去干什么，你还记得吗？”

“三十七号六楼的老头发烧了，他老伴扛不动他，儿子又不愿意管，老太太去买菜的路上就问我能不能帮个忙，还塞给了我一包烟。那老头死重，分量全吃在我身上……”

“送完老头你就走了？”

“我继续扫地去了，还有几栋楼没扫，上午只顾着搓麻将了。”

“不扫有什么关系？反正他们也看不出来。”

“那几栋楼有房东有租客，有的群租客的房间门口天天有啤酒瓶和一次性饭盒，也不走几步路扔掉，房东就有意见，会打电话给居委会和物业。”

“你确定你扫了？”

“扫了，否则早投诉我了。”

“对的，你的确扫了，但你是在晚上六点左右、业主下班的时间才去扫的，当中一个小时，你去干吗了？”

老赵没想到自己的行踪已经被摸得清清楚楚，嘴巴悬空张着，说不出话来。

“看着老头老太太上了车，你又返回楼里，直到半个小时以后才下楼，手里拎着两大包东西，是什么？”

“不对，我没拿两包东西，我有时候会拿些业主给的旧衣服啊、鞋子啊什么的……”

张弛敲了敲桌子，声音更严厉了：“我最后和你明确一次，不要和我似是而非说什么‘有时候’‘大多数’，听清楚我的问题，那天你又返回楼里，拿了什么？”

“钱……”老赵突然眼眶一红，垂着头无声地抹起泪来，咧开嘴哭的样子，好像瞬间苍老了十岁。

张弛还想问，一直没说话的顾志昌拍了拍他的手，张弛不再说话，两人都静静等着他发泄完压抑已久的情绪。

走出讯问室，师徒两人相对无言。

“你怎么看？”顾志昌首先问。

“本来以为离真凶只有一步，现在看来，还连影子都没逮到。”

“怎么判断得出的结论？”

“师傅你刚才问我准备用什么策略，我是在他开口回答第一个问题以后才决定选用排中律的逻辑推理策略。”

“排中律？这个术语有点意思。”

“说到底，就是非黑即白，我给他两个不可能同时为假的推测，当然，这也是根据我们掌握的情况来量身定做的两个选项。这家伙喜欢避重就轻，遇到实质问题就兜圈子，排中律就不允许模棱两可、含糊其词。他并不清楚我们掌握了多少线索，在逼问下，只能二选其一。”

“所以你相信他最终给出的答案都是真话？”

“也不完全是，我们基本能够确定他在案发时段身处目标范围。至于是不是如他所说的帮助六楼的老太太，这点即使我们没有楼前监控，通过的士司机和老太太也能很快得到印证，他说不了谎。但问题就出在，他在回老太太那里顺手牵羊时，途经四楼的时候是不是一念之差进去犯事？”

“我们掌握的情况是，他的确有动机，他和四楼老太太有过几次争执，都是为打牌的事，还有一次他差点把桌子都掀了。他也是知晓老太太家财务状况的人之一。”

“针对这个情况，我在询问时，又根据他的个性和语言习惯，设置了一套复杂问句。”

顾志昌直摇头，笑着说：“你小子，说起理论来，还真是一套一套的，你师傅自叹不如。”

张弛发觉顾志昌在自己面前越来越自谦了，平时的师傅可不这样，他摆手笑言：“这其实是逻辑学家的贡献，复杂问句就是在提问中预设一个前提，不能用简单的肯定或否定来作答。曾经的一项研究表明，合理地设置一些复杂问句，虚虚实实，迫使犯罪嫌疑人在回答一系列问题时多次出现前后矛盾的情况，最后往往能让他们圆不了谎。”

“所以，你就是用复杂问句套出他乘虚进入六楼老太太家偷窃的情况，那怎么证明他没有作案的嫌疑？”

“师傅，你这就是故意考我了，其实你在旁边早就凭感觉得出了结论。我们有证据可以排除他作案的嫌疑，首先是他手里的衣物证据，其次是那几张钞票，要从精打细算的老太太那里验证，应该不难。死者现场的钱包上也可以检测有无他的指纹。”

“的确，凭借刑警的直觉，以他的心理素质和个性，其实已经排除了凶杀案的嫌疑。不过你要记住，证据链的完整、逻辑的梳理，才是结案的关键。”

张弛点点头，无奈地笑道：“没想到大鱼没捉到。无心插柳啊。”

这天，大家的日子都过得不太舒畅。案件当事人还没脱离危险，现场勘查结果还没个定论，基本上案件侦查处于胶着状态，刑警队的每个人就有点无精打采，似乎只有新线索才可以让他们重新兴奋起来。加之A市已经进入初伏，树上的知了正处于壮年期，叫得亢奋，蝉鸣此起彼伏，本身就由于低气压透不过气，再加上这种生物声声入耳的噪音，人就如同装满火药的雷管，随时可以引爆。连初来刑警队的张弛也不得不收敛起大大咧咧的个性，把渗透到血液里的自信暂且先克制一下，走路都不像往常那样一人独占过道正中，怕引起不必要的争端。

大家都明白，线索暂时断了，各种刑技手段在这个事发于老旧小区的案子里，根本使不上劲。但侦查员们从来不会放弃，即使处在煎熬中，也依旧坚持着看似毫无意义的走访。年轻的刑警有了些许余暇，开始恢复中断已久的健身，一时间，平时中午鲜有人光顾的健身房里人满为患。

顾世是健身人群中唯一的女警，穿着一身运动装，平时被警服罩着的玲珑身段此刻显得凹凸有致，格外扎眼。她并不理会男警们投来的眼光，因为她眼里只有一个男人。

这个男人不是别人，就是顾志昌。与其说她是去锻炼的，还不如说她是去监督老爸的。

顾世昌有三高，偏偏还是个运动狂热分子。前一天因为处理案件睡眠不好，第二天窗外第一只鸟叫了，他也起床了，这时候凌晨五点不到。这样一来，血压自然不会低。中午，不服老的他又一身运动装被刑警队的年轻人簇拥着有说有笑地去了健身房，倘若不是女儿柳眉拧成麻花地盯着，他总是会跑上个把小时，再随便塞下几个馒头，灌下一大瓶运动饮料，于是血糖也就噌噌直线飙升了。到了晚上，饥饿感又驱使着他大快朵颐，无肉不欢，血脂有增无减。等到顾世发现他萎靡不振或是嗜睡、眼神不好时，往往已经到了三高齐飞的危险临界点。

顾世为此特意选择性“失忆”，心急火燎地去请教了精通中医养生的陈庭。陈庭还从来没见过御姐范十足的顾世有这样冒冒失失的一面，怔了怔后，知无不言地告诉她说：“你也别急，凡事有因有果。就说高血糖这点，顾师傅的指标已经达到了糖尿病的标准。但从中医角度来说，糖尿病其实又可分为三种类型，阴虚燥热型的需要养阴清热，气阴两虚型的需要益气养阴，阴阳两虚型的则要温阳育阴。”

顾世站在他办公室里，不肯坐下，只是苦笑：“拜托，你这么一说，我更晕了，能不能给点建设性意见？”

张弛做了个Stop的手势：“顾大小姐，您先少安毋躁，陈庭说话风格就是来龙去脉有条有理，你不能打乱他的节奏，欲速则不达啊。”

“怎么哪都有你？我的节奏全被你打乱了。”专心听讲的顾世被他的插话吓了一跳，不客气地朝他瞪去。

对方只是耸耸肩，手里端着画板就往旁边的沙发一坐，不再看他们。张弛一边摹画着眼前心猿意马的两人，一边在心里默念：你懂什么，我就是要在你的世界里无处不在。喜欢也好，讨厌也罢，习惯才是最可怕的力量。

他发现顾世手臂内侧有一道又细又长的伤疤，大概由于时间久了，已经变成比周边皮肤更浅的肉色。毫无疑问，她是瘢痕体质，否则这道看上去创口不深的疤不至于永久留在她身上。他很想知道这道疤背后的故事，想抱抱当时受伤的那个小女孩。

陈庭有张弛的力挺，迷惑又感激地看了他一眼，本来已经缩回去的话，按照原有的节奏蹦了出来："我刚才说的治疗，这个没法现在和你展开，毕竟我不是医生，没法帮顾师傅把脉确认体质类型。但是中医普遍认为糖尿病和饮食密切相关，饮食直接影响着病情的好转或恶化。也就是说食疗非常关键。你们知道是谁最早倡导食疗的吗？"

看到陈庭已经游离于话题之外，顾世双手抱在胸前，一副洗耳恭听的模样，他只能独角戏唱到底："药王孙思邈曾提出糖尿病患者'其所慎者有三，一饮酒，二房室，三咸食及面'，也就是说，他就是世界上最早提出饮食治疗的先驱。糖尿病三分治，七分养，说的就是这个道理。"

"那你说说看，到底怎么个养法？"顾世仰了仰头，深呼吸一口气，终于问道。她就不明白，平时闷罐子一样内敛羞涩的陈庭，怎么一说起中医来，就成了口若悬河的人，好像站在讲坛上的大学讲师，半天说不到重点。

张弛了解他，陈庭碰到这个话题就有点刹不住车："我先给你说几个原则。首先，糖尿病人应该多吃高纤维的食物，因为高纤维可以降低餐后血糖和血脂。同时，还要少吃碳水化合物含量高的食物，这些东西容易使血糖升高。还有，糖尿病人切记不能饮酒，他们的肝脏解毒能力较差，喝酒势必会加重肝脏的负担，引发进一步的损伤。另外，要多吃含有硒的食物，补足富含B族维生素和维生素C的食物，B族维生素具有和胰岛素相同的调节糖代谢的生理活性，维生素C则能帮助减轻患者的胰腺负担……”

“我还是麻烦你，帮我列一张食物清单，哪些能吃，哪些忌口。我已经听晕了！”顾世忍无可忍地打断他的话。

“过后我会给你列一张养生食物和忌口食物的清单。”

张弛从画板上方瞟了他一眼，表情认真严谨，心想：这小子可真行，就这样追姑娘吗？何况顾世这么高难度的。眼看着顾世都要急得喷火了，他还在那里不紧不慢地掰着手指讲理论。

顾世抬头看了眼钟表，催促道：“快到午休时间了，老顾又要去吃馒头喝饮料了，我听出来了，这两样就是大忌，难怪血糖老高。没时间了，你快说说运动有什么影响？”

“运动是能缓解病症的，没什么特别规定的运动项目，只要根据自己的身体情况来，散步、跑步、打球都行。要注意的就是时间点的控制。如果想要降血糖，要选在进餐后一个多小时再开始热身和运动，效果最好。”

“好，谢谢你，别忘记给我开清单，有劳了。”顾世说完就急匆匆往外跑。她边跑边回头冲在沙发上葛优躺的张弛说：“还愣着干吗？快去帮你师傅打饭去。他肯定已经去健身房了。”

陈庭在后面追着说：“要小心低血糖，运动的时候要带点面包。”

张弛优哉游哉地往外走，经过陈庭时拍拍他的背：“师兄，你这样表现可不行，唐僧一样，念得我都头痛，就算是咬到钩的鱼也会被你吓跑的。”

没等陈庭回过神来，他就大摇大摆地把饭卡往胸前口袋里一揣，拿着门禁卡朝楼下食堂走去了。

第九章　手印和伤口

正在医院里的顾世柔声问她身上的伤口是怎么来的时，她清晰地告诉了顾世整个过程：歹徒如何抓住她的双手，用桌上切橙子的水果刀劈向她的头顶，在她转身去找东西想要砸向对方时，对方又如何紧追不舍，刀尖抵着她的头颈，这才留下了这几道口子。

午休时间刚刚过半，顾志昌接了通电话，朝刑警队的小伙子们打了个手势。有眼力见儿的两个刑警一抹汗，跟着往健身房外走。顾世香汗淋漓，来不及去洗澡换身衣服，穿着紧致的运动装，也跟着往外跑，大家径直上了停在刑警队门口的警车，不知道的人还以为有足球队到局里来参观了。

“张弛人呢？把他叫上一起走，带好他的‘吃饭家伙’。”

“他应该还在午睡呢，他每天都是不吃午饭先睡觉。”

“睡什么睡！我去把他叫起来。”顾世气不打一处来，大家都候命待发，案子没破，心悬到喉咙口，就他一个人气定神闲，还能睡午觉。

车上一片欢腾，幸灾乐祸的众人就恨看不到热闹：“好，我们等着啊，大姐大威武，去把他拎下来！”

“别急，好好说话啊。”顾志昌下车，追着她背影叮嘱了句，皱着眉头点起一支烟。

平时他在单位里和女儿基本处于两个平行的轨道里，除了健康问题，互不干涉。可就在收了这个徒弟后，女儿似乎有满满的怨气，性子也急躁得很，他很是头痛。明明这小子好像看上了自己闺女，情商也不低，怎么两人就处得这样水火不容，实在让人费解。

不到五分钟，张弛就率先出现在众人眼前，提着一幅画像，一脸的慵懒：“谁说我在睡觉的？难道我是闭着眼睛画画的？当我打醉拳呢。”

顾世悻悻地跟在后面走了出来：“你们动身吧，我还要去趟医院，小吴说那女孩情况稳定了，我过去看看。有几个数据等着汇总，有结果了会尽快向领导汇报的。”

顾志昌听了张弛的话先是一愣，而后女儿的话让他宽慰了些，他很快冲张弛一抬下巴：“那你快上车吧，有什么情况，我们路上再说。”

原来，大家涌去健身房的时候，线索已经来了，张弛得到了第一手消息。经过排查，同一时段出现在死者楼里的还有一名快递公司临时工，此人在昨日另一起抢劫案中已经被兄弟分局锁定。

无奈在确定身份时，这名快递公司临时工暂住的旅馆的电脑系统出了故障，监控录像上看不清他的面容。侦查员把当班的前台服务员找来，对方只记得当时先手填了个表，登记了他的身份信息，却怎么也记不清登记的对象长什么样，根本对不上号。

张弛克服着浓浓的睡意，请兄弟单位直接在内网上把视频传过来，又要来了前台服务员的联系方式。他对着电脑，将目标时段一帧一帧地反复看了几遍，也来不及汇报，就直接打电话询问对方关键信息，帮助她还原当时的情景。同时，兄弟单位已经派出电脑技术员对宾馆的电脑进行维修，尽快恢复数据。

“你仔细回想一下，当时你登记这个犯罪嫌疑人时，他是不是穿了件白衬衫，胸口有两个口袋，手里拿了个公文包，他在口袋里摸了很久，然后朝你两手一摊？”

“实在不记得了，我当时忙着接电话，真没注意。”张弛对照着看了看视频，服务员的确没说假话。

“当时电话比较多，但是办理入住的人在一小时里只有三个，你们的电脑已经坏了一整天，你是把信息登记在纸质表格上的。如果我没看错，应该是在表格下面的三分之一处，你登记了这人的信息。”

“这个人的证件信息应该是在这几个号码当中，但是我不能确定。”

“你能确定是在哪几个号码里吗？”

“能，他是晚饭后来的，这个时段，加上你说的表格位置，我能确定是在这四个号码之间。”

张弛睡意全消，请她不要挂断电话，把那四人的证件照发送到她的手机上请她辨认。

“你再仔细看看，不要光看外表，注意他的神态。有没有哪个特别像的？”

“我记不清了，好像第三个有点像，但发型不像。”

“发型不用管，主要看神态。”

“神态倒是挺像的。”

张弛盯着这张证件照，追问：“从一分到十分，你有几分把握？”

“七分。”

“你见到的人和现在照片上的人，最大的不同点是什么？”

“发型不对，我看到的那人是平头，这张照片上的人是中分，感觉就很不一样。而且他真人脸上多了道疤，好像是新伤，这个我印象比较深。”

“另外，还有什么不同？你再好好回想一下。”

“人比这证件照上面的要瘦，脸没那么圆，整个脸显得长一点，比照片上更愁眉苦脸一点，眼睛里有凶光，看上去挺蛮横不好惹的样子。”

张弛听着，迅速在画板上画出一幅画像：“你等我几分钟，我再发张图片给你确认。”

有了身份证照片作为底样，加上比较顺畅、确定的描述，张弛拿起画笔在画板上挥洒，笔触所到之处有时如蜻蜓点水，有时如行云流水。整支笔如同蝴蝶忽闪在花丛中，飘忽不定，没有章法，却又没有越过画布半厘米。

顾世上来找他的时候，他刚和对方确认了画稿，并且第一时间把画像传送给了兄弟单位。他们在张弛的示意下，直接给顾志昌打了第二通电话，电话里没有提到张弛在其中做的工作。因为他特意关照，自己会亲自汇报领导。

张弛知道自己急于完成任务，又犯了忌，哪有没汇报领导就自己干活的？甚至活都干了大半，领导却蒙在鼓里的？

刑警正是体制内比较尴尬的一群人，如果急着破案，就会做点破坏潜规则的事。干好事情还不如守好规矩。他不是不懂这个道理，只是当时居然鬼使神差地忘得一干二净。

张弛正要拿着画像将功补过，一路闷头匆匆往外走，就迎面和顾世撞在一起，对方的脸本来就因运动变得绯红，这一来，更是满脸飞霞。

张弛忙赔不是，请她帮忙给出对策，顺带着把前因后果说了一遍。顾世脸上的血色一点点褪下去，等到了楼下，她也爱莫能助地说："就看我爸对你的师徒情有多深了，还有你这幅画像准确度能有多高。"

警车在车流中穿梭，顾志昌一路听着张弛小心翼翼的汇报，起初的怒气消散了大半。这小子破案意识还是有的，虽然不是刑侦科班出身，倒是懂得灵活运用侦查询问的策略。

顾志昌细细听来，张弛用了概念限制的方法，用启发性的语言帮助被询问者缩小了范围，启发了回忆。效果不错，目的达到了。如果不是因为办事流程上有了纰漏，自己还真得好好表扬他。

车里寂静一片，另外两个年轻警员都在闭目养神。

“你把这张图发给小吴，他在医院里，让他跟小姑娘确认下，看是不是犯罪嫌疑人。”顾志昌嘱咐道。一大清早，其他人就被临时派去医院对死者的孙女进行询问，到现在还没回大院。

张弛哦了一声，立马摆弄起手机。看着师傅脸色由阴转晴，张弛身体往前探，问道：“他们那里情况怎么样？”

“那小姑娘现在身体比较虚，头脑不大清楚，他们交流起来不太顺利。目前掌握的信息就是犯罪嫌疑人有两个，年轻点的身高一米八左右，年纪大的也就三十岁左右，一米七左右。砍伤女孩的是年轻的那个。这情况我们做个参考。”

张弛说：“小姑娘怪可怜的，从出生到现在都没见过父母几次，就和奶奶、弟弟做个伴，奶奶没了，估计对她打击也比较大。”

顾志昌并不搭理他，自顾自继续说：“我们现在采取的措施就是严密监控死者银行账户的提款情况，监控各大医院的受伤病例，进一步找死者家属谈话。还有……你看还有什么？”

“派警力对伤者进一步询问，了解发案时的具体情况。小吴、顾世他们不就是去做这工作了嘛。”

顾志昌表情严肃，点点头：“我们的任务就是办案子，不要把主观的感情放进去。这样我们才能站在一个中立的角度，尽可能地还原事情的真相，最大程度地帮到他们。”说罢，他就闭上眼睛开始养神。

张弛很是懊悔之前的做法。但看来师傅不是真的生气，只是摆出一种姿态，让自己意识到这个问题可大可小。要做事先学好做人，他这个错误在师傅这里还可以弥补，倘若是遇到其他领导，可能就没那么容易过关了。

车上逐渐有了轻微的鼾声。刑警队待久了，会发现老资格的刑警不管体型、年龄，都有这样一种特殊本领：睡觉。这种睡眠也不见得有多高的质量，而是见缝插针的补睡本领。往往就因为这个本领，让他们一有机会就养精蓄锐。案子来了，睡眠对于他们，就像水对于沙漠里的骆驼，虽是必须却不急需。

张弛望向窗外，是自己想多了吗？怎么感觉刚才顾志昌的话里有话，难道他心里已经有了谱，只是在等一个证据、一个结论？那么犯罪嫌疑人到底会是谁？自己的画像是否能够像前两次一样，助他一臂之力，追缉凶手呢？

顾志昌的电话响起，坐在他后排的张弛看到是顾世的来电，顾志昌的电话外放音很响，坐在后排都能清楚地听到谈话内容：“顾队，我这儿的采集工作已经完成了，向您汇报下，我提取了伤者的血样、掌印，也观察了对方的伤势程度。”

顾志昌端坐不动，只是回答：“好的，我知道了。”

张弛追问：“我们现在要去见的不是犯罪嫌疑人吗？为什么要提取伤者的掌印？”

“去了就知道了。”顾志昌又闭上了眼睛，不愿多言。

师傅还在变相惩罚、冷落他。很显然，他们父女两人对答得简洁扼要，彼此心领神会，并非是因为血缘关系，而是一对资深的刑警搭档间才会有的默契。

这让张弛汗颜。同样出了现场，询问了可疑对象，走访了周围群众，他甚至有点怀疑自己说的和他们说的是不是同一个案子。是哪个环节走了岔路，让自己游离于案件之外，让他们的分析判断和自己的大相径庭呢？

他们刚下车，兄弟单位的负责人就闻讯匆匆赶来了，一脸感激中夹杂着抱歉：“顾老，对象是逮住了，可看起来，这个案子的确是我们的……”

顾志昌毫不意外地点点头：“来都来了，我们再去看一眼、问两句，没问题吧？”

“当然，嫌犯能抓捕归案是在你们的协助下，这是帮我们把握了大好的机会，节省了大量时间。顾老，您手下真是藏龙卧虎啊。来，我带你们去。”

穿过长长的走道，他们拐到了一个地下审讯室的入口，兄弟单位的负责人说：“下面没信号，为了不错过重要电话，看来得留个人守着手机。”

“张弛，你来负责，有来电及时汇报。”顾志昌把手机都收齐，交到他手里，意味深长地朝他看了一眼。两个小民警跟在后面，朝他投去同情的眼神，而后三人就匆匆消失在地下入口处了。

他找了个没人的会议室坐下，左思右想，越琢磨越不对劲。那个橱顶的皮夹子里到底有没有钱？伤者有没有认出画像上的人？选择居民区犯下血案如何换装逃脱不引起任何人的注意？如此惨烈的场景怎么会没有人听到异动？

层出不穷的问题累积在一起，他却干坐在这里。犯罪模拟画像并不适用于所有案件，在大多数的普通刑事案件里参与度不高。比如眼下这个案子，没有目击者，画像就如同隔靴搔痒，鞭长莫及。他很早就意识到，自己需要积累大量的实战经验，调查、推理、分析，缺一不可，而不仅仅是询问和画像那么简单纯粹，与其说他不满意目前的处境，倒不如说是头一回被参与度不够带来的挫败感刺中。

张弛何尝不知道，每个刑警都只是各环节中不可缺少的一部分，他却偏偏想要做贯穿始终的那个。和真相若即若离，简直比顾世对他的冷淡抵触还要让人无法忍受。

张弛翻开手机里的通讯录，挨着看了一遍，最后拨通了顾世的电话。那头的声音很是杂乱。

“你是模拟画像师，专心画画就行了，怎么还操心那么多问题？我有必要和你汇报工作吗？”顾世反问他，隔着屏幕，他似乎都看到了那张带着戏谑微笑的脸。

他听到摆弄仪器的声音，敲打键盘的声音，还有旁人讨论的声音。他听得出对方很笃定。

在这一点上，父女俩一个样，不动声色的平淡往往意味着接近真相的胸有成竹。

当天下午的小组讨论会上，张弛提出了这样的大胆揣测：“现场受伤的肖诗蔺会不会就是真正的嫌犯？”他其实只是把师傅想说的说了出来。他明白在有明确证据前，顾志昌绝对不会公开表露这一点。顾志昌不在乎是谁破案，但是案子悬而未破是他无法忍受的。

会上有人附和，有人提到奶奶的死似乎并没有让她悲伤，她的反应甚至称得上冷漠。还有人提出，根据死者身上的伤口可以判断凶手力气偏小，符合女性作案的特点。但也有人表示反对，毕竟刑警的直觉无法作为破案的证据，在审讯时如果没有直接证据，也容易陷入被动，反而弄巧成拙。刑警队会议室里一时烟雾缭绕，真相也如同包裹在迷雾中。

真正让肖诗蔺作为犯罪嫌疑人走进他们视线的，是在技术组的结论大体出来、外围调查组的信息也归拢以后。几个迹象直接表明，肖诗蔺脱不了干系，甚至有重大作案嫌疑。

首先，除了之前排除的两个犯罪嫌疑人，案发现场并无其他人进出。同时，邻居也自始至终没有听到过肖诗蔺的呼救。

其次，钱包中的大额定期存折并没有被取出，其他账户的资金变动也发生在事发前一周的周六，而就在那个周五，邻居曾经听到死者和孙女发生了激烈的争执。钱包上面遗留的最新的汗液和手印也是肖诗蔺本人的，同她所说的“钱被抢走了”并不符合。

第三个可疑点，出现在现场证物上。既然是谋财，死者被切下的舌头如何解释?

第四，现场所有的凶器和楼梯上的血液都跟肖诗蔺的血型相符，并且所有的指纹、掌印和足迹也都与之匹配，屋内并没有第三人的作案痕迹。

正在医院里的顾世柔声问她身上的伤口是怎么来的时，她清晰地告诉了顾世整个过程：歹徒如何抓住她的双手，用桌上切橙子的水果刀劈向她的头顶，在她转身去找东西想要砸向对方时，对方又如何紧追不舍，刀尖抵着她的头颈，这才留下了这几道口子。

顾世不和她当场争论，测量记录了几个数据，回到办公室后，又开始忙碌起来。张弛的画像虽然成功，但是案件的凶犯并非此人。嫌犯本人给出了不在现场的实证，当天这个时段正和一帮狐朋狗友在小饭馆用餐，老板和监控都印证了他的话。肖诗蔺本人也毫不犹豫地称，“并不认识对方，长得不像”。唯一能够匹配上的犯罪嫌疑人，就被如此轻易排除。

现场勘查报告出来后，第二次从医院回来的顾世匆匆走进来说：“我曾经试探着问她，为什么钱包上的手印是她的，她一会儿说自己在案发后打开看过，一会儿说自己曾经取过钱帮奶奶买东西。我追问她，当时你失血过多，没晕过去吗？她就语无伦次，推说累了，不肯再回答问题。”

听到大家的议论，顾世对之前的结论又做了一个口头的补充：“之前我一直在考虑，什么样的刀伤可以让一个人昏迷又不足以毙命，到底是幸运还是必然？我特意留意了她的受伤部位和伤势，做了进一步的检查和测量。”

“有问题是不是？能够印证我们的猜想吗？”张弛有点小兴奋。

“这里只有数据、推理和结论，没有揣测和印证。”顾世特意强调了下，又继续说，“她的伤的确都不是致命伤，虽然刀伤的数量比较多，但都是颅骨外的头皮损伤。此外，她的伤痕分布情况，如果不是特意留心，很难发现有任何共同点。”

“什么共同点？”众人都好奇地问。

“她的伤都在一定范围内相对集中。她如果是和一个罪犯在搏斗中受伤，伤口不可能如此集中。”

“这种情况在犯罪现场也不是没有可能。”顾志昌说。

“但是伤口分布集中，方向统一，且都在双手可以达到的范围内，这些要素同时具备，就能得出一个结论，或者说一种可能性。”

“肖诗蔺的伤极有可能是自伤，演的‘苦肉计’！”张弛恍然大悟。顾世面色沉重地点了点头。

受伤的女孩肖诗蔺默不作声，环顾着警局陌生的环境。她已经习惯了白色作为底色的病房，习惯了护士无声的脚步，习惯了病房外嘈杂寂静的交替规律，甚至习惯了天花板上、灯罩旁边的烟雾报警器，一闪一闪的红色光芒在她睡不着的夜里掌控着她数羊的节奏。

眼下，她似乎跌入了一个寂静的真空环境，她从那扇小小的窗户里能看到脚步匆匆的民警，墙上贴的宣传语是蓝底白字的，上面的每一行她都仔细地读过，心里没有感情色彩地读，好像她每次看到父母时的木然。

从她出生到现在的十五年来，似乎她只见过他们三回。每次在快要遗忘时，他们其中的一个又会突然出现，就像昨天父亲行色匆匆地突然走进病房一样。记忆中，似乎从没有机会全家团聚。可是父亲哭肿的眼睛和沧桑的手，都这么陌生，似乎这些人身上并没有流着和自己同样的血液。茫然、漠然，便是她对这一切唯一的反应。

她很是恍惚，自己怎么坐在这里，这是哪里？

她突然意识到眼前还坐着两名民警，一老一少。老的那个面相慈祥，此刻却没有一丝笑容，眼睛直勾勾地瞪着她，巨大的反差形成的张力反而让人深感不安。

年轻的那个一直保持着微笑，他在笑什么？这笑是同情，是佩服，还是胸有成竹？她看不破，猜不透。她被年轻民警眉眼间任性和帅气的混合气质所吸引。如果此刻不是坐在这里，她大概愿意主动和他做点他这年纪的男人都喜欢做的事情，她没有理由地相信他一定会在那方面有特别的热情和能力。

“想什么呢？我师傅在问你话，集中注意力！”肖诗蔺脑海里正在展开的动感画面戛然而止，年轻民警提高了音量，用笔敲了敲桌子，面带愠色地看着自己。

顾志昌轻轻点了点头，张弛又把问题重复了一遍：“有邻居反映，案发前一周的周五，你和你奶奶有过一次争执，你们为了什么吵架？”他实在不明白现在的孩子是怎么了，进了讯问室，居然还能神游，嘴角隐约带着微笑，莫非刺激太大，神经绷不住了？

肖诗蔺定了定神，仿佛在仔细回忆当天的事情，冷静地回答道：“那天，我应该是去看话剧了。没在家。”

“也就是说，你没有和你奶奶发生过争执？”顾志昌看着材料问道。

“我印象中没有。我和弟弟平时都是由她照顾的，如果说一点口角也没有，我也不敢保证。”

“那天你看了什么话剧？”张弛饶有兴趣地追问，一边在手机上搜索信息。

“《爱在桃花源》，女明星Y演的那个。”她毫不迟疑地回答。

“你一个人去的？”顾志昌问，一边接过张弛递来的手机，看了一眼，又还给他。

“嗯，我朋友都说要回家，我就一个人去了。”

“你买的是不是公益票？票根还在吗？”张弛看着手机，漫不经心地问。公益票是需要带着身份证当场购买的，先到先得，有记录可查。

肖诗蔺愣了一会儿：“什么叫公益票？我一般看完就扔了，没什么收藏的癖好。”

既然她敢直接说出剧名，那必然是非常熟悉剧情内容的，买的常规票又无法直接查证她是不是在那天看的剧，如果她是坐的士离开，直接停在家门口，那小区的探头质量不足以在晚上九点以后显示清晰人脸，只能有个分不清男女的人形轮廓。三条路瞬间都被堵死了，小姑娘却一脸无辜，镇定自若。真不是一般的中学女生。

“我需要和你确认下，你现在怀孕几周了？”顾志昌突然问。

一直镇定自若的肖诗蔺脸色瞬间微变，躲闪开他的眼神，抿着嘴，并不回答。

顾志昌和张弛交换了下眼神，张弛继续问：“我们先不说这个。我也是个话剧迷，挺巧的，那天我就是买了公益票去看了同一场话剧。”

肖诗蔺迷惑地抬起头，看着他。

“我听我朋友说，中场有一幕，Y在台上被道具绊了一下，差点摔倒。这种情况还是蛮少见的，可惜我正好去上厕所了，没看到，你还记得是在哪个情节上发生的吗？”

“我大概在看微信朋友圈吧，没留意到。”

“你看完整场戏了没有？”

“当然看完了。”

张弛好奇地问：“这个剧的演员还是很用心的，很少看到话剧末尾有彩蛋的。我走早了，没看到，他们后来说什么了？”

“无非是一些感谢的话，排练不容易之类的。错过没什么可惜的。”

顾志昌一直没怎么说话，但是呼吸声音越来越重。张弛明白，师傅做刑警多年，职业的原因，他有比常人多得多的机会见识人性的恶。每当这个时候，都是他心里最矛盾的时候。

关于这个问题，他们曾经促膝长谈。张弛相信“人性本恶”，师傅却尊崇“人性本善”，但顾志昌也不得不承认，他似乎从来没有勇气和能力触及到恶的极限和冷酷的边际，一旦踏入人性的阴影面，似乎一切都理所当然地毫无底线起来，像一个黑洞，深不可测，吞噬着一切人性和良心，伤害着一切有瓜葛和无辜的人。

“作为刑警，我们不得不揭开这些残酷的真相，去怀疑一些我们不应该怀疑的人，去逮捕一些本应该拥有更好生活却中止自己大好人生旅程的人。”师傅痛心的表情历历在目，他当时并没有太大的感触，更没有共鸣。

张弛现在明白了这种感觉，他们真的这么快就在经历曾经述说的这种感觉。张弛真不敢相信眼前的女孩只有不到十五岁，而且已经是个“准妈妈”了，居然会对一手拉扯自己长大的亲奶奶下毒手。

事到如今，她还在掩饰、伪装，以一个受害者的身份和他们周旋。真是不见棺材不掉泪，他要做的，无非是在顾世和陈庭的帮助下，和师傅一道携手攻破她的心理防线，争取让她减刑。

“我记错了，刚才说的彩蛋应该是另一个话剧。我几乎每周都去看，记错了。”张弛呵呵笑着说。

肖诗蔺脸色又一变，沉默，看来并没想好对应的回答。

“我想起来了，剧目结束的时候，有个两岁的男孩找不到妈妈了，剧场里放的是通过广播找人的一幕。你还有印象吗?”

肖诗蔺犹豫着，没有像刚才那样自信，迟迟不回答。

“他问你，是还是不是？”顾志昌问。

“这和你们今天找我来有关系吗？”肖诗蔺反问道。

“当然有关系，直接决定了你有没有作案动机。”顾志昌把“作案”两个字加了重音。

肖诗蔺似乎是孤注一掷，肯定地回答：“我好像有点印象，但记不清了。”

“你确定？”

“不知道是不是这个剧目，但我的确有印象，有一次广播找人和你说的情况差不多。”

“话剧演出不会有两岁左右的孩子进入演出厅，更不会有这样的一幕演出。你到现在都还没准备说实话，不想想我们找你来，手里会没有证据吗？”顾志昌目光炯炯地盯着她。

肖诗蔺被他突如其来的一句话吓得一哆嗦。只有这一个瞬间，她看上去才像个十五岁的孩子，做错事的孩子，眼里有一丝迷茫，有一丝对未知毫无准备的惶恐。

在医院里询问的时候，张弛见过她的信誓旦旦，见过她的镇定自若，见过她的冷漠无畏。

“你的陈述和我们取得的证人证言矛盾，又和现场物证相矛盾。现在，你自己说的话又前后矛盾。你应该明白，你自己说，还是我们来帮你说，是完全不同的性质。想要从轻量刑，完全取决于你的认罪态度，没有其他人能帮得了你。你还年轻，还有很长的路要走。”顾志昌苦口婆心。

他们坐在这里本身就是在帮她，帮她破灭幻想，帮她挖掘出内心的负罪感，虽然都不知道这东西是否曾经在她心里存在过。

“能让我去见一个人吗？”肖诗蔺突然抬起头来问，眼睛里满是泪。

“你想见谁，我们尽量满足你。”

“我想见见我的爸爸，我想问问他到底有没有想过我？”肖诗蔺的泪终于滴在桌面上。

“你多久没见过他了？”

“五年？七年？我也记不清了。我同学都说我没有爸爸，所以我不想我的孩子也没有爸爸。我不想这一切再发生，太痛苦了。”

“所以你问奶奶要钱是为了堕胎？”张弛马上问。

肖诗蔺泪流满面地点点头：“她非但不给我钱，还骂我贱，骂我糟蹋自己，骂我没爸妈管，骂我学坏。她说了很多难听的话，从来没有人这样侮辱过我，哪怕我像个孤儿。我就想知道，为什么我的爸爸妈妈都不管我们，把我们扔给这样一个死老太婆。”

“现在她真的死了。”

“她死有余辜！是我，是我割下了她那根恶毒的舌头。”

“再有矛盾，也不应该以这样极端的方式解决，毕竟她抚养你长大。”顾志昌有点按捺不住情绪。

肖诗蔺情绪激动地抬起头，带着哭腔大声说：“你们谁会懂我的感受？没有体会过的人永远不会理解。她以为只要管着我们吃，管着我们读书，就是养我们了？或许你们大人都是这样想的吧。她根本不关心我们，还经常骂我们拖累她，让她忙着做家务而没时间搓麻将。我想去哪里，她从来都吝啬钱，连从小到大的春游秋游，都没去过一次。她还重男轻女，把所有荤菜都夹给弟弟吃，所有新衣服只给弟弟买。她对我，只是多个人可以骂，当出气筒而已。”

肖诗蔺这时候已经泪如雨下：“我只想要我的爸爸妈妈，只想看看，这世界上，是不是还真的有人爱我，还是所有人都不想要我了？”

第十章　轻生少女

女孩双脚悬空，有点颓废地倚着窗框，时而看看楼下的情况。每看一眼，情绪波动都会大一些。看上去女孩体力快耗尽了，情况的确不容乐观。

在两个案子的空隙中，一个周末的上午，民警初级执法考试就这么一晃而过。整个教室的民警都还在奋笔疾书，张弛望了望窗外的大好阳光，再看了看纸上似曾相识的题目，放下笔，早早交了卷。

他走出空旷的教学楼。在教学楼的阴影里，有一只纸箱被放在花坛上，里面不知谁放了三只刚出生的小奶猫，正盘着倚着睡觉，还轻轻打呼，憨态可掬。他正准备伸出手爱抚一下，就看到不远处的一只大猫眼神警觉地慢慢朝他走来，于是张弛就转身离开了。

或许是这里的阳刚气息太浓，自然界出于平衡法则，把这些流浪猫引向了校区，竟然连一只狗都看不到。很久没回来了，警校里的猫都不知道生了第几代了。

两年的青春时光在这里度过，张弛不是没想过回来，而是这里位置偏远。记得第一次来时，校区还是在地图上都找不到标识的一个角落。这里远离市区，紧邻海港。几年前的一个夜晚，他在田径场上夜跑的时候，只觉得眼前猛地出现一片金碧辉煌，原来是不远处的海面上有艘大船驶来。大船近得简直如同要登陆田径场一般，瞬间照亮了警校半边的天空，把黑暗里正你侬我侬的几对学警情侣吓得赶紧整理衣服起身。张弛并不羡慕他们，他似乎从来没有缺过女友，即使空窗期，也只是他自己想歇息一下而已。

那个时候，他还从来没有想过，有朝一日，自己会因为一支画笔成为一名刑警。如今，倒像是命运隐隐推着他走，而不是他自己选了这条路。好在，这样的路或许比他自己选择的还要好得多。

张弛沿着陌生又熟悉的小道穿过国旗广场和篮球场，绕过泅渡馆，经过射击馆时，还听到了久违的枪声，透过隔音壁，发出闷闷的声响，瞬间让他热血沸腾起来。他走了很长的路，终于拐到了在校区另一角的教官办公室，然后敲门走了进去。

在看着电脑屏幕的大队长一扭头，看到自己的学生来了，立马站起身，一边笑着责怪他“怎么不早点和我说你要来”，一边亲热地拉他到旁边的办公桌前坐下。

两年多不见，大家两两相望，看上去似乎都没有什么变化。

“你不来找我，我还正想打电话约你呢。”大队长递给他一瓶盐汽水。

“我不是来了嘛。”张弛笑着拧开瓶盖。

“我最近听说你调到刑警队去了，还适应吗？”

“适应还说不上。只能说尽量磨合吧，工作压力的确不小。”

“你们单位真是觅到了宝，对你来说，画犯罪模拟画像，应该不难。你毕竟有画画功底，据说现在全国公安里能画的加起来也不过三十多个人，有的省份连一个都没有。而且，其中好几个都是已经退休了再返聘。你这小伙子才刚踏上工作岗位，有的是大好前途啊。”

“大队长，虽然我做的工作竞争者少，但是也是有原因的，难度太大了。画像与疑犯相似率达到百分之六十就算成功了，但是相似率只有达到百分之八十以上才能够满足破案要求，这个要求真的不低。更何况我刚刚上手，相比人家画了一辈子的老画师，无论从经验还是效果，都还是有很大距离的。你也知道，我们公安做事情讲究效率，最好立竿见影，只要有一两次通过画像手段配合侦查不成功，恐怕就没有下次了。”

大队长虽然是个快五十的中年人，但是乐于接受新鲜事物，社会上有什么最新趋势，他比年轻人知道得还早。在警校的时候，身为军体委员的张弛就有很多和他在工作上接触的机会，一来二去，摄影、旅游、绘画，发觉两人在很多方面都有说不完的话题，自然成了忘年交。

大队长点点头："我之前对这行也有过了解，外行以为就是画画，其实模拟画像更像是一门综合学科，跟侦查学、遗传学、解剖学，甚至是心理学都有关系。不过我对你有信心，你学东西快，肯琢磨，悟性又高，别人要用一辈子才能做到的事情，你很快就能做到。关键是，你对自己干这行有什么设想，凡事还是要有个规划才好。"

"很多人不了解，其实画像缉凶这事情从古代就有了，只不过大家对模拟画像一直以来并不重视，尤其觉得现在刑侦手段多样了，科学技术发达了，纯粹的画像没有什么用武之地了。"

"你不这样认为？"

"在我看来，所有的手段都是辅助手段，在特定条件下都会有自己不可取代的用处。关键还是看用的时机，本领是不是过硬。可能涉及模拟画像的案子不会像二〇〇五年之前那么多，因为在这之后全国的视频监控都开始普及，但是一些悬案、疑案，包括刑侦条件不好的案子，还是离不开这个途径的。"

"好小子，以前怎么没发觉你那么能说。我也听说了，最近国外的一起绑架中国留学生案件，我们的民警就是根据模糊的监控视频画出的画像，国外的同行都觉得不可思议，这就是模拟画像的独特之处。"大队长听了不由竖起大拇指。

张弛摇摇头："我哪有什么口才，都是有什么说什么，最近净琢磨画画了。"

"其实老师倒有件事情想拜托你。"大队长话锋一转。

"如果我有帮得上忙的地方，一定尽力。"张弛虽然感到意外，但答应得很是爽快。

“这事情也和画画有关。”大队长笑着告诉他，“我的母亲年事越高，越像老小孩了，最近一直念叨着‘想爸爸妈妈’，偏偏他们那个年代，就算偶尔有一张照片，现在也都找不到了，老人家是连个念想都没寄托，我看着也怪难受的。这不是，想让你帮忙，满足她一个心愿。”

张弛听了面有难色：“这……冯大，您这一开口就是高难度任务啊。有没有什么帮手？”

“老人家自己就是最好的帮手，她记忆清晰，细枝末节都记得，口齿也特别清楚，其实连我都没见过外祖父母长什么样，也挺想看看他们的样子。不瞒你说，我之前自己有试过模拟画像的软件，但是我老母亲看了直摇头，说像木头人，没感觉。”

“画像软件画得不像是预料之中的，虽然这些软件不乏大师联合开发，但实际的人脸不是能够依靠数据库来简单拼凑的。脸部的立体空间感，眉眼间的细微神情差异，还有南北方人体特征的区别，的确是软件反映不出来的，所以才需要模拟画像师嘛。”

“这么说，你有一点把握了？”

“哎，您先别抱太大希望，您开口我肯定领命。只是这就像我刚才说的，压力山大。人的记忆力随着时间推移，只会缺鼻子少眼，偏差越来越大，我可不敢保证画得能让你们满意。但我起码不是简单的复制，也不是描摹，每画一笔都会仔细揣摩思考，尽自己最大努力吧。”

大队长乐得咧开嘴来：“小张啊，老师看你是大有进步。不仅出口成章，而且对画像有研究，对自己有要求。我不求八分像，六分像就足够了。走，老师请你去教工食堂吃饭。”

说着，大队长就顺手拿了桌子上的饭卡，哥俩有说有笑朝外走去。

很快到了发榜之日，这一天，大院里的新警看到同批次的警校同学，问候语几乎都是：“你过了没有？”

查询考试成绩的网站一度瘫痪，张弛没有像其他人一样，一遍遍地刷成绩。这样的入门级考试，从来没有听到有谁被“关了”的消息。别人都能过，自己怎么会过不了。可其他新警不这么想，这毕竟不只是个面子问题，还直接关系到“铁饭碗”端不端得稳。他还有大队长交付的事情要忙：那幅意义重大的画。

张弛对老太太的出色记忆力感到震惊，密密麻麻的细节记录了两整页，父母的长相简直刻在了她的心里。听着她娓娓道来的叙述，看着她热切盼望的眼神，他真希望自己能够还原她心目中离别多年的双亲，给她些许安慰。他还有个发现，在表述长相时，女性的观察力往往胜过男性，形象思维的确胜出一筹，容易抓住面部特征，或许以后模拟画像时也应该偏重于找女性目击者？

梳理着笔记里的各类特征细节，笔头越发流畅起来，把握一分分累积就变成了自信：年龄、地域、性别、五官，对于有明显特征的人物肖像而言，只要这些要素不缺，描述得越具体，画像的相似度就越高。刚一作完画，张弛就拍了照片在网上给大队长发了过去，只等那边传来道谢的消息。

张弛顿感说不出的轻松，捧着水杯晃悠到隔壁办公室聊天去。小吴看到他来，看了看四下，拉他到门外小声说："听说我们大院今年有执法资格考试没过的，周围的人赶紧都上网查了，你怎么一点都不着急？"

"这网上不去，着急有什么用？"

"现在能上了，他们几个都过了。"他指指斜对面办公室的几个小青年，"你别不放心上，这考试说重要不重要，可是真没过，还挺麻烦的。你赶紧去看看，至少能放心。"

张弛摇摇头，一边往回走："网址你报给我下。"

小吴瞪大了眼睛："这我哪里背得出？外网查不了，在内网的市局法制科网里有链接，能直接点开。"

"我不是没查过嘛，你有经验，帮忙来点一下。"

对方呵呵笑着跟他走："你还真是不见外，算了，我就好人做到底吧。"

小吴果然熟门熟路，三下两下就点开了成绩查询网页，问了他的信息输进去，考试成绩跳了出来。

两人的脸都有点僵住了。小吴很是尴尬地看看电脑屏幕，又看看张弛，直叹气："唉，真是中彩了，一般都能过呀，怪我手气不好。不过没事，大不了再考一次。"

张弛没接话，陈庭在门口敲敲门，朝他点点头："顾师傅好像要找你。"

他没有迟疑，快步朝顾志昌办公室走去。张弛一进门，顾志昌头也没抬："来啦？"

他嗯了一声，默默地把门关上。一定是冲着考试这件事。

顾志昌不像往常那样示意他坐沙发，而是任他站着，点燃了支烟，抽了一大口才说：“今天找你来，知道为了什么事情吗？”

他不说话，只是毕恭毕敬地站在那里，缓缓摇了摇头。

“你其实心里都明白。不过在我说这件事前，师傅要请你帮个忙，私人的事情。”

“您说。力所能及的事情我会尽力，如果办不到，答应了也没用。”

“你知道‘樊指导员’吧？”

“就是饭馆的樊老板？”

“对啊，大家都习惯叫他的外号了。今年是他到我们这座城市的第九年了。”顾志昌的表情少有地严肃起来，像是要说一个非常重大的决定。

张弛紧锁双眉，眼神聚焦到顾志昌脸上。

“之前因为一场大火，他的老婆孩子走了。具体原因我就不透露了。这件事情，他从来不和别人提，这里知道的人并不多。”

“我不会提起的，您放心。”

“再过一个月，就是他老婆孩子的十周年忌日。他只身来这里的时候，全部家当不过一个双肩包，连老婆孩子的照片也没一张。我希望你能根据我提供的条件，给他们画一幅全家福。”

张弛点点头，沉吟几秒问：“也就是说，我作画的过程也不能让他知道？”

“是的，他也算是我的老朋友了，我想借助你的画笔，给他一个惊喜，给他留一份念想。我也听说了你最近在干的私活。你不会告诉我，因为最近净给死人作画，走了霉运，所以这么基本的考试才不及格的吧？”

张弛忍不住笑了：“这倒是个很好的理由，不过一码归一码，作画是在考试之后。不过说真的，这考试比我想象中的难多了，卷子上的题目都是它们认识我，我不认识它们。”

顾志昌用手指朝他点点，面容严肃：“你在我印象里，从来不给自己做错事情找理由，你心里肯定在想，怎么就会没过？那好，我现在来告诉你，为什么资质不及你的人都过了，你却过不了。说到底，还是不够重视。”

张弛避开师傅的眼神，朝背后的书橱里看。顶层的角落里放着一张顾志昌年轻时穿警服的照片，他侧着身，满脸的雄心壮志，阳光在他身旁投下一片阴影。原来当年，师傅也一样朝气蓬勃过，脸上写满了扫平一切罪恶的傲气和野心。如果不是看到这张照片，恐怕他还以为顾志昌大器晚成，从来就没有血气方刚过，一直如此平和稳重呢。

“说你呢！还走神。你看看，这思想不端正，真的害人。你再继续这样，下次还考不过，我看你还有没有脸再穿这身警服！”

张弛惊讶地问：“那么严重？”

顾志昌站起身，恨铁不成钢：“你让师傅说你什么好。这一次不过是偶然，情有可原，但终究还是你没准备充分。第二次再不过，你依然没有执法资格，是打算坐在办公室里帮我们打下手，做纯粹的文职工作？”

张弛自知理亏，无言以对。

“你这孩子别人说你什么问题的时候，我从来都说你好，为什么？因为我看出你这孩子对工作有天赋、有责任心、不看重名利，和我年轻时一模一样。但师傅不想你走我的老路，人适当的时候，还是需要在乎别人的眼光的。有人的地方就有江湖，你逃不开别人对你的评价，这评价有时候是无中生有，有时候就是添油加醋。你越不在乎名利，专业越是出色，别人对你的关注就越高，这样你的职业风险就越大。你说，你不自我保护，怎么发展自我？好的生态环境都没了，甚至连起码的机会和资质都没有，你发展什么自我？”

张弛点头，感激里夹杂着羞愧：“谢谢师傅指点，我明白了。这样的结果不是我想要的。”

“你还不够明白，这也正常。照理说，我应该安慰你。没有足够的时间复习，可是别人都过了你没过，安慰有用吗？这样的结果你应该想到，因为你并没有付出多少努力。”

“下次我会重视考试的。”张弛摇着头说，“刚才看到成绩，我也胸闷了一下，完全没想到这样的结果。您说得对，我是对自己预期过高了，不付出没收获本来就是正常的。”

“我还没说完，第三件事，我本来也不想说，怕打击你积极性。”

“您请说，我心理素质还行。”张弛乐呵呵地说。

“你这孩子啊，有时候还真是没心没肺。”顾志昌朝他招招手，示意他上前来，翻出一个文件夹，打开来问他，“这是你前几次案子的画像草稿，我分别复印了一份。他们有几个共同点，你仔细找找看。”

有人敲门进来签文件，张弛静静地站着，边看画边等他读完资料签了字。

共同点？他很快认出，这些画像都是目击者摇头说不像的那几张，可是除此之外，还有什么相同之处呢？叙述者全是男性，都是在深夜完成草稿，旁边标满了注释补充细节，第二天才赶着修改定稿，师傅到底想指出他什么问题呢？

看着他迷惑的表情，顾志昌总算露出了一丝笑容：“都说当局者迷，看来这对内行来说也不例外。你真的看不出这些画像的共同点？注意，我说的就是字面意思。”

张弛摇摇头，他确信自己想到的这些并不是顾志昌想说的：“师傅，你就直接告诉我答案吧。批评我是为我好，这道理我明白。”

顾志昌随即把画像在张弛面前一字排开，用手分别点了点画像上的五官：“你有没有发觉，你在画这几幅画像时，把他们的眼睛、鼻子和嘴巴甚至脸的轮廓，都画成了标准像。”

“标准像？什么标准？”

“简单来说，就是怎么好看怎么来。所以虽然不同的目击者，描述的是同一个犯罪嫌疑人，画出来的样子却好像有先入为主的模板，只不过一些细微特征上略有变化。”

这么一说，还真的如此，四幅画像，不都是同一个帅哥嘛。不知道的人还以为是哪个新晋网红、小鲜肉明星呢！

“看出来了？回想一下作画的过程、环境，找到原因没？”

记忆一片空白，除了絮叨的人声、窗外的灯火通明，似乎找不到一丝线索。

“我手里为什么会有这几张草稿复印件？因为这几张是作画效果最差的。我当时也在想，画画的是同一个人，除了目击者不同，还能有什么变量和不确定因素影响你的即兴发挥。后来，我几次经过你办公室时发现了点规律。”

张弛哭笑不得：“师傅，你是把办案经验用在侦查徒弟工作上了啊！”

“不专心！”顾志昌面孔一板，一字一顿地说，“答案就是你在作这些画时注意力不够集中。你自己都没意识到，在这几幅画像的作画过程中，你都不是一个人。但凡旁边有人聊天，甚至只是观望，你都会受干扰，而按照潜意识里的经验惯性去作画。”

顾世这时候正要推门进来，一看两人都站着，佯作轻松交谈状，戛然而止的样子却显得气氛有点异常。顾世的嗅觉何其敏锐，也不说有什么事，面无表情地退到了门外。

顾志昌继续絮叨，说来说去无非一个中心，但说得义正词严，句句在理，不容反驳，也无从反驳。

张弛明白自己就是这样的聚光灯型人物，有关注他就亢奋，不过亢奋的结果在其他事情上反应为快人一拍，在需要凝神静气的模拟画像上，反而成了自杀性武器。顾志昌真是眼光毒辣，他自己都没有想透的问题，就被顾志昌一下子点中了症结。

“你不要以为不说话就是态度好。我说的话你都要听进去，师傅都是为你好。”顾志昌说着说着，又露出了苦口婆心的表情，“模拟画像不容易，这点我明白。可是师傅为你特招个编制，更不容易。你要学会珍惜，就当答应师傅，好不好？”

张弛还能说什么，到底是自己任性了，工作时候走神，业务资格考试又大意疏忽，这些本不该犯的低级错误，经过师傅这番指点和警告，肯定不会再忽视。

尤其是那番“别人的评价无关紧要，只有自我保护才能发展自我”的理论，张弛细细想来，深以为然。他的确是初涉职场，目光看得不够远，师傅这番点拨，如醍醐灌顶。

干警察这行，做两种事情的时候，时间会过得特别慢，一是加班，二是值班。之所以慢，原因无外乎过于期待，或者毫无期待。

和别人不同，八天一轮的辖区接警，张弛对于这项工作满怀期待，工作内容并非多有意思，但他在新一期值班表上和顾世在同一个值班组。能和自己喜欢的人多相处点时间，倒是他求之不得的。

这天晚上，还没等他坐定，在窗口细细端详顾世，对讲机就响了，安放在值班室里的多台对讲机瞬间形成了立体声效果：“泉两动两，幺动拐呼叫，听到请回答。”

“两动两收到，请讲。”顾世拿过对讲机，手里拿着笔准备在本子上记录。

“M小区有一个年轻女子企图轻生，报警人称情况危急，请民警前往现场处理，报警人目前方位是……”

张弛一直看着她淡淡微笑，听着报警内容，脸上的笑容一点点消失。他一下子站起来，跑到里间的值班室宿舍，转身出来的时候腰间已经戴好了六件套，头上也戴上了警帽。另外一间办公室的两个民警听到对讲机声响，正在朝值班窗口走，出来待命。

张弛在值班登记簿上工整地记下接警信息，从抽屉里取出取证仪，往脖子里一挂，手握警车钥匙，站在顾世旁边待命。在她记录报警人电话时，他专注地听着，她每报几个数字，就直接在旁边的外线电话上拨，接通了对方手机。

“你好，我是城中分局的民警，是你报警？现场的状况怎么样？请慢慢说，说清楚，你们现在的具体方位是在哪里？”张弛不时记录着信息，“不要慌，我们现在尽快赶来，你先稳住对方情绪。”

顾世不时地朝他瞟，基本听清了他的电话内容。顾世接过他递来的装备，就往外冲：“精神状况你没问，拿上约束带备用。多带个取证仪，等会儿也全程开着。我先去开车，你叫上小吴，我们三个一起去，门口见。”

张弛不明白她为何坚持开车，自己的车技可是大家公认的，难道她还更胜一筹？

和小吴往外走的当儿，他就彻底打消了疑问。只见一辆警车呼啸着，直接在距离几百米的地方倒车至值班窗口的门外。

张弛他们惊讶地对视一眼，赶紧小跑上前。车门一关，顾世径直猛踩油门，警灯强闪，警笛高鸣，一路超车。张弛面带微笑地一直从后视镜里注视着顾世，小吴都不由自主地拉住了车窗上的把手。

几分钟后，他们到了事发现场的楼下。消防车也到了，几个消防员正在选地点铺救生垫，但地理条件比较差，附近的合适区域几乎都停满了车。三十层的高楼下，聚集了不少围观的居民，大家指指点点，有的忧心忡忡，有的嬉皮笑脸，有的痛心疾首，似乎都在等待着一个结局。

“泉一动拐，泉两动一已到达现场，正在寻找报警人。”顾世报告了指挥中心，回头朝张弛和小吴指了指大楼的方位，就朝楼里冲刺跑。

张弛远远地看到了高楼的窗户里若隐若现的白色身影，纸片一般单薄的身子，两条腿还悬在窗外，裙摆随着风飘动。小吴还在顺着他们的方向寻找轻生对象，张弛猛拍他的肩膀，叫他赶紧一起跑。

三人来到大堂里一看，三十层的高楼，电梯却只有两部，其中一部一直停留在十九楼，似乎是哪家在搬家，另一部正从顶楼慢吞吞地往下爬，还不时被其他楼层的居民打断。

顾世赶紧招呼他们：“快点！我们跑上去，十二楼。”

她话音未落，张弛一步两个台阶地冲在了最前面。大楼挑高超出寻常建筑，跑起来并不轻松。看着张弛魁梧的背影，敏捷有力，顾世不甘示弱地一路紧跟。两人走到报警人门口的时候，气息很快恢复平稳，小吴气喘吁吁地跟了上来，脸涨得通红，满头的汗。

张弛来不及笑他，因为他看到顾世放慢了脚步，她一定是看到了什么。再往里一些，他注意到，报警人所在的房间房门敞开着。一个年轻单薄的男人跪在距离门口不远的客厅里，朝着里面低声苦苦哀求着什么，撑在地上的手在不停地颤抖。

“是你报的警？我把你当朋友，你却出卖我！”坐在窗台上的女人质问道。女人看到顾世出现在门口，身体又往窗外探了点。

“微微，你不要意气用事，大家都是来帮你的，没有其他意思。”那男人小声辩解道。

顾世站到那男人身边，看着那女人，同时低声询问他：“她为什么这样，之前有什么情况？你是她男朋友吗？”

“我是想做她男朋友，但她说我只是她朋友。这些天，她一直情绪低落，今天突然在朋友圈发布了一条消息，明显有轻生念头，我打她电话她也不接，我就直接赶了过来。”

顾世瞟了一眼屋内，中规中矩的摆设，是独身女子的住所：“在哪里工作？做什么的？老家哪里的？”

男人眼睛直勾勾地盯着女孩，随时准备冲过去。他额头直冒冷汗，回答道：“她还是大学的在读研究生，本地人，家在郊区。”

男人此刻焦急难耐：“警察同志，她平时身体不太好，有厌食症，现在体重只有不到九十斤，坐在窗口已经一个多小时了。请你赶快想想办法，我问她原因，她却一个字都不肯吐露，还不让我靠近，我真是有力使不上啊。”

女孩双脚悬空，有点颓废地倚着窗框，时而看看楼下的情况。每看一眼，情绪波动都会大一些。看上去女孩体力快耗尽了，情况的确不容乐观。

门外突然传来嘈杂的人声，原来是女生学校的辅导员和校领导，还有物业的负责人。张弛迎上去，示意他们不要出声。对方压低了声音表明来意。

敏感的女生此时欲哭无泪，不时看向窗外，又朝门外走廊的方向张望，脸上愈加浮现出绝望的神情。似乎并不是她要跳楼，而是被大家逼到了这样一个没有退路的境地。

校方的人和物业方面面色焦虑地在讨论着什么，却并不上前，只是站在门外，悄悄探头观望着事态的进展。

顾世慢慢走向她，在距离女生大约三米的距离停下了脚步："你放心，我不会靠你太近，这个距离只是为了你能听清我说的话。"

女生迷茫又好奇地把脸微微转向她。

"我能理解你现在的感受，虽然我不知道你经历了什么事情。"顾世接着说。

对方的脸又转向窗外，这时候似乎没在听顾世说话，一个人在出神发呆。

顾世继续清晰响亮地说："不管你信不信，我要告诉你的是，我曾经和现在的你一样。"

女生突然侧过身子，可是手一滑，整个身体都晃了一下。旁边的人都小声惊呼，她纤细的手臂马上重新抓住窗框，脸色更加惨白。看她稍稍稳定下来，大家都惊魂未定。

她似笑非笑地看着顾世："和我一样，准备跳楼吗？你这是在编故事吧，你根本不懂我现在的心情，没有一个人懂我。"

"你不信也正常，当时的我都不相信自己会轻生，但这个念头非常清晰，就像人饿了想吃饭一样。"

听到这些对话，张弛旋即看向小吴，向他求证。对方只是耸肩摇头，凑到他耳边说："说不定是头儿的策略呢。"

"那你怎么现在还好好地站在这里？你就不想知道我为什么

这样吗？”

“我从来不会勉强别人。”顾世看着她，眼神宁静又专注，女生刻意避开了她的注视，“我只想告诉你，我最后做出了什么选择，而且现在我并不后悔这样的选择，甚至很庆幸，当时有人拉了我一把。”

“你不要靠近我，我不需要你来拉。”

顾世冷冷地说：“你误会我的意思了，我选择的方式不是你这样，太高调。”

女生好奇地追问：“你用了什么方式？”

“这是我的隐私，我没有向你打探，你也不需要来打探我的。喝点水吧，再怎么不开心，也不要和自己的身体为难。”顾世说着把水放在一旁的桌子上。

“你以为这样我就会下来了？”

“你的生命，你自己负责。我只是想让你好过一些。看你嘴巴都干得裂开口子了，我都口干舌燥的。”顾世一副漠不关心的样子，把头侧向一边。

“警察同志，这事情你们就打算这样办？最后家长来找的是我们，快想想办法吧。”校方的人看不下去了，把小吴拉到一边低声说。

“怕承担责任，你们怎么不上？在这看戏呢？”张弛淡淡笑着戏谑道，余光瞟到顾世在向他使眼色。

小吴揽过他的后背：“大家都着急，有力往一处使啊。别说这些没用的。”

顾世还在那里心平气和地说：“你想知道我活过来之后，最大的感觉是什么吗？”

女生半信半疑又充满渴望地看向她，并没有注意到张弛正在从侧面一点一点地靠近她俩。

“你喝点水，我就告诉你。和你说话太累了，喝个水都费力，还不肯自己拿，喏。”顾世说着做出把矿泉水瓶抛向她的动作。

“哎，别，你递给我，我接不住。”

顾世朝前慢慢地走了两步，握着矿泉水瓶的手向前伸出。女生放开一只手朝屋里伸，就快要接到了，她的双脚还悬在窗外，眼睛一直盯着顾世的表情。

顾世漫不经心地往前倾，仍旧面无表情。眼看女生快要接住瓶子了……刹那间，顾世反手握住对方的手臂，两手用力往里一拽，猛然间的爆发力把窗台上的女孩一下子拉得跌落下来，巨大的冲击力让顾世向后倒去，女孩扑在她的身上，两人一齐摔倒在地。

张弛以最快速度跑到窗口，锁住所有窗户。小吴等人围上来，搀扶两人。女生坐在地上失声痛哭，顾世挣扎着坐起来，紧绷的脸也舒展开来，把她搂到自己的怀里。

顾世看到校方的人如释重负地为她叫好，物业的一群人也都在给他们鼓掌。此刻，她感受到女生的瑟瑟发抖，就像抱着曾经的自己一样，她满心爱怜，毫不介意女生的眼泪鼻涕沾在她的警服上。

“你说她的话到底有几分是真的？”张弛问小吴。

“谁也不知道啊。我们就知道，她从不提自己的私生活，好像也没有男朋友。不过也是，虽然漂亮，但那么彪悍，谁敢找她呀。”

“彪悍？能用这个词来形容顾世？夸张了啊。”

“你不知道，我听她爸说，她小时候就爱打抱不平，和男孩子打群架，人家家长领着孩子上门兴师问罪。还有，曾经有其他部门的男人追她，紧追不舍那种，她就拉着人家今天去看验尸，明天去看恐怖片，最后一个个都主动放弃了。”

“太重口，受不了？”张弛差点儿笑出来，谁能看出她文静的外表下还有这能耐。

“岂止是重口，还有漠然。大概是‘性冷淡’，总之没有任何回应，还躲鬼一样，交往半年，交往对象连手都没摸到一下，你说怪不怪？”小吴凑近他鬼鬼祟祟地说。

顾世和那男人交代了几句，就冷冷地扫了他们一眼。

小吴顿时噤若寒蝉，在她背后做个闭嘴状。

张弛让报警人登记着信息，会意地朝他点点头。

辅导员正搀扶着女生往沙发上坐，校领导大步上前握住顾世的手，连声道谢：“关键时刻，还是要靠我们人民警察。如果我们刚刚有得罪的地方，还请你们多多体谅。你不知道现在学校有多弱势，学生出了事情，家长到最后要赔偿、要追责，一样事情都少不了我们。”

顾世耐心地听了两句：“现在学生的安全交还你们手里了，记得联系家长，做好心理疏导。我们还有事，就先走一步了。”

“全都是马后炮，大姐大，还是你有策略有魄力。”顾世向指挥中心报告完，关了取证仪，三人进了电梯，小吴终于逮着机会说了这句话，还竖起大拇指。

“你累不累？省省吧。”张弛的手从小吴头顶虚晃而过，撩了一下他的头发，他条件反射地退缩到角落。顾世毫不理睬嬉闹的两人，径直朝警车走去。

午休时间，办公室里一片寂静，电话里的消息把小吴惊得直坐起来：“什么，失踪了？”

小吴瞬间睡意全无，站起身来，捋了捋电话线，对着话筒直摇头：“还真耐不住寂寞，会折腾，我服！那还是我们两个去，你先忙。有问题我再在电话里请教你。”

第十一章 晕倒的乘客

顾世似乎根本不介意，迅速解开他的衣领，深呼吸一口，撇开张弛的手，直接嘴对嘴开始人工呼吸。张弛迅速跪在他身体另一侧，十指交叉，高频率地按压他的胸口。

挂了电话，小吴快步走到隔壁办公室里，张弛正在大汗淋漓地练着哑铃，不时侧头看着旁边一人高的警容镜。

小吴直接挡在镜子前：“别欣赏你的肌肉了，活儿来了。换身衣服，走了。”

他们的车横跨A市，一个多小时后，开进一个郊区的别墅小区。这家的保姆来开门，看到民警来了，直接把他们让进了厅里，男主人正端坐在餐桌旁，看到他们，起身致意。

“上个月，听说小女就是你们救下的，都还没来得及道谢，谁想到，现在……”男人脸色凝重，但并不慌乱，慢条斯理地请他们入座。

“上次救你女儿的是我们的一个女科长，今天她有案子出现场去了，你们这边是什么情况？”张弛问道。

“我昨天早上还开车送女儿去地铁站，没发现她有什么不一样。但是到了晚上，就没接到她，她的实习单位负责人说昨天她没去单位。我打她手机，也一直关机。”

小吴习惯性地环视四周，来之前就听说失踪女孩的父亲是企业家，母亲是企业高管，是个家境殷实的中产阶级家庭。

女孩的父亲是个五十多岁的中年人，没有这个年纪的男人通常自带的啤酒肚，戴着一副木质框架的眼镜，衣服上也没有什么名牌logo，但从材质上可以看出是商场里几千元一件的那种。他的表情波澜不惊，只有不时查看手机时才显出心事重重的样子，看得出是个见过大风大浪的生意人。

张弛脱下警帽放在桌上，然后才落座，问道：“上次的事情之后，她情绪有没有什么波动？有和你们谈过轻生的原因吗？”

“她这孩子自尊心强，对自己要求很高，她回来以后，我们总想找个机会和她聊聊，这不是觉得还没到时候嘛，只是允许她暂时不用去学校上课。你们也知道，她这个事情，在学校里都传开了，说什么的都有。”女孩的母亲满面愁容地给他们拿了运动饮料，也坐下来。

“不过，昨天夜里，她的手机突然开机了，我之前给她发的消息都是已读。而且，她还给我们发了一条没头没尾的信息，你们看。”女孩父亲把手机递给张弛。

“我的男朋友赌球输了，我是他担保人，现在他不见了。我自己做的事情自己承担。”短消息里只有这么简单的两句话。

“她有男朋友？”

“据我们对她的了解，她比较内向，也很宅，业余时间几乎都在打工和学德语，为明年去德国读博士做准备，没有时间也没有精力谈恋爱。”

“她从来没有谈过朋友。”女孩母亲补充道，“她有个闺密，找不到她以后，我还特地问过她的闺密。”

“更蹊跷的是，昨天还有人用她的微信和我们进行了语音通话。”

“语音？！这是几点发生的事情？都说了什么？”张弛在本子上记录下来。

女孩母亲打开了iPad上的录音，正是她和一个男人的对话。通话时间是晚上十二点半，通话时间长达半个小时。两人周旋协商，不管母亲如何哀求、说理，对方就是不依不饶，一会儿夸赞她女儿“有担当”，一会儿又威胁母亲“犯下的错误总要有人承担”。讨论的中心话题就是：男人可以保障她女儿的人身安全，前提是她把五百万人民币打到指定账户。

听到这里，女孩母亲摁了暂停键，在一张纸条上写了些什么，把纸条递给张弛：“就是这个账号，不小的数目，他居然提出这个月底就要全部到账，这一段是开始的时候就说的，我没来得及录音。”

张弛接过纸条，工整地誊写在自己的笔记本上，示意她继续放录音。

“不然……”他口气凶狠，突然顿了顿，态度十分嚣张，“我知道你们已经报警了，这样做对你们的女儿没有什么好处。要想她平平安安，你就照我说的做。你记住，你所有的举动，我都有办法打探到。千万不要自作聪明，做出让自己后悔一辈子的选择。”

“你说的我都记住了，我会尽力满足你的要求。但起码现在让我和我女儿说两句话。你不能让我人财两空啊。” 女孩母亲通话中一直非常沉着冷静，这时似乎承受不了突如其来的打击，情绪突然有点失控。

对方断然拒绝她的要求：“你没有资格和我谈条件，只能服从命令。”对方说完就挂断了。

“警官，现在我们真的是……这种心情当了父母你们就能明白了。” 女孩母亲说着眼里噙满了泪，低下头，说不下去了。

女孩父亲有点不耐烦地制止她：“你说这些没用的干吗？警官，我们现在把女儿失踪的信息发布在了朋友圈，还附上了女儿的照片和我的手机号，如果有什么线索，我也会第一时间和你们说。”他的脸色并不好，平静之下是压抑着的焦虑和担心。

张弛看到在他们谈话的当儿，女孩父亲的手机振动了好几次，他没有看屏幕，直接摁掉了。

“打来电话的可靠信息不多吧？”

女孩父亲无奈地摇头：“都是些无聊的人，到现在还没什么实质性内容。”

“银行账户有什么变动？”

“你看，都忘了说这么重要的事情。”女孩母亲指指丈夫。

“昨天失去联系后，我就查过账户，我女儿在用的那张借记卡大概半个多月前就有一次大额转账。”

“多少金额？”

“六十五万。”

“这笔钱本来是做什么用的？”

“这笔钱就是准备给她出国读书用的，是其中一部分。”

“钱还是小事，我们现在最担心的是，她为什么被绑架了？被谁绑架了？人到底在哪里？”

“现在任何的情况都是无法猜测的，我们会尽力的。”这样的答案显然不能让对方满意，女孩父亲说了声“不好意思”，就转身去打电话向某个神秘人物寻求外援。

他们并不介意女孩父亲的态度。办案最初阶段，家属往往对公安既抱有极高的期望，又同时将信将疑地持观望态度。

张弛虽然到刑警队时间不长，却也觉得这是人之常情。人在危急之时，常常会过度焦虑，心慌意乱，这也在情理之中。他们会反复衡量，做出自以为最有利于自己的选择，至于这个选择正确与否，也只有在结果尘埃落定时才能见分晓了。

在他看来，倘若家属能够转移注意力，不是一味打探案情，甚至阻碍进一步的侦查，造成被动局面，就是好事。张弛和小吴向女孩母亲进一步了解情况，问题一一问下来，无论是女儿最近关心的人和事，有哪些好朋友，还是女儿最感兴趣的业余活动，常去的地方等等，她都一问三不知，更不用说工作繁忙的女孩父亲了。两人只得告辞，准备进行外围走访。

“哎，你有没有注意到什么奇怪的事情？”两人坐上警车时，小吴关上车门说，“刑事侦查，在乎的是那些‘奇怪’的事情。女孩实习加班，就夜不归宿，这个理由我觉得有点奇怪。”

张弛发动了警车：“是啊，情况有点蹊跷。但也难说，说不定只是保密工作做得好呢，否则哪来的赌球欠债一说？真真假假，还要等我们调查了再说。”

队里忙得人仰马翻，顾世第二天却要去参加为期一个月的警衔晋升培训。这时候去培训，她并不情愿，无奈名单都已经上报，时间不可能更改。

报到时间在工作日上午的八点半，如果按照惯例，请前一天值班的同事帮忙送行，意味着对方也要早起。平时大家都加班多，她能理解对于刑警来说，睡眠永远是最稀缺的。会上队长忘记提这茬了，她也没有打算开口。

会后，张弛找到她，主动请缨送行。顾世犹豫了下，张弛笑着劝说：“就算你帮我个忙，否则我哪有时间去警校。不是上次大队长托付我画像嘛，我还要亲手把画像交到对方手里呢。”

顾世想了想，脸上依然没有笑容：“行吧，那就辛苦你了。”

第二天，车库门前，张弛早早坐在车里等候，远远就看到顾世拖着一只二十九寸的银色行李箱，精神抖擞地走来。他打开车门，忙下车帮忙。

顾世提醒道：“我东西多，这箱子挺沉的。”

“没事，如果闪到腰，现在也是值班时间，大概能算工伤吧。”张弛说着单手提起箱子，另一只手轻轻一托，就稳当地把箱子塞进了后背厢里，“你这是一个月的家当全在里面，双休日都不准备回来了？”

顾世也不回答他，只是递给他一个纸袋。张弛打开一看，是新鲜出炉的面包和已经加热的牛奶，真是有心了，他微微一笑就收下了。

一路疾驰，平稳匀速，张弛心里有种说不出的舒畅。车里只有他们两人，自己开车，顾世坐在副驾驶上，这对于张弛来说是全新的体验，却并不陌生，是曾经遐想过很多遍的场景。鉴于之前几次并不愉快的聊天，两人几乎“休战”式的一路无语，张弛全神贯注开车，顾世则双眼微闭，小睡起来，倒也没觉得有什么尴尬。

大清早，往郊区开的车大多是集装箱式的大卡车或是水泥搅拌车，荣威车型的警车在车流里显得特别渺小。

不知过了多久，张弛正想打破沉闷的气氛，前面一辆土方车突然减速，幸亏他一路保持安全车距，才没追尾，倒也是结结实实地猛踩了一下刹车。顾世整个人往前一倾，似乎好梦被惊醒了。

张弛把头探出车窗，视线被土方车阻挡了，只看到零零星星的几个司机骂骂咧咧着跳下车，纷纷朝车道前方走去。前面就是隧道口了，这个地方弯道多，是事故高发地段。他转过头问顾世：“报到时间还来得及吗？前面恐怕是出事故了。”

顾世看了看表：“今天还好提前出发了，如果堵车不超过十五分钟，时间应该是充裕的。”

从后视镜里可以看到，路段上停留的车辆短时间内排成了长龙，喇叭声开始此起彼伏。即使这样，还是没有盖过另一些声音。前面聚集的人簇拥着，有人在高声叫着，有人慌乱地哭泣，有人急切地走到护栏边打着电话，远处隐隐约约有救护车的警笛声。

顾世朝张弛看了看，两人没有犹豫，不约而同地跳下车，甩上车门就朝前方跑去。

他们一路跑了大约三公里，以最快速度赶到了隧道入口最前面停着的车的旁边。这是一辆载人长途卧铺车，众人正在往外抬一个年轻男人。男人看上去不到二十五岁，即使这一刻脸上布满了汗水和污物，还是能够看出眉眼间透出一股帅气。

众人看到两个警察跑了过来，都像看到救星一样，纷纷说："救护车还没来，警察先来了。"

"刚有人报过警吗？小刘打的是120啊，警察同志，你看怎么办？"一个导游模样的女人从人群里钻出来求助。

张弛来不及回答他们的疑问，高声问："谁最了解情况？快说。"

马上有个自称同车旅客的中年男人凑上来说："大约是五分钟前，他突然和我说，感觉背后剧烈抽痛。我问他是不是哪里扭伤了，他说不出来话，人一点点往下缩。我就赶紧帮着问其他人有没有红花油或者云南白药。"

"是啊，我们几个正在向其他人找着，他的脸色就不对了，越发铁青，脸上直冒汗，眼睛不停开合，开始吐，吐得一塌糊涂。司机赶紧停下车。没等拿个塑料袋给他，他就支撑着站起来，两眼一闭，倒在了车厢狭窄的过道里，把我们吓得够呛！”

“大家先散开一点，给他点新鲜空气。”顾世挤进人群，蹲在年轻男子身旁，拍拍他，对方毫无反应。她把手搭在男子的颈部，仰头问众人，“他倒下去几分钟了？”

大家面面相觑，一时间安静下来。

张弛大吼一声：“快回答！几分钟了？”

人群里冒出来几个声音：“三分钟吧。”

“大概两分钟。”

顾世一脸凝重，仰头转向张弛：“心跳已经停止了，心肺复苏，你会不会？”

张弛看了看男子满是呕吐物的嘴巴，就犹豫了，顾世柳眉一竖：“快来帮我，你做按压，力度要够。”

顾世一说完，就把男子的头往后仰起，掰开他的嘴巴，张弛赶紧掏出纸巾抢在她做心肺复苏之前擦了擦。顾世似乎根本不介意，迅速解开他的衣领，深呼吸一口，撇开张弛的手，直接嘴对嘴开始人工呼吸。张弛迅速跪在他身体另一侧，十指交叉，高频率地按压他的胸口。

如此循环往复，顾世的脸涨得通红，张弛手背的青筋悉数暴起，周围的群众屏息围观，男子却依然紧闭着双眼。

“他大概是心脏病发作了吧，这样有用吗？”

“心肺复苏好像是在这种情况下急救的唯一办法了。”

“唉，好像不行，会不会人已经走了啊？”

“120怎么还没来啊？被后面车堵住了怎么办？”

众人不时有小声议论，两人充耳不闻，速度、力度丝毫不减，持续进行急救，汗水从他们的脸上一滴滴滑落下来。

两分钟过去了，顾世又用手测了一下他的脉搏，激动地看着张弛小声说："已经有了，再来一组。"两人卖力地又迅速投入了战斗。

两分钟又过去了，顾世和张弛气喘吁吁地刚停下，男子开始剧烈地咳嗽起来，人群中爆发出一阵欢呼声。男子缓缓地睁开眼睛，一脸迷茫，似乎并不知道刚才发生了什么。

顾世慢慢走开，扶着旁边栏杆休息，张弛嘱咐旁人把年轻男子扶起，等待救护车的到来，安排妥当后，才气喘吁吁地回到顾世身边。此刻，她背对着大家，正在弯腰呕吐。张弛迟疑了下，想拍她背的手终究垂了下去，静静地等在旁边。

张弛等她吐完了，递上纸巾，笑着问："你怎么还吐了，这病能传染？"

"我有轻微洁癖，刚才那场面实在太恶心了，我受不了。"

"人家好歹也是帅哥，我看你之前可没一点犹豫。"

"我看你不愿意，如果不是人命关天，你以为我想啊，实在是来不及嫌弃，心肺复苏要起效果就在这关键的几分钟。呕——"顾世说着，又弯腰干呕起来。

等到巴士重新启动，道路恢复畅通，张弛觉得迟到是在所难免了，于是他打开广播，调到音乐频道，希望舒缓下顾世焦虑的情绪，她却毫不在意，笃定地望向窗外，好像在回忆非常久远的事情。

在二十六岁的张弛眼里，顾世不过比自己年长两岁，哪有那么沉甸甸的回忆需要如此沉吟。他玩世不恭的笑刚要浮现出来，想到对方以往愠怒的神情，赶紧又憋了回去。

如果把女人比作城市，顾世就好像雾气氤氲的重庆，虽然难见阳光的灿烂，但群山和美食让人留恋，别有一番风情。而何萌，就如同阳光普照的海南，少有抑郁低沉的日子，处处鸟语花香，朝气蓬勃。

想到何萌，张弛不禁松弛愉悦起来。这些天来，她以高中同学、绘画同行之名，几乎两周一次地邀请他去一些展览。如果再推辞，就显得他矫情了，于是他索性欣然前往。不得不说，何萌无论是选展的眼光还是看展的底蕴，都是很独到的，连艺术家鲜为人知的历史典故她都了如指掌。

毫无疑问，何萌在事业上是个极好的伴侣，至于其他，他不提，也懒得去进一步思考。八小时内，他的身心都被工作和那张冷傲的脸瓜分，似乎再也难有一丝空隙来塞进一个女人。而顾世依然对他若即若离。也许，经历了今天合力急救的事情，双方会少一丝嫌隙多一些共鸣。

他不动声色地转头看她，她似乎察觉到了，也把脸转向他，却只是冷冷命令道："看路，好好开车。"

刚才心肺复苏过程中，张弛的动作到位、力量持久，才配合她完成了抢救，回想他专注的眼神、淡定的神情和全力以赴的姿态，可以看出他受过专门的训练，手臂力量也超过一般人。这让她感觉到，自己好像重新认识了他，这个自己眼中一贯以纨绔子弟形象出现的男人。可是，感谢感动的话，自己似乎永远都对他说不出口。

"好，我不看你，但是我想问你个问题。"果然，自己的预感很准，他一直以来就想问她一个问题，她能确定，这个问题和工作无关。

顾世赶紧抢过话头："我有个问题想先问你，你回答了，我就回答你。"

张弛淡淡地笑了，只是点头。顾世第一次发现他的侧脸的确很好看。浓眉整齐不凌乱，眼睛大而有神，皮肤不是皮革感的粗糙，也不是小鲜肉那样毫无血色和毫无瑕疵。难得的是他的笑，清爽、坦然，有成熟男人的稳重，隐约又有点大男孩未脱的稚气。难怪每次女警多的场合，他总是众人的焦点。她怎么会没发现呢？也是，她之前从来没有这样近距离看过他。

张弛此刻在心里迅速闪过无数个念头，她会问什么？问他为什么好几次都想要送她？问他为什么总是在人群里朝她看？还是问他为什么没有案子的时候却留下来陪她加班？不会，她就像个爱情绝缘体，即使感受到这些，也不知道是什么原因，这种情况下，她都会默默选择无视。

"我听说最近这个案子比较不同。"顾世一字一顿地问，"我想问的是，在没有目击证人的情况下，依靠监控录像，你的模拟画像能够派上用处吗？"

果然，她问的只有工作，两人的交集难道永远只有工作？张弛的喉结艰难地滚动了下，手握稳方向盘，注视着前面的道路，心里却涌起一片难以言喻的酸楚。

"我现在没法回答你。"张弛模仿着顾世的口气，尽量一板一眼地回答，"不是不想回答，而是监控录像的质量高低、犯罪嫌疑人的反侦查意识强弱，包括这个录像到底对于案情有没有推动作用，这些目前都是未知数。”

顾世表示理解地点点头：“你不用急着回答，我只是想提醒你，既然你是因为模拟画像进入刑警队的，那就意味着每一个案子你都需要体现出自己独一无二的价值。”

“这对你有价值吗？”张弛冷不丁地冒出一句，顾世一时词穷，他接着说，“其实一直以来，我也想问你一个问题。”

顾世依然沉默，似乎是在煎熬中等待着他的话，又好像对他要说的话心知肚明，但是没有想好如何回答。

“你我之间，我要怎么做，才能不只是同事关系？”张弛终于说了出来。这一刻，他如释重负，随之而来的忐忑和迷茫却又压在心头。

即使有心理准备，顾世白皙的脸还是有点微红。沉默了一会儿，她缓缓地说：“等到你能毫不犹豫地回答我的问题的时候吧。”

张弛把视线迅速落到她的眉眼间。隧道里，灯光昏暗，但能看清她的表情。不慌乱、不躲闪、不得意、不厌恶，这样就很好。

张弛笃定地把眼神迅速切换回道路，他们平稳地从漫长黑暗的隧道里一点点驶向光明。他的眼睛有点酸胀，又很快适应了光线，迅速眨了几下眼睛，他坚定地对顾世说：“那也请你给我一点时间。”

和校门口站岗的学警互相敬礼后，警车停在了顾世住的宿舍楼的侧门口。走廊里黑压压的四五十人正在听口令站队，一眼看去，只有两三个女警站在队尾，上前一问，正是顾世报到的培训班。

警校里“狼多肉少”、阴阳失衡，有不少学员朝他们看过来。张弛笑着，斗胆用手轻轻地搭了一下顾世的肩：“你去吧，房间号知道了，其他的都交给我。”说完，张弛不让对方有拒绝的机会，快步走向警车，把短袖撩到肩膀上，露出壮实的手臂，一转眼沉重的箱子就跑到了他的背上，他脚步轻盈地一步三个台阶地朝楼上宿舍走去，很快消失在众人的议论声中。

“这身板真够可以的，到底年轻。”有民警感叹道。

“俊男靓女，挺般配的。只可惜别的小伙子没机会咯。”几个年轻小伙还偷偷地张望着顾世，只是眼神都有点落寞。的确，无论是外形、身材还是体能，张弛都是警校里出类拔萃的，无人能比。

“你们分局的啊，男朋友？”顾世一旁年长的女警笑着打听道。

众人的议论尽收耳中，顾世有点厌烦地瞟了眼那几个年轻民警，对女警不置可否地笑笑。这样也好，至少不会再有其他男人来要手机号或加微信了，她只想安安静静地培训。

张弛放下箱子，裤子口袋里的手机正在剧烈振动。他一瞟手机，是“樊指导员”，他平时除了订餐确认，不常来电话，他顺手接通，对方的大嗓门就响开了：“小张，你人在哪里？”

“指导员，今天有何贵干？”

“我给你通风报信啊，你赶紧看看微信，陈庭说你没回他的消息。刘队就站在他边上，他没法打电话，这不让我传话来了。”

“怎么啦？出什么事了？”

“今天是你值班吧，你去哪里了？也没请假吧？陈庭和我帮你打掩护，说你胃痛，正在店里吃早饭呢。”

张弛一拍脑门：“我忘记了！我原来和顾世一个组，这不送她去警校培训嘛，忘了向值班组报备。”

“我告诉你啊，赶紧回来将功补过，你们刘队是临时值班领导，正满世界找你呢。正好有个变态被群众举报，监控条件不好，非常需要你。等会儿就说在我这里躺了会儿，别说漏嘴了。”

“樊指导员，先谢谢了啊。”

“客气什么，上次老顾送我的全家福是你的大作吧？画得太好了，我都不知道怎么来形容，现在每天睡觉前都要看一眼才安心。你们这阵子忙得都见不到影儿，我还没当面谢你。有空我亲自下厨，请你吃大餐。”

“好，一言为定啊，这私房菜我吃定了。”

大队长正在说明培训规章制度，一串如雷的脚步声从楼上传来，原本听得有点心不在焉的学员们齐唰唰扭头，满脸好奇地循声望去，脚步声又急又响，几乎像是有人从楼梯上跌落下来。这时，张弛出现在众人眼前，在人群里寻找到了顾世皱着眉头的脸，抱歉地朝她笑笑。接着，张弛开着警车迅速地消失在众人视线里。

辖区里有变态，到底会是异装癖、偷窥癖、露阴癖还是咸猪手？张弛看了陈庭的微信消息，不禁推测起来。他前所未有地恋战，这都归功于顾世，他只想早些给她一个想要的答案，看她还有什么推托的借口。

他推门而入的时候，第一时间就看到了陈庭在使眼色，关门的手瞬间显得无力又虚弱。

陈庭赶紧上前扶着他：“你看，刚才拉了多少回自己都数不清了吧？樊指导员家的马桶都被你霸占了吧？现在你需要多喝水，否则容易脱水。面色暗黄，是湿热重，不能喝冰水。”陈庭说着就递给他一壶温开水。

张弛抬头正遇上刘队关切的审视的眼神，他一仰头把水杯里的水一饮而尽，压低了声音说：“领导，今天出去吃早饭，没想到粢饭糕和冰饮料的组合威力那么大。”

“我说嘛，怎么就无缘无故暑湿堆积了呢？”陈庭在旁边小声嘀咕。

“没事，我现在感觉好多了。”张弛擦了下后颈的汗，“就是人好像虚了点。”

“赶紧去换身衣服吧，都湿透了。”刘队看着两人一唱一和，不动声色，只是嘱咐道，“辖区学生公寓里有个‘老户头’，‘做生活’的时候又把几个女孩子吓坏了。目击者带回来了，监控资料陈庭你也给他看看，争取把其长相搞清楚，好让人守候伏击。”

“老户头”一般是指被不同报警人多次指认的对象，至于“做生活”，是一切违法犯罪行为的统称，可以是偷窃、械斗，也可以是偷窥、强奸。

“什么‘生活’？”刘队一走，张弛就问道。

“露阴癖。最近一个月里疯狂展示自己的‘家伙’！还跑到人家女生公寓去，影响很恶劣，上头让严办。”

张弛说：“是不是大家现在都特想知道这种人什么长相？是不是长得比较猥琐？”

“其实我倒更想知道另外一种可能性。”

“你是说他可能不是露阴癖，那还能有什么情况？”张弛有些惊讶。

“露阴癖虽然是性变态的一种，但当事人一般不会对别人产生肢体上的直接侵犯。这种人往往喜欢在昏暗的地方暴露自己，对方一有惊恐反应他就能获得快感，对方如果辱骂他，他也能得到满足。仅仅从行为举止来看，颞叶癫痫和露阴癖并没有什么两样。”

张弛接过陈庭递来的U盘，找到监控录像视频文件，问道：“这两者总还是有差别的吧，你看了没有？”

“还没呢，这不刚拿回来，本来打算直接让你去的。”陈庭朝他翻白眼，“要说这两者的差别，还是比较明显的，只不过很少有人知道。露阴癖是对陌生的异性暴露，同时大多有自慰行为。但是颞叶癫痫是对所有人都可能暴露，而且暴露时，人是不动的，没有什么其他的动作。”

张弛习惯性地在本子上记录了几个词组，坐在椅子上，一边画着什么，一边在摆渡机上转换视频文件：“照你这么说，得了颞叶癫痫的暴露行为只是无意识的发病症状，但是露阴癖是有意识的行为，他能够清晰回忆起当时的行为过程，而且有明确的目的？”

陈庭起身坐到张弛边上：“你小子脑子转得是快，视频可以看了吧，我们来看看他到底是哪一种。不过，估计要靠视频画像，难度不小。”

张弛无所谓地笑道：“急什么，这不还有目击者吗？”

两人凑到电脑前仔细地辨认着。屏幕上，第一段视频，环境昏暗，一个中年男人和路人无异，在公寓门口驻足抽烟。第二段视频，他从楼里出来，拿着纸巾在擦手，脚步匆匆，在路边等车。第三段视频，有个女孩子慌慌张张地跑出来，一辆警车停在她身旁。

“这像素太渣了。”

“公寓里没有监控？”

“曾经装过，后来大家抗议，为了保护学生隐私，又拆了。现在除了门口，只有电梯里有监控，他走的是楼梯。”

张弛习以为常：“车牌看不清，关键过程看不清，长相当然更不用提了。不过从他后面叫车离开的画面看，他思路清楚得很，不会是无意识的癫痫行为，这也算是视频的唯一用处了。”

陈庭急了：“这个人已经‘做生活’好几次了，学生家长都找到校长那儿了。还巧了，每次这家伙作案，都是我们组值班。你说倒霉不倒霉。”

张弛忍不住大笑：“我们值班组还从来没碰到过这茬事。早就听说师兄换班到哪个组，哪个组就警情不断，怪事连连，今天总算见识了。只能说你太旺！”

“别幸灾乐祸！上面下令一定要把这个变态逮住。这次，你如果画不出来，局长找的不光是我们，更主要的是你，毕竟目击者是唯一线索了。更何况，女研究生疑似绑架案还没进展，那边侦查条件也不好，万一到时候又让你对着画质很渣的视频画像呢。现在又被这事盯上了，你说到底你旺还是我旺！真是天越热，事情越多，还没完了。”

“好，大家难兄难弟。”张弛苦笑着朝临时开辟的画室走去。

这间画室，兼作民警休息室，是师傅特意给张弛申请的。倘若不是靠墙的玻璃橱窗里展示着刑警队这几年的奖状奖杯，不管谁走进这个房间，都会误以为走进了画廊。舒适的真皮沙发、新款咖啡机，墙上挂满的名家风景画，全都是张弛从家里搬来的。

当初队里要帮他申请以上物品，他只是坚持说：“不用了，不费这钱，家里放的那些，我还找地儿处理呢，我这是化废为宝。”明眼人都看得出，这哪是闲置品，都是时下最高端的品牌，简约、低调、奢华，透露着主人的良好品位。

第二十章　少女踪迹

顾志昌一声令下，张弛和小吴带着工具包就下车进楼了。这是一栋在C市近郊的普通居民小区，他们走到五楼，敲响了其中一家的门。

画室里，多人沙发旁，立着一个原木画架。画架的上方，就是刑警队的全家福画像。这是张弛特意为同仁画的。画像里原班人马和后来新加入到队伍里的人一个不缺，已病故的老秦也在，顾世则在整幅画的核心位置。

张弛是在一次全队例会后拿出这幅作品的。他小心翼翼地把画放到会议桌上，众人看到画的第一刻就惊叹连连。每个人都在画旁互相比对着画像和真人，纷纷对着张弛竖起了大拇指。

“唉，原来谁也没想到，早就该给我们画像了。整天画犯罪嫌疑人，真是便宜了那些小兔崽子。”老陈被画得比本人苗条些，啤酒肚也被前排的人挡住了，心情大好，“平时领导不是一直说什么团队凝聚力嘛。你这支画笔一挥，我们就更团结了。”

众人哈哈大笑，顾志昌笑得眼睛眯成一条缝，眼尾的褶子更多了：“这画要画，模拟画像更要好好画。目击者在这间画室描述情况，很容易就会以为自己不是在公安局，能更配合我们小张，你们说是不是？”

“不得了，年纪轻轻，就有了自己的工作室，我都干了大半辈子了，连个办公室都没有。”另一个老民警半开玩笑酸酸地说。

“你也没申请啊，现在说还来得及。”

“我们要有人家这两把刷子，领导保证也给开个单间。是不是啊，领导？”

顾志昌只是呵呵笑，张弛忙打圆场：“不敢不敢，领导老早就说了，这是大家的休息室。只不过我有时候需要借用一下，还要麻烦各位到时候多包涵。”

张弛走进画室的时候，视线回到沙发上，一个神态窘迫的女大学生看到他，马上站起身来。他挥挥手示意她坐下，倒了杯咖啡递给她，咖啡的浓香瞬间溢满了整个画室。他自己回到画架前，看了看手表，对她说：“好了，可以开始了。”

周五下午，张弛正躲在画室里对着一台笔记本电脑，皱着眉头，咬着笔杆，苦思冥想，几乎要仰天长叹。这时候，突然一间办公室里传来了顾世的声音。

他拿出手机查看日历，推算着培训的日程。不对，顾世应该明天还有课，怎么突然自己回来了？

“培训结束了？怎么也不告诉我，可以去接你。”张弛去和她打招呼。

顾世瞟了他一眼，态度似乎比之前还要冷淡：“还没呢，今天回来加班。”她大口地啃着汉堡，走到办公桌旁问道：“失踪的那个案子进展如何？”

“头儿，你不在，我们没了主心骨啊。”小吴笑着做愁眉苦脸状。

陈庭听不下去了，拍了下他的背：“净拍马屁，说说，现在都掌握了些什么情况？”

小吴看着张弛：“你表达能力强，你来说。”

张弛不推辞，直接介绍道：“我们拜访了女生的父母，之后，根据他们反映的线索，查了查她之前有一次周末没回家，到底去了哪里。”

顾世不解：“她不是在外面租了房子吗？我们上次出警去的那个地方。”

“就在上次的事情之后，她父母觉得那房子住着太不安全，要求她必须搬回家里，连每天去实习都恨不得全程陪着。”

陈庭听了直摇头：“那么夸张！研究生啊，早就成年了。看来还是没有找出轻生原因。”

张弛点点头：“他们根本就没敢问。过了几个礼拜，可能看她情绪也比较平稳了，觉得工作让她能够分散注意力也不错，所以她提出加班不能回家，父母也就默许了。”

“结果，她并不是去加班的？”顾世猜测道。

“她非但没有加班，还在一个电话的操控下，去银行ATM机累积转账了六十五万到一个账户。最近，她又向这个账户一次性转账了四十万。”

“除了银行，她也没有去过其他地方，是不是？”

张弛点点头：“问题在于，调阅账户户主的取款监控录像后，因录像的画质太差了，线索就在这里断了。”

陈庭提出了自己的设想：“银行分销转账，马仔取款？”

“不是，是亲自取款。”小吴唉声叹气道，“可是忙了老半天，一点实质性进展都没有。”

“这些信息都是实质性内容，你们的效率已经很不错了。”顾世很少夸人，一听她的表扬，小吴喜滋滋地拍拍张弛的胳膊，张弛只是淡淡地笑。

“至少比我预期的要好得多。从过往经验来看，与其说这是一起绑架，倒不如说像是电信诈骗。”顾世说。

小吴说：“对，我们也这么觉得。犯罪嫌疑人自始至终都没有和被害人同时出现过，不过是利用了家长的焦虑心理，制造出这种假象，让他们能够满足自己的非分要求。”

“画像怎么样，好了吗？”顾世突然扭头问。

张弛现在最怕听到这句话，不管从领导嘴里，还是从目击者嘴里听到这句话。前者往往是因为案件影响大、督办任务紧，后者更让人烦恼——目击者通常已经请其他人画过画像或者描述过对方的长相。

张弛压力一大，画的画像就容易变形。目击者反复描述多次，不仅情绪上有抵触，叙述也会有偏差，有时候事发好几天，错过了最佳的记忆时段，就会在细节上有遗漏。这些都是对画像效果的负面影响。

张弛艰难地承认："目前条件不理想，没什么进展，我还在努力。"其实何止是不理想，这次的视频清晰程度甚至还不如上次露阴癖案件的监控。

从银行取款记录上来看，账户并没有被分销转账、小额取款。犯罪嫌疑人是急着用钱，亲自取款，原本这些都是有利因素。可是，监控的像素低不说，犯罪嫌疑人取款时戴着帽子，只露出半截下巴和颈部，下车付款时又故意遮挡了半个脸部。张弛为此一帧一帧地回放了几十遍，找到了相对最清晰的五张截图。可是这些对于作模拟画像来说，还是杯水车薪。

"明白了。我先去忙了，你们后续有情况再告诉我。"顾世说着汉堡也啃完了，直接转身去了自己的办公室。

"她手头在忙什么案子？"张弛不解，问小吴。

小吴两手一摊，看向陈庭。

陈庭面有难色，在两人的逼视下只得说："就上次那个变态，据说刚刚被逮住了。我也是顾科刚才通知了才知道，等会儿我们组又要加班了。"

张弛兴奋地追问："怎么没人通知我？是不是我画的那人？"

小吴提醒他："你不是手头还有活吗？都叫上你，三头六臂都忙不过来。"

陈庭慢吞吞地端着水杯走出门："我去看看再说。"

张弛回到画室，凝神静气地在画板前坐了一会儿。眼前监控录像截屏的打印图像让人眼花缭乱。别说面部特征了，连一个基本的人形都看不出来，只有满满当当的马赛克方块。他把打印纸钉在画板上，又把画板移到墙根，自己退后到房间另一端，眯着眼睛，尝试着换个角度来观察这些画像。看了好一会儿，他又回到画架前，挥舞起画笔，这一次，并不如往日的流畅。

走廊里，那个熟悉的身影又出现了，张弛的注意力瞬间全都转移到顾世身上。顾世冷冷地匆匆而过，很快又折返过来，径直走到他旁边，定定地看着那幅快要完成的画像。

一直对着她笑眯眯的张弛不得不收敛起笑容，来配合她的冷峻。实际上，他快感受不到自己的心跳了，仿佛在这一刻，世界都静止了，她从来没有离自己这么近过，面对面。可是她的呼吸为什么丝毫不急促，她的脸也没有那日绯红。只有她的眼睛还透着灵动和善良，她到底想单独和他说什么？

"知道为什么没有人通知你吗？"顾世开口就问。

"看来并不是我的画像起了作用。"张弛心里沮丧，却故作轻松地说。

"岂止！"顾世直截了当地说，"如果不是他又犯事，靠着你的画像，估计是找到天边都抓不到画像上那样的人。你的画像还严重误导了我们守候伏击的增援同事。"

张弛站起身来，居高临下地看着眼前这个不知婉转为何物的女孩，心想：她从来不怕伤害自己，却时时刻刻容易受伤，我怎么就中意了她？

“我只不过说出了没人愿意和你说的事实。上次我就提醒过你，刑警队民警在单位的价值体现在办案上，对你而言，办案的重中之重就是画像，这是你的核心竞争力。”顾世一口气说完，颇有点恨铁不成钢的味道，张弛好像看到了年轻版的顾志昌。这对父女有时候相似得惊人。

“现在才过了几天，多给我一点时间……”

“我不管你到底出于什么原因问我那个问题，我也不想知道。我只知道，如果一个男人在自己的事业上不专注，做不出一点成绩，当然，这成绩不是指什么荣誉，而只是指把事情做好，做到极致，那就说明了他的判断力、领悟力或者自制力，其中一方面出了问题。我不明白自己喜欢哪一类，也没有考虑过，但是很清楚的是，这样的男人，不可能是我欣赏的类型。最起码的尊重和欣赏都不能获得，那其他就更不用谈了。”

每次顾世说起感情方面的问题，像是在计算公式或是做推理题，总是理性得近乎冷淡，如果真的遇到了自己爱的人，她还会这样头头是道地逐条分析吗？又或者，她本就是个慢热迟钝的人？他宁愿她是后者，至少自己还有努力的空间。

“还有，我看过露阴癖那张画像，你确定画的是这个案子的嫌犯吗？我怎么觉得你画的人和失踪案的嫌犯长得差不多呢，一样的脸型，一样的眼睛，甚至发型都相差无几。”顾世抛下这句话，看他在那里少有地一言不发，又补了句，似乎想要挽回一点对方的面子，“你还是找找原因吧，专注点做事情总不会错的。”

张弛收起画夹，闷闷地坐了好一会儿。

面对顾世的直言不讳，他没有愤怒、窘迫，心里却是百爪挠心般无法忍受。这愤恨不是对别人，而是对自己的不争气。

坐了好一会儿，他定定神，利落起身，像往日一样昂首挺胸地朝讯问室走去。里面烟雾缭绕，顾志昌正横眉怒对那个“露阴癖”，看到他来了只点点头，无暇照应。

小吴在旁边偷偷告诉张弛：“这个变态是个老油子，我们都搞不定，只能请老将出马了。”

顾志昌瞪着眼睛说：“你不说，我们也能查到。给你个机会，把你老婆叫来，和她当面解释，否则上门调查还要惊动你邻居、老母亲和女儿。你想想，是自己说还是我们说？”

那男人低声嘟哝着：“老师傅，这样做真的很难看，就再给我一次机会吧。”

“难看？你露‘家伙’的时候不是还笑得很得意吗？什么难看好看，我们给了你很多次机会了。你不好好配合，到时候才是真的难看了。想想清楚，这电话打还是不打？”

对方是个清清爽爽的中年男人，戴着一副无框眼镜，丝毫看不出异样。他冷汗直流，还在低声恳求：“我丈人是我单位老领导，如果这么做，我和我老婆就要闹离婚，什么原因他就肯定知道了，我工作都没法做了呀。就最后一次，给我个改正机会，好不好？”

“你也是有女儿的人，这些孩子就比她大个几岁。你怎么没想过，如果是你女儿看到这种场面，会怎么想？哪个做父母的不会和学校急，和公安急？你工作没法做，我们还没法做呢。法律不是我定的，你也不是在菜市场能讨价还价。”

张弛仔细地看了看“露阴癖”的脸，果然和自己的画像天差地别，师傅没有说他什么，他却羞愧难当。

对方手抖着从手机里找到他老婆的号码，手指在手机上悬空着。

顾志昌厉声催促：“要不要我来帮你？”

“我来，我来。”对方忙不迭地回答，终于拨通，“喂，我现在就在离家最近的派出所里，这里有点事情要处理，麻烦你过来一趟。”

“我提醒你，你做这件事情是有意识的，也有预知后果的能力，这和重症精神病无意识的犯罪是完全不一样的性质。我们把你带来是掌握了情况的，拘留是难免的，至于拘留时间，就看你交代态度是不是诚恳。不要绕弯子，不要捣糨糊，要说细节，说的和我们掌握的证据的匹配度越高，你的态度就越好，我们才有机会考虑是不是帮你从轻处理，明不明白？！”

“明白，明白，我一定老实交代。”对方的心理防线几乎全线崩溃。

顾志昌又叫来两个当班的年轻民警，分头给目击者和嫌疑人做笔录。走之前他特意叮嘱他们细节要敲牢，省得日后纠葛，处理不了。这才转身面向一直在旁边默默站着的张弛。

“师傅。”张弛面带愧色地上前。

“你不用说了，我都明白。”顾志昌摆摆手，“胜败乃兵家常事，但是如果心思一直不集中在工作上，可干不好活啊。”

“我刚才回想了下自己作画的全过程，当中的确是分神了。”

“当然，目击者的记忆也有问题，你画好了她还说特别像呢。不过，我能理解，就像刚才那人，我其实蛮同情他的，他这么做也有他的原因。”

张弛嗤之以鼻：“同情？他干这样的事情，影响太恶劣了。”

顾志昌和颜悦色地摆摆手，刚才审讯的严肃样子荡然无存：“露阴癖在社会影响上的确比较恶劣，这种案子我干这行几十年也见了不少。简单说来，一般发病年龄都是在十五到三十五岁之间。像他这样四十多岁的年纪开始有这种癖好的，大多是家庭有了巨大变故，夫妻感情不好，夫妻生活也不和谐。”

“师傅，说到底，您是说他们是一群可悲的人，有严重的心理问题，平时一直压抑着？”

“对，他们做这种事的时候其实是有愧疚感的，只不过，当时克制不住自己的行为。”

顾志昌虽然没说什么批评的话，在张弛听来分量却很重。如果没有自制力，常人和露阴癖其实是相通的，并没有什么两样。

张弛心里觉得好笑，自己和变态还扯上了关系，但只有点头：“师傅，我明白了，我会好好调整自己的状态。”

“这样吧，最近这个案子结了之后，好好休个假。以前基本都是在下半年忙起来，年假想用都没机会。你来了以后适应我们这里的节奏不容易。”顾志昌慈眉善目地提醒道。

张弛感激地点点头，心里还惦记着那幅画像。

两人正轻松地聊着哪里会是年假的好去处时，刘队沉着脸走过来，看都没看张弛一眼，只是对顾志昌招呼了下，便和顾志昌行色匆匆地离开了。

他们两个刚一出电梯，迎面走来的就是失联女孩的父亲，他正在走廊里抽烟，看到刑警队的领导，表情复杂地冲他们点点头，欲言又止。

关上办公室的门，在沙发上坐下，顾志昌朝门外抬抬下巴：“嘿，这还天天来报到了。”

刘队点起一支烟，又扔了一支给顾志昌，苦笑说：“现在要以安抚稳定家属的情绪为主，又不能和他说‘这是我们办公场所’，赶他回家。老顾，你这里现在情况怎么样？”

“根据掌握的线索，已经在画像了。只是这次侦查条件不乐观，基本上也没有目击证人，估计画像很有难度。”

“老顾，这个案子舆论压力越来越大，大街小巷都在议论这个女孩到底去了哪里，连我的老母亲都和我提起过这个新闻。”刘队指指墙上的挂钟，“你看从下午到现在，四个多小时，我就接到了不下五通记者的电话。”

“是的，压力不小。局长督办也说总队准备介入。”

“我的意思是，咱们不能一棵树上吊死。张弛之前靠画像帮我们破案不假，但那都是有目击者、犯罪嫌疑人特征比较明显的案子。说白了，有运气的成分在里面。你就说这个案子，他对着马赛克图像，能画出犯罪嫌疑人？”

顾志昌点头：“我看过了，从我这个外行的角度来判断，连个人影都看不出。”

“所以，你我谁也不敢拍着胸脯保证他能画出准确的画像来，对不对？”

"那你的意思是？"顾志昌慢吞吞地吐着烟圈。

刘队掐灭了烟，顿了顿说："你觉得最近你这个徒弟状态怎么样？"

顾志昌并没有想到刘队对张弛的关注度那么高，犹豫了下说："这孩子心思有点活络，但到底还是有才的，对工作也主动、有责任心、善于钻研，能积极发现自己的问题，一点就通。"

"嗯，爱惜人才没错，年轻人还是需要适时敲打一下，到一线各个岗位去锻炼锻炼的。我们刑警队，分工不分家，对任何人都不要有例外。不然让人议论起来，这个队伍就难带了。"

刘队的话分明是有所指的。顾志昌明白自己多说无益："这个案子，外围的侦查并没有放弃，刑侦手段会加急上报审批。如果有抓捕行动，按照以往的经验，张弛一定会主动参与的，这点你放心。"

"行，抓紧时间吧。争取化被动为主动。"

张弛的表现稍稍逊色，大家对他的"关照"就有增无减。根据顾志昌的推测，这些人很可能是大院内、刑警队外的。在体制内，领导常常说要重视人才、培养人才、用好人才，但总有那么些人混着日子，还见不得别人高歌猛进。好像唯恐对方被领导赏识，让自己相形见绌。于是，人才有时是万众瞩目，有时更成为千夫所指。一旦跌入低谷，这些人就会迫不及待地落井下石。

这么说来，自己倒是变相地"坑"了张弛，让他体验了一下和自己当年一样的处境。他走出办公室，狠狠地掐掉了烟头，吐出了个大大的烟圈。

C市距离A市有两小时车程，张弛和小吴接到指令，一路驱车直奔C市。与此同时，失联女孩的父亲刘先生正闷着头，坐在刑警队的会议室里抽烟。

刘先生已是这栋楼的常客，虽然没有门禁卡，但他总有办法进楼。几天不见，他的面色有点发暗，表情不如之前淡定，常有人看到他在走廊里徘徊。

顾志昌把办公地点临时转移到会议室里，招待他也在其中休息，既不至于冷落他，又能够进退自如地继续开展工作。刘先生不时抬头观察进进出出的民警，只要顾志昌一走出去接电话，他就转身看向门口，似乎期待着随时会发生的奇迹。

顾志昌回头正对上他期待的目光。他叫住了正朝他走来的顾世，让她进去先照顾着刘先生。

顾志昌接到一个电话，是张弛刻意压低的声音："师傅，我们准备好了，目前不知道屋里有几个人，是不是按计划行动？"

"行动！注意安全，及时报告。"

顾志昌一声令下，张弛和小吴带着工具包就下车进楼了。这是一栋在C市近郊的普通居民小区，他们走到五楼，敲响了其中一家的门。

"谁啊？"一个女人的声音。

"修空调的，刚才打电话说空调不制冷的，是你们吧？"

猫眼里的光一闪而过，对方透过猫眼确认了来人后，门缓缓打开。开门的是个陌生女孩，两居室的另一间房门紧闭。

张弛和小吴身穿修理工的制服，默契地爬上爬下。衣服是他们到劳防用品店里临时买的，修理技巧是他们在网上看视频临时自学的。此刻，这两样都派上了用场，张弛一边给空调加制冷剂，一边问道："你们就这一个空调？"

"不是，别的卧室里也有，但是那个没问题。"

小吴递给她一张名片，热情介绍道："我们是新开的维修公司，上门修空调，免费送清洗。我看你们这个空调也都很久没有清洗了，整夜开着，病菌繁殖速度又快，很容易生病的。你帮忙微信扫一扫，发个朋友圈，我们就提供这个服务。"

"你确定是免费的吗？"

小吴忙不迭地点头："绝对免费，只要你发了朋友圈，截图给我。隔壁有人吗？我可以进去吗？"

"有人，你敲门吧。"

两人不经意地对望一眼，张弛走到卧室门口准备工具，小吴叫住女孩问道："怎么称呼这个人？"

"我也不知道，我们只是合租的。"

里面的人听到声响打开门，张弛看了一眼，心里狂喜，摸出警官证："刘欣，我们是A市公安，来带你回家的。"

女孩面露恐惧，急忙要关上门，小吴一把顶住房门："你父母都着急得快生病了，你还在躲什么？"

"什么情况？你们不是修理工吗？"那女孩诧异地问道。

两人顾不得理睬她，还在和刘欣解释。对方却一个字都听不进，只是语无伦次地瘫坐在椅子上："我都按照你们说的照做了，不是说好不抓我们了吗？你们把我父母怎么了？"

张弛和小吴面面相觑。

顾世的电话响起，她接通了后，只是或感叹或惊讶或平静地哦了几声。挂断电话后，她打开微信，接收了两张图片，走到顾志昌旁边低声耳语了一番，给他看手机。

他慢慢地站了起来，会议室里其他正在忙碌的专案组组员都敏感地悄悄注意着两人。刘先生还埋头看着手机，并没有察觉到气氛的异样。

顾志昌面无表情，压抑着激动，对他招呼道："刘先生，请您过来一下。"

刘先生狐疑地起身，忐忑不安地环视了一下四周的民警。众人都严肃地板着面孔，他看不出任何积极的提示。

"您看，这是您的女儿吧？"顾志昌给刘先生看手机里的一张照片。

刘先生毫不犹豫地点点头，等他说下去。

顾志昌给他看第二张照片："您看，我们的民警现在和她在一起，您可以放心她的安全问题了。按照流程，我们需要她在C市做笔录，明天就会送她回来。请您放心。"

刘先生的脸随着顾志昌说的每个字一点点松垮下来。听完后，他终于轻叹一口气，上前紧握住顾志昌的手："谢谢你们。以前总觉得警察和我们关系不大，对你们有误解，现在才知道，关键时候还是得靠你们。你们做事敬业、专业，让我们老百姓放心。"

他说完忙给诸位男同胞发烟，发到顾志昌这里，顾志昌笑笑："没事。如果破案进展让你们知道，就会让你们多一份顾虑多一份担心，我们的工作也不好做。我们就多换位思考，大家互相理解，理解万岁。”

第二天，刘先生夫妇见到女儿的那一刻，女儿羞愧无语，和他们紧紧拥抱。父母没有一句责怪，爱怜地摸着她的头：“傻孩子，回来就好。”

张弛和顾志昌目送他们远去，张弛突然说了句：“谢谢师傅。”

顾志昌只是笑：“怎么没头没脑地说这个，谢我什么。我当时派你出差，你出的主意，要冒充空调师傅软进门，这个任务完成得相当出色，我还没来得及表扬你，你倒谢起我来了。”

“当然要谢你。别人都放弃我的时候，你还是站在我背后，每次都给我创造机会将功补过，我要感谢师傅您无条件地信任我、支持我。”张弛有点艰难地说。

“那师傅我还要谢你呢。还好你在我面前总是收起性子，不犯倔脾气，否则师傅可真是难办了呢。”

张弛盯着早已空无一人的走廊，感慨道：“师傅，经过这个案子，我真觉得有时候人与人的信任比什么都重要。”

“哦，还有感悟了，有进步，说来听听。”

“通常人们都觉得，有爱才有信任，其实不然。没有足够的信任，感情反而成了拖累。你就看刘欣，如果她不是因为对父母感情很深，感情用事的概率就会下降。如果她足够信任父母，第一时间把事情告诉他们，她的父亲见多识广，能够识破骗子的骗术，她也就不会信以为真。”

“是啊，如果父母和子女间平时有足够的沟通，互相信任，刘欣不可能照着骗子的指示转账，还让夫妻俩以为她被绑架了。”

张弛脸上的汗流下来，他把警服的纽扣松开一颗：“可是，她偏偏选择了服从骗子的要求，出于所谓的‘好心’来骗父母。师傅你是没看到她知道真相的那一刻吃惊的样子，甚至一度以为我们是假警察，骗子在他眼里倒是说一不二的刑警，真挺可悲的。”

顾志昌感慨道：“两代人的沟通是个问题，孩子处在成长阶段，家长专注于工作，必然会造成双方的疏远。”

“师傅，你们父女俩看来不存在这个问题。”

顾志昌爽朗大笑道：“我们这哪是父女俩，简直变成了兄妹，在家和我没大没小的。自从她妈妈走了以后，我加班的时候，只要有机会都会带着她，当时觉得苦了她，现在看来，陪伴就是最好的爱，辛苦都是值得的。”

张弛若有所失地附和：“是啊，有些陪伴的时间，过去了也就过去了，没办法弥补了。”

第十三章 最难的画像

镜头这时切换过去，给了张弛一个面部特写。他的眼神沉着冷静，炯炯有神地盯着画纸，好像在凝视一件艺术品。嘴里念念有词，画笔如同扫描仪般在画布上来回舞动。

一大一小两个怪案相继被迅速侦破，队里上上下下有着大考后的轻松愉悦。整个走廊的空气都欢腾起来，但张弛却一点儿也提不起精神。

作为犯罪模拟画像师，他非但没有发挥作用，还差点让同仁走了弯路，错过了最佳破案时机。倘若不是顾志昌顶住了压力，还给了他将功补过的机会，他真不知道以后怎么在单位里抬起头来。

这天一大早，内勤就通知大家："下班后，如果没有特殊情况，到'樊指导员'那里集合。"

到他那儿去就是庆功聚会，大家心照不宣，就等着晚上饕餮一顿，领导自掏腰包来埋单。这次还额外增加了一句："可以带家属。"这下，年纪大的民警都忙着打电话、发微信通知另一半："晚上不要做饭了，一起外面吃，老板请客。"

如此一来，队里未婚的几个就有点儿郁闷。小吴瞅瞅发呆的张弛，踢了下他的椅子："哎，你一个人去吗？"

张弛的微信叮了一下，陈庭笑着说："他？一个人？你想多了吧，不过别担心，有我陪你，也不算孤家寡人了。"

"谁要你陪！"小吴嫌弃地把桌上的橙子掷过去。

陈庭接住橙子，低头闷笑，继续在电脑前干活。

张弛无暇顾及两人，微信是何萌发来的："既然是庆功，好好喝酒，难得开心放松下。我正好在附近办事，结束前告诉我，顺道捎你回家，你就别开车了。"

他思考了几秒钟，就回了一个字："好。"

又一条消息过来："上次我和你提起的节目，你考虑好了没有？"

"什么节目？"张弛都忘了。

对方发来一个链接——"只有想不到"真人才艺秀。他哑然失笑，第一反应就是要不要报备领导。

"我先请示下，如果要公开身份的话，必须汇报组织的。"

"行，看来觉悟提升了。有组织有纪律！"何萌发来一个笑脸。

下班时间到了，大家收拾东西，准备结伴去饭馆。老樊的馆子离大院不到十分钟的路程，顾志昌早早打了电话，让老樊把唯一的包厢给他们留着。

“人都齐了没？张弛人呢？”陈庭扛起一只大环保袋，里面装着备好的酒水饮料，环视四周，突然发现张弛没了踪影。

“他下午不是说要去研究人体骨骼结构嘛。刚才发消息给我们了，说不用等他，他自己直接过去。”小吴顺手和陈庭一起扛。

“行吧。那领导，我们先过去点菜。”内勤是个年长的女警，她转向领导，刘队和顾志昌都点了点头。

法医室寂静无声，解剖台上躺着一具赤裸的年轻女尸，尸斑的颜色呈深红色。

法医小曾用手术刀一点点剖开了尸体的腹腔，手握勺子往外舀血水。血水里夹杂着血块，散发出一股金属气的腥臭味，尽管有通风系统，但是这股味道还是很快就弥漫了整个房间。

他抬头看看在旁边站了快三个小时的张弛，有点讶异地说：“你倒是一点都不像头一回走进这个房间的人。”

张弛在本子上圈圈画画，无所谓地笑笑：“毕竟还是出过现场的，注意力分散了就好了。”

曾法医不到三十五岁，是队里法医室的顶梁柱。他现在解剖的是个非正常死亡的女职员，家属怀疑其在单位遭到侵犯而突发心脏病，并非之前判断的过劳死，因此强烈要求判定具体死亡原因。

他戴起手套，用手在其腹腔内拨弄着内脏，仔细查看："你是没见过头一回进我这个房间的人。别说开膛破肚，就是光看着皮肤的质感和尸斑，就一个个都不行了，有的还差点吐在尸体上。"曾法医说到这里一脸鄙夷地摇头。

"看来现在我的心理素质有提升啊。"张弛毫不自谦。

曾法医冷冷地问他："你的关注点都集中在哪里了？我这儿的人和你要画的大活人可大不一样啊，何必浪费时间在这耗着呢。"

"你说得不对，这还真对画像有辅助作用。"

"哪方面？"

"不同的骨骼结构、肌理走向、年龄和生理状况，这些其实都会直接影响到人的长相。"

"是吗？那真是隔行如隔山了。"曾法医头也不抬地说。

"我还要向你取经呢。你的实战经验比我丰富多了。在你看来，年龄、地域、教育水平和营养水平这些因素，对人面部特征的影响因素占比大不大？都有些什么共性？"

曾法医停下手上的动作，还是那张扑克脸，对他说："那你得请我吃饭，这哪是一时半会儿能说得清的？再这样下去，你都影响我工作了。"

张弛爽朗地笑："那还不简单，哪天有空？"

曾法医做了个轻声的动作："我们这里不能谈笑风生，解剖是很严肃的事情，这是对死者最后的尊重。"

张弛把手从自己面前从上而下地划过，笑容瞬间没有了。他早就听闻曾法医对待自己的工作极其认真，有时候甚至如同对待艺术品一样对尸体毕恭毕敬，想来这个传言挺靠谱的。

不在乎旁人的眼光，高度地专注和投入，把自己的事情做到极致，他倒是从心底敬佩这类人。看着自己笔记本上一下午记录的好几页内容，他这么多天来头一次感到身心舒畅。自己现在的状态，不也和他们一样吗？

张弛到达包厢的时候，两桌人都已入座。靠门口那桌有个空位，他就坐了过去。主桌上，陈庭忙进忙出地招呼酒水，顾世就端坐在他的右侧。

大家按照惯例，先喝了一圈啤酒。顾世不喝酒，也不劝酒和敬酒，只是笑盈盈地看着别人吹牛、打趣。在这种闲适放松的状态下，平时冷淡清高的女王不见了，只有一个甜美的邻家女孩好像在参加大人的聚会，乖巧文静。

张弛心不在焉地听着同桌的笑话，远远看着斜对面的顾世。每一次她的眼神有意无意瞟过自己，他都情不自禁地举杯闷头饮酒，似乎一饮而尽就是给对方无声的回应。

他曾经酒量很好，朋友笑言他是黑洞，似乎再多的酒都不会把他灌醉。那一夜夜的酒吧里，不同的美女对自己浅笑，然后缠绵热吻，接着清醒，似乎人还是迷离。快乐和孤寂、满足和空虚，一念之间，难以分辨。这是多久之前的事了，自己的生活从何时开始天翻地覆变成现在的样子了？

热菜上齐后，隔壁桌的人开始过来敬酒。张弛来者不拒，豪爽地一杯杯干完，酒量却大不如前。张弛有了几分醉意，头脑却分外清醒。自己想要追求的事业和女人，从没有一刻比此时更加清楚明白。

口袋里的手机振动了一下，何萌问他："地址是什么，发我。"

他机械地摁下地址，发送过去。

五分钟后，何萌告诉他："我到了，车停在路边转角，你别急，慢慢来，我正好也打电话处理事情。"

张弛看到消息，就和同事打招呼要走。顾世本身对这种聚会就没有太大兴致，看有人先走，隔了大约两轮酒的工夫，也起身告辞。

走到街口等待出租车的时候，她远远地看到张弛和何萌坐在车里。张弛微闭着眼睛，仰头靠在座椅上，在说着什么。昏黄的路灯下，何萌的脸还是那么精致，眼睛正在眉目传情。她似乎犹豫了一会儿，一脸的虔诚中带着决绝，轻轻地推了推他的手臂，对方并没有太大反应。

何萌仔细端详着张弛的脸，几年过去了，这张脸还是校园里初次见到的样子，阳光、清爽，又不失男人味。他的呼吸平稳，短短几分钟里就进入了浅睡眠状态。他的表情却不安稳，脸上愁云遍布，眉头紧锁，一只手微微朝前伸，好像要去抓什么随时可能失去的爱物。

何萌一点点探过身去，犹豫了好一会儿，终于还是轻轻地握住了他的手，身子几乎是要贴着他的脸。她伸出另一只手，费力地帮他系上安全带。

顾世隔着马路，遥遥相望，将这一幕全都收在眼里。瞬间觉得有点胸闷，是妒忌？是愤怒？又好像都不是。细细一想，张弛求爱不假，但毕竟还不是自己的什么人，自己真犯不着在意，就匆匆拦了出租车关门上车。

一阵微风吹来，张弛突然睁眼起身，茫然地喃喃自语：“顾世，顾世。”

何萌松开他的手，指尖还有他的余温，脸上发烫。她留恋地朝张弛看了一眼，他瞬间变得那么遥远。张弛很快又睡着了，呼吸缓慢平稳。

她抹掉了脸上突如其来的泪，启动了汽车，融入到夜行的车流当中。这条回去的路那么熟悉，她身边的老同学却那么陌生，而这个隐隐约约的假想敌，今天终于真切地浮现出来了，不再是虚无缥缈的猜想。

顾世，那个清丽的女警，是有才有貌，可是如果她连张弛都看不上，那她到底想要什么样的男人？

这一刻，她才明白自己心痛的原因。不是因为张弛爱别人而难过，更多的是因为他爱而不得而痛苦伤心。自己可望而不可即的男人，却被别的女人忽略甚至鄙夷，这件事情本身就让她感到羞辱。她慢慢踩下油门，转瞬就超越了身边一辆又一辆疾驰的车辆。

天蒙蒙亮，张弛的手机闹钟还没响，他就醒来了。在昨天的模糊回忆里，何萌扶着他，跌跌撞撞地踏进了门。昏昏沉沉中，他感受到了毛巾清凉的擦拭。自己被艰难地扶起，换上了白天甩在床上的睡衣。她好像问过自己什么，但张弛一个字都不记得，自己的嘴里似乎一直在念叨什么，此刻也完全没有了印象。

看到床头一个空空的矿泉水瓶，他突然有了些许回忆。只记得朦朦胧胧中，他口干舌燥，过了一会儿，他微张的嘴边就有清水源源不断地送来，如一条清冽的小溪，触感却是棉花糖一样，甜美软糯。他像沙漠中的人一样急不可耐地抱住小溪的源头，渴求地吸吮着甜甜的水，神奇的是水似乎还带着温热。他眼皮沉重，喝完水不一会儿又睡着了。

张弛不敢确认发生了什么，低头看了看，裤子还是昨天聚会时的那条，总算坦然了些。

自己头一回彻底喝醉，甚至记忆断片儿。从生物学角度来说，大概有理论可以解释，或许在抑郁低落的时候，酒精的效果会翻倍。但倘若不是有何萌接应，恐怕以他谨慎防备的个性不会如此放心地让自己喝醉。

没有顾世出现的话，他和何萌可能已经在一起了。可是现在，是时候和何萌说明白了。有些事情，早说会比晚说伤害小得多。更何况，自己现在根本就是个对其他女人爱无能的人。

他拨通了何萌的电话，何萌是意料之中的欣喜和扭捏。他寥寥数语，约好在分局附近的咖啡馆见面。

打完电话，他一看手表，闪入卫生间洗澡更衣，五分钟不到匆匆冲出门，一路超车。踏进办公室，顾志昌正好踱着步走进来，看到他就招呼："小张，你的假批了，要旅游的话，酒店机票抓紧订起来。"

这一天，何萌姗姗来迟。张弛坐在咖啡馆的露天位，第三遍翻看菜单的时候，她踩着细高跟缓缓走来。

她的脸微微涨红，淡施粉黛的面容倒因此显得更为秀色可餐。一件浅蓝色的连衣裙搭配着乳白色的细带凉鞋，指端和脚尖都点缀着猫眼色泽的宝蓝。不少女孩的眼光纷纷聚焦在她的身上，男人们更是齐唰唰贪婪地朝她张望，她却熟视无睹地自顾自坐下，只朝张弛莞尔一笑。张弛不得不承认，虚荣心在那一刻得到了强烈的满足。

“昨天休息得还好吗？”何萌低头捋着头发，看起菜谱。

张弛喝了口冰咖啡，放下杯子，喉结滚动了下，没说出声。每一次的见面，何萌都让人惊艳，而如今，他却要残酷地拒绝她。

何萌抬头看了他一眼，不再继续刚才的话题，从包里拿出一沓资料递给他：“这就是我之前和你提到的真人秀节目。因为专场嘉宾的特殊性，他们的这次拍摄地点选在巴厘岛。节目组策划是我的朋友，我自作主张帮你报名了，就是你年假期间拍摄，你不会怪我吧？”

张弛举杯说：“怎么会？那我回去就交个报告申请一下。年假倒无所谓，本来我也没想好去哪里。只是这个事情让你费心了，还要谢谢你昨天送我回家，我如果……”

何萌像是猜到他会说什么，少有地打断他：“老同学嘛，你和我真不用客气。”

张弛只好暂时把要说的话搁置一边，顺着她的话说：“这个节目我之前还真没看过，像我这样做模拟画像的，上去能用什么形式展示？”

“这个你不用担心，毕竟编导有经验。他们的工作就是把节目环节设计得既能突出你的专业性，又兼顾娱乐性和互动性，术业有专攻嘛。你只管准备好你的画笔，发挥出水平就行了。”何萌说完递给他一个信封。

张弛接过来一看，上面印着“只有想不到”节目组字样。里面是两张往返机票，还有详细的行程清单和节目录制须知小册子。

何萌很快点好了两份一模一样的商务套餐，笑着说：“你这么有特色的嘉宾，我能帮节目组招揽到，他们对我可是千恩万谢啊。大概是沾了你的光，我被邀请做艺术顾问，有酬劳的哦。这顿饭我来请。”

张弛点点头，恭敬不如从命，心里却说：巴厘岛同行，千万要自制，和何萌不能发生任何事情。这一刻，他都为自己的“守身如玉”感到不可思议。

何萌说：“你不要小看这档新创的节目，它播放的平台受众面很广，大约有一千万观众，之后网上也会有回放可以看。”

张弛微笑着抿了口柠檬水，把玩着吸管的纸包装，包装被玻璃杯外层的水珠弄湿了，里面吸管的颜色透出来，是和何萌胸口挂坠一样的黑色。

他回去把情况和顾志昌口头一汇报，表达了自己并不想去的意思。

顾志昌却乐了，额头上的皱纹舒展开来：“这可是好事啊。去！干吗不去？我帮你打报告。”

张弛本是希望被拒绝，也就不用和何萌一同出行，却没料到低调的师傅会把自己往风口浪尖上推。他无奈地说：“师傅，这样真的合适？不是说警察不能公开身份的吗？”

正来收拾餐盘的老樊说：“你的警种本身就是公开性质的，不是卧底，为什么不能公开？几天不见，还低调起来了，这可不像你。”

顾志昌说：“要我说，太合适了，你还得穿着制服去，给我整精神了。这些天好好把画笔练熟了，把我们公安小伙的形象好好展现一下。”

“是啊。你不上，我还想上呢！就怕人家节目组看不上我。”小吴两眼放光地凑上来，“哎，你去问问，会不会拍什么嘉宾花絮、工作环境之类的，让我们都露个面。从小到大，我还没上过电视呢。”

平时话不多的陈庭坐在旁边笑着摇头：“你以为是相亲节目啊，要不要再帮你整个后援团，一起去巴厘岛？”

张弛两手一摊，做出“你和我开玩笑”的表情。

顾志昌笑着拍拍他的肩：“这是个不错的机会，你就当逼自己一把，说不定画像技术也会有个飞跃，你说是不是？”

“是，师傅说得都对。”张弛环顾着众人艳羡和期待的眼神，暗暗提醒自己到了巴厘岛后要和何萌保持距离。

张弛飞至巴厘岛，“只有想不到”真人秀按照计划准时直播。不知哪个领导得知了这个消息，在党委会上提到了这件事，给予了高度关注，政治处雷厉风行地临时组织全分局民警到报告厅观看节目。通知下发后，除了值班的、挂牌案件专案组的、出差的、休假的，没有特殊情况不允许缺席，名曰“业务观摩培训”。

当天，报告厅里济济一堂，大家都好奇地议论着张弛会以怎样的形式来表演。

陈庭一走进会场，看到黑压压的观众，就喃喃道：“嘿，这下真是搞大了。”

顾世扫了下大厅：“还行，至少没挂什么横幅，‘张弛同志个人才艺展示会’。我们刑警队一向是闷头干活的，现在弄得太哗众取宠了。”

“行了行了，要怪怪我。我让他去的。”顾志昌从顾世旁边经过，压低声音说。

顾世把不高兴的情绪强压下去，面色没有异样地入座。

不得不说，这是一档吸引人的新节目。节目一开始，大屏幕就被巴厘岛透彻心扉的湛蓝海面填充得满满当当，坐在屏幕外的人似乎都感受到了沁人心脾的海风、柔软的细沙，会场里一片艳羡声。这样悠闲的假期距离自己太遥远了，很多因为工作的保密性质不能出国的民警看后，更是只有叹气羡慕的份儿。

主持人亮相，上来就隆重介绍了本期节目的三个嘉宾。第一个是服装设计师，而后上来的是动物语言师，张弛身为犯罪模拟画像师作为压轴嘉宾出场。

真人秀很快开始，一排五个助理嘉宾上场，是身材各异、年龄不同的女性，身材不是很胖就是很瘦，全都身穿比基尼。现场观众按照指示投票选中一位，被选中的是一个矮胖的大妈。服装设计师不能用尺，可以借助其他任何道具，必须在规定时间内给对方设计并制作一身参加晚宴的服装。

设计师是个五十开外的男人，刚开始有些犯难，不过还算沉着冷静。他征得被选中的女性同意后，就直接用手作为尺子，迅速在纸上记下数据，画出草图。而后，他来到节目组准备好的布料前挑出两匹布。飞针走线间，不到十分钟，一身晚礼服就在助理嘉宾身上亮相了。

观众纷纷鼓掌，原本矮胖的大妈在礼服衬托下，看上去比方才瘦了十多斤，气质都截然不同了。在大家的频频叫好中，大妈露出一丝娇羞自豪的笑。

动物语言师更是让人不可思议。在她长长短短的哨声中，空中突然出现了几个黑点，黑点渐渐飞近，大家才发现正是节目组之前让观众随机选取的飞鸟品种。等到这些鸟聚拢落定，她用哨声和手势指挥，几只鸟拍翅离去，剩余的分别站立在她肩膀两侧，不多不少正好是节目组要求的十只。

节目是现场直播，看到这两场精彩的表演，报告厅里的民警小声议论起来。

“这也太神了，还真是只有想不到，没有做不到。最后出场的压力大了啊。”

“画像能玩出什么花样，耗时耗力的。人家的表演这么精彩，怎么比得过啊？”

刑警队的同仁互相看看，心里为张弛捏把汗。

“下面，让我们隆重请出，我们平安的守护者，人民的公安，来自A市警局的犯罪模拟画像师，年轻的刑侦专家张弛同志。大家掌声有请。”

终于轮到张弛登场了。可能主持人说顺口了，还是没有应他的要求把“刑侦专家”的称呼去掉，他无可奈何地摇摇头。

何萌抓紧最后几秒钟为他摆正了警用领带的领夹，给了他一个鼓励的拥抱。张弛轻轻捏了下她的肩，算是回应，昂首挺胸地大步上台。

临时搭建的舞台上各色灯光扫射交融，最后聚拢在他身上。他感觉眼前白茫茫一片，灯光照在脸上和烈日没什么两样。他自如地站定，妥帖地微笑，给了大家一个标准的敬礼。表面看来笃定，只有他自己明白，心里其实毫无把握。

彩排时，他就意识到，这个任务的确在挑战自己甚至是所有画像师的极限。

助理嘉宾是节目组精心挑选的，男女共三十人，每个人都有一个编号。他们身着同样的服装，男女分别是几乎相同的发型、身高。一眼看去，甚至连面容和体型都非常相近，张弛只有五分钟时间来迅速记下他们各自的不同特征。观众会从三十个人中抽选出一个，接着一个被随机抽中的观众会描述被抽选嘉宾的五官特征，背对舞台的张弛需要判断出是几号对象，然后开始作画。在张弛画完后，由一个在此之前一直被蒙住双眼双耳的“幸运观众”来担任最后环节的画师助手，她有三次机会，根据张弛限时画出的画像，从三十人中选取一个和画像长相匹配的人。如果选取的人和最初观众抽选的人一致，就算挑战成功。

三十个助理嘉宾一出场，评委一致表示晕了。

“五分钟，我觉得，这一张张脸，能看全就不错了。”

“天啊！这也太难了。简直是不可能完成的任务啊。”

张弛不为所动，凝神静气地逐一审视台上的三十人。

张弛之前只匆匆见过这个阵容一面，当时就觉眼花缭乱，毫无头绪。好在他有了心理准备，再看到这个场面，心里平稳了不少，直接排除干扰因素，进入状态，迅速地开始记录特征了。

报告厅里，这时候前所未有的寂静，前排的领导这时抬起头来，专注地盯着大荧幕。

刚到时间，张弛淡定地点头示意第一步完成。而后他被要求转身面向观众。他索性闭上双眼，调整呼吸，等待下一步指令。

“这个栏目的设置真不合理，其他两个嘉宾都是靠自己就能完成任务，张弛的这个任务不确定因素太多，观众的口头表达力、观察力，还有他们之间的默契程度，都是未知数。这不是为难他吗？”小吴压低了声音和陈庭说，为张弛打抱不平。

陈庭拍拍他，让他少安毋躁：“否则怎么争取收视率，夺人眼球呢？压轴表演啊，难度肯定比前两个要大得多。”

被抽中的观众是个年轻的男生，他开始用最简单的词描绘抽选出的嘉宾，笼统得连观众都不知所云。

他一紧张，加上聚光灯的直射，额头的汗很快就流了下来。张弛反而宽慰他：“不用急，画得像不像是我的水平问题，你只要把看到的最真实地说出来就行了。”

对方稳定了下情绪，叙述得比之前稍稍有了点条理，开始增加一些形象的描述。

“他的眉毛是稀松的还是浓密的？脸型和你比是宽还是窄？”张弛开始就细节提问。

男生仔细回忆了下，很快回答。张弛又问了好几个问题，男生还算给力，都回答上了，并没有模棱两可的表述。张弛对照着自己的笔记皱眉思考了一会儿，就结束问答，开始作画。

全场都屏息观看，生怕冷场的主持人方才还妙语连珠，这会儿也安静地站到一边，给予他足够的空间。

何萌在前两日给张弛盲画计时，最短耗时是六分钟，最长耗时是八分钟，而眼下，只有五分钟的时间。

张弛能够发挥出最好水平吗？何萌在后台双手相握为他祈祷。

镜头这时切换过去，给了张弛一个面部特写。他的眼神沉着冷静，炯炯有神地盯着画纸，好像在凝视一件艺术品。嘴里念念有词，画笔如同扫描仪般在画布上来回舞动。有一两分钟时间，他不紧不慢地停留在一个区域反复雕琢，甚至不断擦拭重画。

“时间还来得及吗？”

“这样画肯定来不及了，要挑战失败了。”

现场和报告厅里的观众都坐不住了，议论的声音越来越大。

此刻镜头聚焦到画像上，众人定睛一看，都松了口气，还有一分半钟，而此刻纸上可以清晰地看到一个跃然纸上的人物画像。

张弛把画像递给主持人的时候，对方看了一眼就由衷感叹道：“这么短的时间里，就能作出如此完美的画像，请问您平时破案时也是这种神速吗？”

张弛笑着说：“你们节目的要求比较高，公安领导虽然要求也高，不会给这么短的时间。”

报告厅里，众人听了都笑，前排的领导听了都舒心地抬头关注。

“不过，一旦需要涉及犯罪模拟画像，往往案件难度特别高，时间上非常紧迫，这时候画像就不是个简单的作画过程。模拟画像需要许多前期工作，包括了解案情、参与现场，当中涉及目击者的情绪安抚、回忆，以及画像后的校正修整。最终定稿需要今天画像时间的至少十倍。即使这样，有时候破案条件不够完备，画像的效果并不是每次都会很好。”

“我们张警官的回答很实在，公安工作的确比我们想象中要复杂得多，那今天您对自己的画像有没有把握？”

张弛严肃地说：“我只能说已经尽力了，至于结果，顺其自然。”

刘队凑到顾志昌旁边小声笑言：“今天你徒弟倒是把平时的傲劲儿都收起来了，发挥也算稳定。”

“你可别说我偏爱他。我很少看错人，也极少收徒弟。但这小子的确是可造之才，聪明又不恃才傲物，机灵又肯脚踏实地。只要压力适度，机会多些，后面大案特案还是要多指望他呢。”

刘队只有笑着摇头：“行行行，说起这个徒弟，你嘴里的溢美之词永远是变着花样地蹦出来，我怕了你。”

电视上，答案快要揭晓了，大家屏息观看。

这时，刘队的手机振动起来，一看号码，他面色凝重地起身离开，快步走到报告厅外，马上接通。

“陈局长，您好，有什么指示？”

“你们这里是不是有个民警叫张弛？”

“是，刚刚调到我们队里。”

“我听朋友说电视上有我们公安民警参加真人秀。这个年轻人有点真才实干，平时表现怎么样？”

“领导，张弛这个同志算是比较勤奋，也的确有天赋，到我们这里后依靠画像破过两个案子，其中一起是连环杀人重案。”

“很好。我有个想法，建议你们考虑下。现在全国各地的案件，不少都需要他这样的人才来协助破案。如果能把他调到部里来，派到各省也相对方便点，算本职工作，不耽误。就是不知道他本人意愿如何？”

“好的，您的话我一定第一时间转告他。”

“不用，我就是和你说一声，到时候你们还要配合。下周正好我要去一趟你们市，我直接和他谈，到时候你来安排。总之，一旦到部里来任职，前景发展、福利分房这些，你让他都不用有顾虑。”

“好的，我明白了。等他回来，我会马上和您的秘书约定时间，尽早安排。请您放心。”刘队恭恭敬敬地挂了电话，在门外抽了根烟，而后悄无声息地回到座位上。

顾志昌朝他看一眼，刘队不知是该喜还是该忧：“老顾啊，你做好心理准备，我们这里庙小，你的徒弟很快就要留不住了。”

顾志昌哑然失笑：“这也太快了吧？我刚才还说什么来着，这金子的光都吸引了上头了？”

“可不是？公安部刑侦局局长亲自来电，就为了调他的事。”

顾志昌侧身靠过去，关切地问：“动真格的？”

“这可不是开玩笑，话里话外，房子位子都不差，就差他过去。你这个师傅位子还没坐热，眼看着就要成光杆司令了。”

顾志昌面色有点难看，道：“这是下了死命令了？”

“死命令说不上，至少组织放行是必须的，但还是尊重他的个人意愿。可你说这么好的发展机会，高大上的平台，优厚的待遇，哪个普通的青年民警愿意放弃？”

顾志昌这才重新恢复了笑颜：“那就好，这样我还有几分把握。你看我像正常人吗？师傅不正常，徒弟会普通吗？”

刘队无言以对。

此时，报告厅里和大荧幕上瞬间爆发出雷霆般的掌声。

“张弛真的做到了！”小吴激动地喊，“我们刑警队的骄傲。”

一旁的顾世微微一笑，方才坐在前排，父亲和刘队的对话她一字不差地都听到了。张弛到底会不会如父亲期望和揣测的那样，选择留在刑警队呢？会不会因为刑侦一把手的赏识而离开这座城市呢？

电视上，张弛的笑就像他的名字那样，张弛有度，似乎有点不悲不喜的从容淡定，他的画像成功指引观众选中了对象，终于完成了这个看似不可能的任务。

他却并没有预料中的得意忘形，似乎在刑警队的这段时间已经让他蜕变成了另一个人，和当初的耳钉男判若两人。她隐约有点期待，又有点害怕这个答案揭晓的那一天。

第十四章　最有嫌疑的无辜者

地下审讯室里，一个疑犯桀骜不驯地扭着头，另一个一直垂着头。两人都一言不发，隔着单向玻璃都能感受到其中剑拔弩张的气氛。

张弛提着一只保温瓶到茶水间打水，陈庭端着茶杯也走了过来。

张弛指指他手里的另一只紫砂壶问："帮师傅倒水呢，和你比，师傅有我这个徒弟真是运气太差了。"

陈庭郁闷地点点头："你听说了吗？今年他们工作满五年的民警，房补还是只有原来那十多万，一分没涨过。"

张弛盖上保温瓶盖子，顺手从他手里接过杯子灌水："有就不错了，我们一年的工资都不到这点，你还指望房补能翻倍？"

“问题是，你看过现在的房价吗？不是学区房的老式公寓，只要地段稍微好点，比如靠着地铁站或者高架上闸口，价格就是几个月一个大变样，半年你就完全追不上了。”

“我们这点房补大概只能买个卫生间是不是？”

陈庭摆手道：“不提了，以前开玩笑还觉得是调侃，现在看来，这样下去连上点档次的瓷砖、涂料都不够付了。”

张弛小心地把两个水杯递还给他：“那大家都打算怎么办？”

两人一边朝办公室走，一边说：“现在刚工作没几年的单身青年还能怎么办？以后要结婚，只有靠父母来资助买房。我想过了，不打算买多好的地段，有这差价还不如买辆车代步。就买近郊的小复式，单价低，贷款压力小点，房间面积也大。”

“这也是一种打算，唯一的缺点就是升值保值空间不够，买房毕竟是大事，再考虑考虑。”

小吴听到了，二话不说，就拿出手机给他俩看房屋APP上的价格趋势图，指着上面的箭头说：“一旦想好要买，必须速度快，这和我们办案是一样的道理，过了这个村就没这个店了。我同学上个月买的市中心学区房，房东还没过户，就已经涨了几十万了。”

陈庭惊讶地问：“那房东还不毁约？”

小吴艳羡地回答：“你以为房东不想，好在我同学定金付的比例高，付款方式也爽气，房东急着移民搬家，所以也就遵守合约了。”

“我倒是差不多的思路，不过没你同学的财力，准备贷款买套好地段的小户型公寓，作为投资房。自己继续租房。”

小吴苦着脸说：“唉，人这一辈子。我们这么年轻，就要承担起生活的重压，从此做上房奴，真是命苦。心有不甘啊。”

陈庭笑着说：“你这个贪得无厌的人，房奴也不是每个人都有能力做的。我现在纠结的是到底买郊区大房还是市区小房。”

小吴快人快语：“这也不是你说了算的，你家金主早有主意了。”小吴指的是陈庭的老妈陈医生，陈庭对她基本是言听计从。

小吴又故作神秘地压低声音对张弛说：“我们辛辛苦苦工作一辈子，也就挣那么一套房。你是平步青云，我听说总部一套好房已经等着你了。”

张弛沉默了一下，好像在思考什么，气氛一下子有点尴尬。

陈庭也忍不住问：“这件事情，你还没决定？”

张弛给自己倒了杯咖啡，擦了擦手上的水，郑重其事地告诉他们：“我从来没想过要去总部，还是留在这里比较好。至于那里的房子、位子，和我也没多大关系。”

“怎么没关系？我们大家眼红都来不及呢。”

“有时候，很多东西，都是适合自己的最好，顺畅的仕途不是我想要的生活。”

“那留在这里做一辈子模拟画像师，你愿意？”背后传来顾世的声音。

张弛转过身去，看着她，她的眼神里有不可思议，有犹豫怀疑，但更多的是期待。

张弛不顾陈庭和小吴在旁边，凝视着她的眼睛，坚定地朝她点了点头：“我也会告诉师傅，让他放心的。我这个徒弟三年萝卜干饭还没吃够呢，怎么能说走就走？”

顾世听了木然地哦了一声，转身就朝前走。张弛方才看自己是那么的专注，她竟然如同掉进了这个深邃的湖里，感觉周身冰凉惬意。他看着她，就像完全没有其他人存在，又像在告诉她，他眼里只有她一个女人。想着想着，她故作漠然的脸上一点点绽放出笑容来。

“哎，你等等。”张弛突然追出来，直冲到她面前，顾世下意识地后退了两步，还是和他仅仅一步之遥。她的头顶刚刚够到他的肩膀，他说话的口气缓缓送到她面前，很清新，没有一点异味。

“顾世，刚才刘队来电，有个现场需要痕迹勘查，让你马上出发。”

顾世又往前走了一步，如此就不用仰视他，看他还跟着，就扭头问他：“你也去？”

张弛点点头：“你有什么要拿的工具，我替你拿。”

张弛和顾世出现在现场，刘队早早到了，看来又是个大案。顾世上前请示道：“刘队，现在掌握的情况如何？”

刘队在两人戴手套、准备装备的空当儿，加紧介绍道：“这家外贸公司总经理室负责人报的警，过道门窗被撬，保险柜也被撬开，失窃了八十万人民币、三十万美元，还有财务室的两台电脑。”

顾世点点头，打开仪器开始寻找相应痕迹，同时嘱咐张弛：

“你帮忙查看现场有无作案工具，注意留心撬动的印记。”

张弛很快回到顾世身边：“没有发现作案工具，但在总经理室南面外墙上有发现，总共有六处蹬踏痕迹。”

她趴在地上，正在忙碌：“好，等我提取好这里的指纹和脚印，就过去。”

张弛过去向刘队讨教：“您觉得谁的作案可能性比较高？”

“现在还很难判断。综合分析的话，两种人有可能。一种是熟悉公司内部环境和作息时间表的，毕竟现金存放期并不长，一个月只是两三天，知道钱的数量和存放情况的人，有作案动机；还有一种是职业犯罪团伙，从以往经验来看，这类人群的作案手法和现场目前看到的情况比较符合。”

顾世收好器材，过来问：“你刚才说的蹬踏痕迹在哪里？带我去看。”

张弛准备好一架高梯，架稳了以后，自己上去试着踩了踩，又把一个简易升降器仔细安好，问顾世：“你确定必须亲自上去吗？”

“那还用说，不用那么复杂，你帮我扶稳梯子就行了。”

张弛板着脸说：“不行，我得对你负责。”

顾世觉得好笑，反问：“你对我负责，为什么？”

张弛不顾她反抗，一把抓住她的手臂，牢牢地把绳索往她的身上装好：“就当我对你的安全负责。”

他的臂力很大，只是随手一拽，顾世白皙的皮肤上已经有了一片红印，她的脸瞬间变红。她埋着头从包里找器材，故意找了半天，等脸上的皮肤恢复常温后，敏捷地登上梯子开始工作。

“现场一共提取到了三种不同的脚印，采集到掌纹、指纹数枚，我们正在寻找同类型鞋子，会将嫌疑指纹和公安部指纹系统的指纹进行比对排查。”顾世在会上汇报着。

小吴随后汇报道：“关于作案时间，当天物业保安巡逻的最后一班的时间为晚上十一点，当时并没有发现异样，直到公司老总发现失窃报案，时间为早上八点半。中间这段时间基本可以确定为嫌疑人作案时间。”

刘队听了点点头，问：“其他方面有什么进展？”

张弛翻开笔记本，回答道：“根据前期对公司附近的五十余家商户进行排查，逐一走访以后，没有找到直接目击者。但有人反映，曾经在案发当天晚间，看到有一辆银色比亚迪汽车出现在楼下。”

“这能说明什么？”顾志昌问。

张弛解释道：“这栋楼是商业用楼，平时里面的业主、员工都是将车辆停放在地下停车场的。商场里开的乐器演奏班、美容院和幼儿托班，都有提供客户用的免费停车券，统一停放在楼下或是周边的社会停车场，任何时间段都不例外。原因就是这条路交警严管，往往停放五分钟不到，哪怕半夜，也会被贴单罚款。”

小吴分析道：“没有意外的话，这辆车的主人不是不熟悉这里的情况，就是停留时间为凌晨，而且有其他目的。”

张弛点头：“目击者是商户内一家外贸公司的员工，当时她正在准备开国际电视电话会议。会议休息期间，她从窗口望出去，看到了这辆车，确认的时间应该是凌晨两点不到。这栋楼附近一公里内，没有宾馆、酒吧、夜宵店之类的，如果只是为停车方便，停在这里并不符合情理。”

顾志昌问：“就是说她确认不了车里人的长相，也不知道车里到底是否有人。那车牌调到了没有？”

大家都关切地看着张弛，他无奈地摇头：“车牌被故意遮挡，目击者望出去的角度是从西南面由上而下的，只能确认视线范围内后排没有人。视频监控里这辆车后来就消失在一段高架车流里，没法继续跟踪。不过，车内的细节及装饰特征我都已经记录。”

比亚迪的嫌疑直线上升，任何指向嫌疑人的线索哪怕只是初步的判断，都会为日后的破案打下基础。

刘队满意地点点头：“这个线索后续还要继续跟，看看兄弟省市有没有未破的案件，其中有没有同样特征的涉案车辆。”

顾志昌看众人都说完了，提出来：“我这里有目击者，可能会给大家提供一点新的思路。”

听他这么一说，众人一致扭头关注。

他慢条斯理地继续说：“案发第二天晚上，有两个人曾经深夜进入被盗办公室的楼层内，头戴鸭舌帽，手提工具箱，比较可疑。”

刘队问：“在我们的可疑人员名单之外？”

“我之前走访时，有关照他们加强巡逻，遇到情况第一时间汇报，当天正是他们队长当班，出门的时候特意和他们打了个照面。目前身份不明，但两个人的长相是看清楚了。”

“办公室里值钱的东西都已经偷走了，怎么还有人惦记？”

“真是不怕贼偷，就怕贼惦记。”众人议论纷纷。

“把保安队长叫来画像，尽快查清楚这两个人是怎么回事。”

下班后，陈庭匆匆忙忙收拾东西，接了通电话就跑出去了。张弛在办公室里吃着外卖，问小吴：“学长这是谈朋友了？”

“他目前的常驻女朋友就是他的老妈。这老妈出钱出力地给儿子物色，两人相约天天下班去看房。他现在是和时间赛跑。我也不明白他急什么，照理说，现在到处去看房的应该是我。”

张弛啃着一块肉排，点头称是，笑着调侃：“那你还犹豫什么？女朋友谈了三年了，再不结婚，就会老来得子哦。”

小吴一瞪眼睛：“皇帝不急太监急！保安队长估计快到了，你赶紧去画像吧！”

这时，张弛的电话响了，张弛对小吴说道：“看，说曹操曹操就到。人来了，又要画像了，今天晚上收工早不了。”

张弛领着保安队长走出电梯的时候经过隔壁，看到顾世还埋头趴在电脑前，就让保安队长先去了休息室坐下喝口水，回头去给顾世拿杏仁露饮料。出门时，恰巧碰上了提着一个牛皮纸点心盒的何萌。

“你怎么来了？”

“听说你们加班，特意来慰问一下咱们的人民公安。”何萌说着把点心盒打开，里面有精致的草莓芝士蛋糕、杏仁曲奇饼干，还有几个卖相考究的日式大福团子。

张弛惊讶地感叹了一声，保安队长也过来凑热闹，嬉皮笑脸地看着点心咽口水："警官，你真是好福气啊。美人送美食，这工作做起来还不干劲十足！"

何萌娇羞一笑："最近比较痴迷做糕点，这些都是我自己做的，可能味道没有外面的好，但材料都新鲜健康，没有添加剂和人造奶油哦。"

这时，顾世从办公室里出来，在去卫生间的路上，看到张弛和一个漂亮女孩谈笑风生，心里骂他本性难移。顾世认出了何萌，友善地朝她笑笑。

何萌侧身笑着回应了下，顾世分明看出了张弛刻意和她保持距离的身体语言，还有何萌微笑里隐隐充满的敌意。

原本心里咯噔一下的顾世，瞬间有种说不出的放心和舒畅。

何萌看见顾世穿着警服的样子比自己的用心打扮更胜一筹，兴致大减，说是不再打扰张弛工作，就匆匆告别了。

张弛手里的饮料也顺手给了何萌作为谢礼，只能回屋再取一罐，去找顾世。

顾世的桌子上堆得满满当当，却杂而不乱。一侧是足印图案、现场照片，一侧是提取的指纹印记和汇总报告，电脑屏幕上显示的是公安部数据库里的指纹信息。

"加班吗？在筛查指纹和足印？"张弛把饮料放在桌面上，指了指电脑，没话找话。看到何萌的来访对顾世没有造成丝毫的感情波澜，他原本满面春风的脸一点点平静下来。

顾世点点头，谢了声，站起来顺势扭了扭僵硬的头颈。

"不是有信息库的电子大数据吗，还需要人工比对？"

"大数据的确是可以减去相当多的工作量，但如果只设定了几个主要参数作为排查项，再进一步人工筛查比对，如此一来，虽然工作量增加几十倍，但精确度会更高，也不容易遗漏最可疑的指纹。”顾世耐心解释道。

“原来还有这些道道，真是不得不佩服。”张弛由衷地称赞道。顾世感情细腻与否，他还不得而知，工作上心细如发的态度的确让人折服。

有些细节，做与不做，很可能结果一样，别人并不知晓。这时候的付出，往往发自内心，更难能可贵。

顾世不以为然地摆摆手：“别，你这表扬可是折杀我。其实这样的事情你也在做，何必互相吹捧？”

“我？”张弛一脸迷茫。

顾世看他的表情并无恭维和伪装，重新坐下来，整理着材料说：“你的模拟画像虽然和我的痕迹分析大不相同，但的确也可以靠电脑来省力。现在不是有以往的模拟画像专家研制的电脑系统吗？到底是你画的还是电脑画的，最后成像的效果外行根本区分不出，实际操作说起来也需要模拟画像的经验，只是方式不同，并不算偷工减料。”

张弛终于明白她指的是什么了，只是摇头：“这可完全不一样。电脑在现阶段毕竟还是比不上人工，否则现在有些艺术品怎么都打着‘手作’的旗号才能卖出高价？总有它的道理。”

顾世重新打开软件开始忙碌：“这点我和你观点一致，高科技手段只不过是一种辅助，提供一种参考和借鉴。要想把工作做好，有时真需要匠人精神，没有捷径，只有努力。”

张弛突然有种英雄所见略同的感觉，说了句“不再打扰”，就转身离开，专心回去询问保安队长开始画像。画板前三四个小时的全神贯注，换来的是两幅细致到眉毛特征的模拟画像。

在窗前看着夜色里灯火通明的家家户户，张弛的眼前又浮现出了顾世认真说话、趴在地上屏息提取印迹、凝神盯视电脑的样子。

专注的时候，她更有种摄人心魂的魅力。神奇的是，他终于可以克制住自己在画板前不再想着她，而是可以全力以赴。

顾志昌拿着张弛的画像匆匆走进会议室，大家都期待地看着他。顾志昌一边走一边道："人找到了，小吴和张弛把他们带回来了。等会儿审完了告诉你们结果，这里是他们的身份证号。陈庭，马上查下背景资料。"

陈庭有点兴奋地接过来，立马着手回办公室查询。顾世转头看他风风火火的样子，问："怎么样？画像上的人有没有嫌疑？"

陈庭惊讶道："你怎么知道是他们？依我看，无论是犯罪动机还是作案可能性，嫌疑越来越大。"

顾世那天回家前经过画室，门半掩着，那个保安队长都看到了她，张弛却是旁若无人继续画像，画板上的人虽然不如照片那般生动，却也差不离。顾世看着他沉着投入的样子，还有保安队长一脸的敬佩崇拜，她就知道这次的模拟画像的成功率很高。

"这两个人有前科？"

陈庭慢吞吞地问："你说，按照我们刑事侦查的角度来看，巧合一次出现是巧合，两次出现，就不再是巧合，三次出现，那就是预谋。这种说法，对不对？”

顾世想了想：“不无道理，可以这么说吧。”

“你看这两个人，第一，他们这一个月的活动轨迹几乎都是在这个办公楼附近，光看这个很正常；第二，他们曾经有过犯罪前科，罪名就是盗窃，服刑出狱刚刚半年多；第三，在半个月前，他们承接了这家公司的防盗门窗业务，也就是说他们应该对这个公司有一定的了解，对地理情况也比较熟悉。不过，他们名下并没有比亚迪。”

“比亚迪不是核心，这三个巧合凑到一块，如果还没有不在场证明，经济状况又比较异常，那嫌疑的确很大。”顾世看陈庭还坐着在琢磨，催促道，“别管了，你就把这些情况如实汇报给讯问的同事吧。”

看着慢吞吞离去的陈庭，顾世无奈地摇头。办公室电话响起，顾世接起来：“哦，于局，您好。顾队？他现在不在。张弛？他不在这个办公室，不过现在也不在，他们都在地下室审讯疑犯，所以手机也不方便接……好的，于局，我马上去转告，尽快向您汇报。”

顾世打了个电话给父亲，果然是无法接通，她匆匆冲出办公室，差点撞上内勤。

内勤怒气冲冲地刚要发作，抬头一看是顾世，就牢骚满腹吐苦水道：“顾科，让我做回预审好不好？你也别说我干一样怨一样，哪个科室有刑警队的内勤那么难当的？这个工作太难做，要通知个什么事，人都满天飞，电话都打不通。我这里的事情也是有时间节点的，没通知到过了节点，到头来，不又成了我的错？”

顾世赶紧安抚：“大家都不容易，你要通知谁？有好几个在地下室呢，我正要过去，可以带个话。”

“你看，到了今年最后一次执法资格考试了，上头培训部也真是的，每次报名都火急火燎的，不给人家多预留点时间。我们是业务科室，哪比机关的那帮人？工作上都不好临时安排。”

顾世凑过去看了看通知上的时间，用手机拍了张照，做了个“有数”的手势，搂了搂内勤的肩作为安抚，赶紧进了电梯。

地下审讯室里，一个疑犯桀骜不驯地扭着头，另一个一直垂着头。两人都一言不发，隔着单向玻璃都能感受到其中剑拔弩张的气氛。

顾世敲门露了个脸，招呼顾志昌出来一下。两个疑犯瞄到这个冷艳的女警，马上嬉皮笑脸起来，还吹起了口哨。

顾世还没关上门，就听到张弛猛拍了下桌子，她吓得浑身都震动了下。张弛的怒吼从里面传来：“都给我严肃点，当来这里是干吗的啊！”

陈庭在外间也被震撼到了，做了个耸肩的姿势，问旁边的民警：“他怎么了？火气那么大。”

顾志昌关上门，问女儿：“什么事情？那么急？”

“两件事，于局来电说外省连环杀人案，和本市的一个凶杀悬案串并成功。于局说案子由部委挂牌，成立专案组，时间很紧，指名要我和张弛两个人马上去。”

顾志昌一脸欣慰：“这是好事，去吧。说明你们的专业得到领导认可了。”

“问题是，我们手头不是正有案子吗？”顾世为难道。

“这你放心，你把手头的活都交接一下，我让陈庭跟进。张弛这里，案情他了解了，现场也出过了。后续如果有要跟进的我们也可以再沟通。公安是一家，在哪里办案都是办案，不要拘泥于哪个案子，是谁立的案。”

“我不是这个意思。还有第二件事，张弛可能去不了，案子正好和今年最后一次执法资格考试冲突，我看过时间和路程，基本上如果去出差的话，肯定赶不回来。”

顾世昌皱起眉沉吟了下：“这倒是要征求他个人意见了，毕竟影响他后续的发展。如果他想考，我跟于局说说看吧。”

“爸，您又要为了他和领导作对，您的面子那么金贵，从来都不肯为我争取什么，都用在为他争取利益上了。”顾世有点不满地压低声音说。

“唉，傻孩子。你还吃起醋来了，爸平时疼你还不够多吗？教你的不够多吗？吃亏是福，你得来的全靠自己，反而对你是好事，别人说不了什么。你总不想活在老爸的阴影下吧？”

顾世嘟着嘴又忍不住笑，轻轻责怪道：“老头，说不过你，反正你总是有道理的，到头来还都是为我好。”

顾志昌呵呵笑，马上把张弛叫了出来，把来龙去脉、大体原委和他说了下，特别指明了执法资格考试的重要性：“上次没过，这次又要放弃的话，等于你在转正期里只剩一次考试机会了。到时候只能成功不能失败，还说不定有什么工作会让你分心。我倒是建议你，这次考试最好不要错过，案子有的是，考试对你个人发展来说比较重要。你总不想明年回到宣传岗位继续拍照吧，何况到时候政治处还愿不愿意要你又是另外一码事。你觉得呢？”

张弛看看顾志昌，又看看顾世，父女俩都没有任何主观色彩，只是等他做出决定。

顾世的一言不发在这种时候几乎让他抓狂，哪怕她只要露出一丝丝期待，他肯定就会做出她想要的选择。

“这次出差还有谁一起去？”张弛问。

“于局指名也要顾世去。”顾志昌不假思索地回答，顾世默认，依然一副扑克脸。

张弛马上说：“这次我不考了，去出差。”

顾世突然有点恼：“你不要意气用事好不好，刚才利弊得失都和你分析了，怎么一点都不理性，能不能好好做个选择？！”

“理性？我觉得自己很理性啊。”张弛笑着说，看看顾志昌的表情。

顾志昌不语，只是乐呵呵地继续看着两人。

张弛对他说：“师傅，就这么定了。我选择出差，就是接受组织安排，舍弃个人利益，也不让你为难，多好的选择。再说了，你们就不相信我这个学霸上次没过只是意外吗？”

“学霸？”顾世问。

“你去打听打听，我在警校里专业成绩说第二，没人敢说自己第一。”

顾世怀疑地看向陈庭，他在旁边不明所以，听到这句话，忙不迭地点头。

她无言以对，气呼呼地转身离开："唉，不管你。既然是你自己说的，那我上去汇报了。"

这回轮到顾志昌莫名好笑："你们这两个孩子啊，有时候真是觉得你们永远都长不大。"

顾志昌在刘队办公室里，两人凑到一起谈事总是关上门吞云吐雾。刘队说："你手下这两个得力干将走了，队里的工作还是要继续。现在这案子情况不容乐观。"

"他们走了，工作还是可以继续做的嘛。"

刘队笑着说："看不出，用起人来，你倒是一点不手下留情。一个亲闺女，一个得意门生，就不怕他们太累，压力太大？"

"不是你说的嘛，年轻人要磨炼磨炼，不无道理，有时候压力越大，潜力也越大。你看张弛，最短时间里，不就帮我们用画像找到了两个疑犯？"

"还不是靠你得来的线索，否则哪有那么快？"

"我得来的线索再可靠，看不到长相，又没有车牌、手机这些实质信息，都是空谈。不过人不可貌相，这两个家伙还真是无辜的。审了半天，才知道两人打了赌。"

"打赌？打赌就撞到枪口上来了？"

顾志昌笑道："可不是，生活往往比小说还要戏剧化啊，什么事都被我们碰上了。"

他把两个人的样子模仿给刘队："你看，就这两个人，一个说：'你这个人真够倒霉的，接的第二单生意就出事情，肯定要被警察盯上。’另一个人偏还不信邪，说：‘我改邪归正了，还没人信？凭手艺吃饭，还犯法了？要怪只能怪那老板自己倒霉！’”

刘队听得来了兴致：“然后呢，这也不至于去现场走一遭，故意钓鱼的？”

“还真不是钓鱼，另一人说：‘肯定是你活儿不到位，那防盗窗不够结实，否则怎么还能被撬了？那得有多大动静，费多长时间呢！’被他这么一说，这个人还真动了心，两个人索性打了赌，相约饭后一起去看看现场的防盗窗残骸，又怕太引人关注，因此半夜进去了。”

“带着工具就去了？不怕别人当他们假戏真做，故意找的借口，想再捞一票？”

“要不怎么说他们实诚呢。你别说，我后来了解了下，这两个人还真是一心靠手艺发财致富呢。细究原因，为了家里人。说是在他坐牢期间，老婆等了好几年没改嫁，不能再辜负人家，孩子虽然刚看到他比较陌生，现在亲热得很。想来想去，赚点小钱，人辛苦点，心里踏实。”

“可不是嘛？省得让我们多折腾。可惜这样一来线索又断了。”

门外有人敲门，文静的三声。顾志昌一听就知道是顾世，刑警队里一帮大老爷们，不直接把门撞坏就不错了。

刘队欣喜地让她进来。平时顾世不常来找领导，看她手里拿着材料走进来，一般就是有了进展：“来，快坐，坐下说。”

顾世也不谦让，坐下就递给两人一沓图像资料：“这是根据技侦手段筛选出的手机号码。结合我现在比对的指纹、脚印，目前这几个人有比较大的嫌疑，符合之前团伙职业盗窃的特征。”

“把握大不大？”顾志昌问，他明白女儿是个谨慎的人，但还是想从分析过程中得到更进一步的确认。

他也是在引导女儿回想工作流程，查缺补漏，同时让领导知道其中所做的工作量和工作难度，汇报并不是一个结果那么简单。

顾世明白他的意思，耐心解释道：“之前，递交的技侦手段申请最短时间内审批通过。按照领导的意思，我们采用‘时空定位’的方法，对事发地电讯基站范围内的所有通讯信息进行层层排查、筛选、梳理，划定作案时间范围，确定了有三十五部可疑手机。这些手机机主的共性是事发前没有到过现场，但是在案发时段内，同时在现场出现且有过联系，短暂停留后又几乎同时离开现场。”

“团伙作案嫌疑人的确有这样作案前后频繁联系的特点，这个思路没错。”刘队点头。

顾世接着说：“在这三十五部手机中，根据他们的通讯轨迹和生活轨迹进行交叉碰撞分析，最后又把嫌疑集中到四部手机上，他们的主人之前都从来没有到过这片区域，但在案发前却同时出现在现场附近。”

顾志昌点点头：“这样可能性就直线上升了。”

“接下来，就是结合我之前提取的指纹、脚印进行比对。目前能够确定的只有一人，其他人我们的库里暂时都没有他们的资料，只有身份信息。”

“那尽快提审，你们什么时候动身？”

“明天一早。”

“今天你们回去先好好休息。连续加班好几天了吧，紧接着还要出差，真的辛苦你们了。在外一定要注意安全，有什么需要我们的地方随时联系。”刘队嘱咐道。

“记住，不管出差多远，这里永远是你们的娘家，有问题随时请求增援。”顾志昌又补充了一句。

三人舒心地笑了。

顾世的眉眼间有一丝愁容。尽管她也算是身经百战，但面对大案还是会有一些初试牛刀的惴惴不安。这里的案件还没结束，她就要离开了，按照她有始有终的个性，也确实是比较无奈。

第十五章 恐怖的『小白兔』

张弛想到她经历的这一切，心如刀割，也暗自为她庆幸，如果不是凶犯临时起意，没有随身带平时的作案工具，清洁工没有在那时进门打扫，恐怕他们再也见不到这张鲜活漂亮的脸了。

每一个受害者的惨象，每一张家属绝望的脸，每一次案情的胶着停滞，都考验着刑警的神经，挑战着他们的承受力。顾世自以为早已刀枪不入，却还是会在疲劳时被车轮大战击打得毫无还手之力，心力交瘁。

顾世忧心忡忡地回到办公室，仔细收拾起东西。陈庭在旁边看得出神，愣了半天冒出一句：“有什么需要帮忙吗？”

“器械材料那里应该都有，我就整理些平时用得顺手的、必备的就行，没什么太多东西要准备。”顾世把东西分门别类地放进包里。

“听说张弛也去？”陈庭又问。

顾世愣了愣，嗯了一声。想到那天两个疑犯因为冲她吹口哨，被张弛狠狠教训了一顿，她还从来没见过他那么生气的样子，似乎自己最爱的人被侮辱了一般。她心里暖暖的，脸上还是冷若冰霜。

陈庭不置可否地哦了一声。

顾世看了看他：“听说你最近在看房，有选中的吗？”

“有是有，想听听你的意见，你觉得买市中心的小户型好，还是近郊的复式大户型好？”

顾世的手在空气中停留了一秒，说：“我的意见？谈不上吧，还是需要看你具体的用途。”

“当然是为了以后结婚考虑。”陈庭的声音低了下去，满怀期待地看着她。

顾世不抬头，反复整理着包里的一个角落，就事论事地说：“那就得全面盘算一下，不能只是一味在乎户型，结婚后有了孩子必定要考虑上学问题。我一个同学，当初就买了郊区的房子，现在又为了学区房要换房，我看她折腾得够呛。现在你是一个人折腾，以后就是一大家子折腾，区别不小呢。”

张弛走了进来：“我东西都打包好了，轻装上阵。怎么，又在讨论这个永恒的话题？”

陈庭有些窘迫：“这不是顾科见多识广，讨教讨教经验嘛。”

“要我说，顾世说得没错，想丁克的无所谓，如果走正常人路线，宁可一步到位，省得以后折腾。”

陈庭摇头：“你不懂，没那么简单，市中心学区房就那么四五十平方米，到时候一家三口挤着住，东磕西碰的，生活质量不高。”

顾世表示不同意：“三口之家住多大房子，和生活质量并不直接挂钩，有时候小房子温馨，容易打理。加上周边配套更加成熟，生活便利度反而更高。”

张弛接口道：“我同意，而且保值、增值。你辛辛苦苦积蓄了很多年，还不及人家一套房子升值的十分之一价格。选择房子，地段永远是第一要素。”

小吴当机立断：“得！听你们这么一说，我决定了，就买学区房的小户型，够住就好。”

“这么快就决定了？”陈庭诧异地问。

“我是一个人说了算，不像你，还得回去问问金主。”

陈庭看看顾世，涨红了脸：“我妈是为我考虑，毕竟生活经验比较丰富。如果我说的有道理，她还是很民主，会采纳我的建议的。”

当天晚上，两人就风尘仆仆地坐夜班高铁赶往Y市。公安部的住宿条件虽不宽敞，倒也算干净整洁。只是这里的招待所条条框框较多，过了点就不再提供早饭。

张弛前一天临睡的时候，特意问好了就餐时段。早上六点半，他就打电话到顾世房间，催她起床，却没人接听，就知道她已经出门了。

张弛来到餐厅，看到她神清气爽地端坐在餐桌旁，秀气地拿着叉子小口吃东西，他笑笑：“早睡早起身体好。”

顾世朝他笑笑，张弛又帮她取了几样小巧精致的点心，应该对她的胃口。

“这次的案件不知道难度怎么样？”张弛问道。对于张弛来说，这是目前最安全的话题了。

“上头下了死命令，限期破案，要在最短时间内拿到口供，难度肯定小不了。”

“听说刑侦局的局长亲自挂帅，集结了各个警种都参与进来，这阵势，不多见吧。”张弛又问。

顾世点点头：“看到局长这些大人物，你不会又后悔了吧？”

张弛刚把肉包子塞到嘴里一半，又拿了出来：“后悔什么？”

“当初伯乐主动点名要调你过来，你说放弃就放弃了，是一时冲动，怕被人说贪求利益吧？”顾世笑着调侃。

“老话怎么说，人不为己，天诛地灭。只不过，刑警队里有我更在乎的人罢了，你懂的。”张弛说着直视她的眼睛。

顾世避开了他深情的眼神：“这倒是，像我爸这样的好师傅，估计你离开刑警队，就再也遇不上了，疼我都没有这样的。”

“对，你说得没错，你是他亲女儿，疼你是天经地义。但是关照我，我真是感动感激。知遇之恩，恐怕这辈子都回报不了。”张弛索性顺着她的话，敞开心扉说。

顾世讶异地朝他看了一眼，原来他心里都懂，都记着。老爸倒也没白疼他。

会上，牵头负责的专案组组长和副组长向两地抽调各自警种的近六十人专案组成员通报了案情和最新进展。

幻灯片上，首先映入眼帘的是第一个杀人案的现场图片：死者双手前伸，眼睛睁开，嘴巴和手上都有透明胶带。

“大家看到，死者为男性，年龄确定为四十五岁，头朝南，脚朝北，俯卧在卫生间门口，他身上的腰包被拉开，里面的证件和银行卡还在，现金也没有被翻动的痕迹。目前确定死亡原因为中枢神经系统损伤。损伤主要有皮下出血和肌肉出血，第一、二段颈椎骨错位，第三、四段脱离，颅脑蛛网膜下腔广泛出血，脑骨没有骨折。”

副组长补充道：“初步判定胶带是作案对象带到现场的，上面的指纹应该是作案对象留下的，有比对认定的条件。根据目前已经掌握的线索，我们认为，对象以谋财为目的，对现场的内部情况有一定的了解，有预谋，有准备，而且具有比较良好的身体素质，不排除两人以上作案的可能。接下来，请李队给大家介绍下目前开展的工作。”

被称为李队的人慈眉善目，身材矮胖，从外形上看不出是个警察，他介绍道：“经过排查串并，嫌疑人的作案工具、手法和身体条件都和之前发生在A市的一起入室强奸杀人案比较雷同，同时和F市的一起猥亵儿童案件也比较相似。目前两个案子的死者家属也都闻讯赶来配合我们的工作。希望大家能够鼓足一口气，给死者家属一个满意的答复。”

“真是穷凶极恶。”张弛感慨道。顾世没有回应，他看看她，她的脸色有点不对，好像瞬间身体被掏空一样，鼻尖还冒着虚汗。

“哪里不舒服？”张弛小声问。

顾世抬起脸，笑了笑，摇头。虽然她平时很少笑，但只要一绽放笑容就如同阳光穿透厚厚云层，和煦温暖。可现在的笑容，没有往日的甜美，倒像是硬挤出来的一般，阴云密布。

张弛莫名，还想问个究竟，她指指会场主席台，示意认真听讲。

会场大屏幕上是第二个杀人案的现场照片：一条僻静小道，死者被抛尸。妙龄女子胸口的衣服被撕裂了个口子，裤子半褪到膝盖处，露出带有血污的下半身和苍白的两条大腿，失去了死者的尊严。只有身下被雨水稀释后还显暗红的血水，证明了她曾经鲜活的生命力。

反观第一个杀人案，死者是男性，尚且能以灭口目击者来解释。可是，尸身出现的地点，既不是串并案件中的偏僻道路，又不在凶手生活轨迹的范围之内，到底是激情作案的偶然性，还是暗藏隐藏线索的必然性？

李队向大家通报：“其他几起案件中，均为家人上报失踪，群众发现尸体报警。如这幅照片反映的现场情况，凶手多选择雨天前后作案，我们现场勘查没能发现任何有价值的线索和痕迹。尸检结果都为致命伤，伤口位于大腿后侧偏左，距离脚七十厘米左右，动、静脉断裂，引发大失血死亡。作案工具据判断为同一凶器，单刃锐器。”

专案组里有不少上了年纪的老刑警，对一幅又一幅冲击视线的画面，并非头一次见到，没有唏嘘。只是联想到自己家中差不多岁数的儿女，众人猛抽几口烟，默不作声。一股狠劲憋在心头，大家都蓄势待发。

会后，张弛让顾世等一等，自己找到还没离席的专案组领导，提出想和配合调查的涉案家属见一面。

李队始终笑眯眯的，抬头问道：“笔录都提供了，仔细翻着看看，里面信息量很大的嘛。”

“之前我逐页翻看过了，虽然笔录还是比较具体的，但我还需要获得更多更好的第一手材料。我想再看看，家属这里是不是还能挖出点新的线索来。”

李队脸色变得有点严肃起来：“家属的情绪普遍比较激动，如果一旦失控，就会影响后续的调查工作，你打算怎么办？”

顾世一直在旁边不作声，此时上前一步，和颜悦色地说：“李队，我们平时做工作都有很多不确定因素，工作的开展还需要领导您来撑一把嘛。”

张弛颇感意外地朝顾世看去。

李队听了不作声，微微皱着眉头，打量着两人。

顾世丝毫不理会两人不同的表情，微笑着继续说：“您看到了，毕竟这些案子过去有点时日了，唯一的目击者又是个孩子，画像条件并不好。至于家属的情绪，我虽然工作只有六年多，但是跟过不少大案重案，会帮忙调节气氛，请您放心。”

李队迟疑地点了点头，冲着顾世，笑呵呵地说：“如果出了问题，我可唯你是问。”

张弛收拾着东西和顾世一齐走出会议室，忍不住问：“今天怎么想到帮我说话了？”

顾世反问道：“你以为我是在帮你？”

“不然呢？”

“我是为了案子，我相信在这一类悬案里，技侦、刑侦、检验这些手段已经都用过了。如果说还有什么新的突破和进展的话，就是你不可替代的模拟画像了。”

“瞬间压力山大啊。”张弛笑着捂住胸口。

“你之前说得对，没有画像，就像地震救援没有仪器检测、助力开挖一样，案件最终或许能侦破。但在摸索的时间里，犯罪嫌疑人极有可能逃脱，很多重要的线索也早就没了踪迹。所以，万事俱备，就看你的了。”

“痕迹分析的作用才是不可取代的。”张弛真诚地说。

“对，我承认。”顾世平静地面对他说，“不过在这个案子里，我顶多是协助角色。我的主战场还是在我们A市的地盘上。他们那里有进展，今天有些新的足印要分析，有时间我要操作验证一遍。”

张弛和顾世这天白天余下的时间是心力交瘁的。他们匆匆接待了四批受害者家属。有冷漠无言的，有歇斯底里的，有黯然落泪的，也有恐慌依旧的，获得的讯息纷繁、杂乱。无一例外的是死者生前的照片上，都是让人过目不忘的出众长相。

有人说自己的女儿快要结婚了，喜帖都发出去了，却白发人送黑发人。有人说家里还有嗷嗷待哺的小婴儿，现在别说喝不上母亲的奶，连妈妈长什么样子都不知道了，全家人只有小婴儿无忧无虑，根本不知道发生了什么悲剧。

家属的眼泪几乎要把会议室淹没了，空气湿漉漉、黏糊糊的，像极了他们留在茶几上的餐巾纸上的鼻涕。每送走一个家庭，张弛都想瘫在沙发里缓个五分钟，恢复元气再接待下一组。

他无意揭开别人的伤疤，看到的是别人满目疮痍的悲剧，消耗的却是自己的精气神。顾世倒是没事人似的，再极端的家属，都能在她细声细气的安抚后平静地离开。

张弛感激地看着她，真不知道这一天如果没有她在，自己该如何承受情感上如此的煎熬。

最后进来的是唯一的幸存者，也是年龄最小的受害者。女孩只有六岁多，但很容易推测她将来的模样，几乎可以百分百确定她会出落成个十足的美人。眼前的她的面容少有儿童的稚气，倒是不缺少年轻女人的清丽脱俗。

她的父亲疼爱地抱起小女孩，轻轻地把她放到沙发上，就说到门外抽根烟，关门前不放心地看了一眼。张弛注意到他眼睛红红的满是悲愤，沉默的托付通过眼神传递给自己。

小女孩的母亲似乎习惯了这样的场面，对张弛满怀歉意地解释道："他受不了听这些，天天想着给女儿报仇。你们抓紧时间问吧，时间长了他会不放心。尽量不要让孩子不舒服，我们一定配合。"

张弛理解地点点头，翻了翻案卷，征询了小女孩母亲的意见，询问道："小朋友，你喜欢酸奶还是果汁？"

女孩奶声奶气地回答道："我喜欢果汁，谢谢。"

张弛刚要起身，顾世示意他不用动，继续培养感情。她去小冰箱里拿了瓶葡萄汁，插上吸管，蹲下身递给小女孩。

喝了几口果汁，小女孩坐在沙发上晃悠着双脚，盯着顾世问："阿姨，你是叔叔的老婆吗？"

女孩的妈妈哭笑不得。张弛心里想：还是这小女孩最有眼光。

顾世无奈地反问："你为什么这样说啊？"

"在家里，我爸爸下班回来很累或者心情不好的时候，我妈妈就会让他坐着别动，帮他干这干那的，连杯水都是送到手里的。我都要自己去拿的呢。"小女孩认真地说。

"哦，这样的啊。你看，我们穿着一样的警察制服，是同事啊。今天我们需要你回忆一下之前的那个坏叔叔。没有你帮忙，叔叔阿姨工作做不好，要被领导骂的，你能不能帮帮我们？"顾世一脸苦恼地朝孩子撒娇。

张弛没想到她还有这一面，凝神朝她看。

她把平时常常抿着的薄嘴唇嘟成了一个粉粉的圆形，连小女孩都关切地看着她，信以为真。她卖萌撒娇，都是那么自然，没有一点的矫揉造作，倒是让人心生爱怜。

"阿姨，你别急，我都会告诉你们的，你们肯定不会挨骂的。"

"真是个好孩子，阿姨先谢谢你。我们从一开始说起吧。"

"那天，我从幼儿园放学出来，和奶奶在路边等爸爸，他的车停在很远的地方。奶奶和其他小朋友的爸爸妈妈聊天，我就自己到旁边去玩了。后来过来一个叔叔，说我爸爸在找我，就拉着我的手朝一栋楼里走。”

“你跟着他走到哪里去了呢？”张弛问。

“他带我进到一个很大的厕所里面，比一般的大两倍。我问他：‘我爸爸在哪里？’他告诉我：爸爸要带我去个很远的地方，所以让我先上个厕所。”

张弛用余光看到，小女孩的妈妈偷偷地抹眼泪，顾世递给她纸巾。

“然后呢？”

“后来我想起来，平时爸爸上厕所的时候都帮我关上门，说男女有别，即使他是我爸爸也不能看。所以，我就往外走，想去女厕所尿尿，可是……”女孩说到这里，眼睛里露出恐惧。

张弛没有说什么鼓励的话，只是把果汁递给她。女孩很有礼貌地道谢，一口气喝了半杯。旁边的妈妈紧张地把手搭在她的后背上，提防着她喝得太快被呛到。她抬起头，眼睛亮晶晶地说：“可是，我没走几步，那个叔叔就很用力地抓住我手臂，都把我捏疼了，我喊不出声音，才发现，他把我的嘴巴也捂住了。”女孩两行清泪止不住地往下流，因为委屈，她的嘴角往下咧开，开始语无伦次，“我不知道他在干什么……他不是爸爸的朋友吗，为什么要弄痛我……很痛很痛……可是他力气太大了……我看到自己的腿上都有血了……我好害怕……到底怎么回事啊？”

张弛看到小女孩的妈妈早已泪流满面，眼睛里直冒出怒火。张弛扭头找顾世，却发现不知何时，她已悄然离开了。

他给小女孩和妈妈都倒了点柠檬水，又问道：“小朋友，你有没有留意到那个叔叔的脸，比如哪里长得很奇怪之类的？”

小女孩仔细想了想，说：“他的两个眼睛离得特别远。”

小女孩的母亲一直处于低落情绪中，此刻突然抬头说：“这一点，她从来没和我们提起过。”

张弛点点头，顺着她的话问道：“他的脸是不是挺宽的，比我的宽吗？”

女孩回忆了一下，很快点点头，还说：“他的嘴巴很丑，好像当中有道疤。”

张弛眼前一亮，嘴巴上有疤，如果不是普通的瘢痕，那就说明此嫌犯是天生兔唇，动过整容手术。如此一来，追捕范围就可以小很多。

“你等叔叔一下，我们来玩个游戏。”他马上在画像上勾勒出两张截然不同的嘴，问小女孩，“你看，更像哪一张？”

女孩毫不犹豫地指着一张兔唇的嘴型：“像这张，小白兔一样的，但是小白兔很乖的，不会弄疼我。”

女孩的声音稚嫩，眼神无邪。张弛想到她经历的这一切，心如刀割，也暗自为她庆幸，如果不是凶犯临时起意，没有随身带平时的作案工具，清洁工没有在那时进门打扫，恐怕他们再也见不到这张鲜活漂亮的脸了。

小女孩的母亲临走前脸上还挂着泪痕，私下问道：“警官，您看，这次抓住凶手的可能性大不大？”

张弛为难地摊手，实事求是地说：“我没法回答。但你也看到了，上上下下都特别重视这个案子。我们会抓住一切可能的线索进行追查。”

女孩的母亲点点头："其实带她过来我都提心吊胆的，每次说起这件事，她就只是哭，不说话。之前好几天晚上，她都会做噩梦哭醒。别说警察了，就是我都没问出什么来。今天总算还有点成果。唉，还是怪我们一时疏忽。"

张弛理解地点头："孩子的心理疏导你们要继续。这种事情，往往需要打开心结，否则以后对她的性格、婚姻都会有一定影响。如果有什么我可以做的，您可以随时联系我。"

送别了这一家三口，张弛没有去找顾世，想她肯定也在忙着干活，就定下心来完成画像。

自己以往的画像，往往以细节生动来捕捉嫌疑人的面貌特征，但这个案子，与以往不同。特征虽然明显，但是其他细节模糊不清，目击者的描述也无法与其他证据比对分析。

张弛把双手搁在腿上呆坐了很久，办公室外人来人往，并没有打断他凝神思考。突然他灵光一闪，把手机调到静音，抓起画笔，迅速在画架前开始勾勒。

等他走出临时画室的时候，外面的天色黑了，雷声大作，何时下起雨他都不知道。办公楼距离招待所还有一刻多钟的路程，部里的食堂早就关门了。

他看看手里的文件，再看看外面的雨，正一个人发着呆。

一个清亮的女声从后面传来，是顾世："愣着做什么呢？回招待所吃饭去啊，我让他们留饭了。"

张弛有点惊喜地转过身："你刚才去哪里了？我都没见到你。"

"有点事，去忙了，这不人在这里吗？"说着两人乘着电梯来到大厅。

外面的雨几乎是瓢泼而至，路上的出租车辆辆满员，他们只好坚持着步行回去。顾世把伞撑开，是一把素色的遮阳伞，虽然比寻常女生的伞大了一圈，但估摸着也难挡如此雨势。

才走了两步，张弛就看到顾世右肩的衣服湿了，白色布料湿漉漉地贴着身体，露出若隐若现的肩。

张弛思考了那么一秒，顾世就感觉到了自己右肩的一股暖意。抬头一看，居然是张弛健硕的手臂，她的第一反应就是怒目圆睁地看着张弛。

张弛交往过不少女孩，经历过各种眼神的盯视，痴迷的、哀怨的、深情的。唯独没有遇到过这种眼神。

何况顾世的眼睛本来就炯炯有神，再加上她天生的凌厉气场，更让他意乱情迷。

第十六章　没有完成的画像

的确从画像角度来说，画面感不完整，美观程度不够。但因为现有信息指向犯罪嫌疑人的特征比较有限，我与其凭运气去把他其他部位的特征填充完整，倒不如突出已确定的脸宽、眼间距大、兔唇这些要素。

张弛被顾世盯视着，一时有点难以接应。手还是牢牢地扶着她的肩，张弛目视前方，一点都没有松开的打算。

“雨那么大，我们两个要是感冒了，工作开展不了，回去难交代。你衣服湿了，我自带烘干功能。”张弛缓缓地说，语调平静。

他料想顾世虽然没有心理准备，但也不至于强行挣脱。自己好歹是A市第一“警草”，不至于那么面目可憎，让人急于摆脱吧。

顾世果然没有身体上的反抗，嘴上气呼呼地说：“你就吹吧，记住，下不为例。”说罢，跟着他的脚步齐唰唰往前迈大步。

张弛的腿很长，她得用点力气才能勉强保持同步。她的呼吸怎么那么急促？是走得太快，还是张弛特有的气味让她觉得不自在？甚至还有点说不清道不明的心动？

张弛低沉的声音在她的头上方响起：“你今天工作顺利吗？”

她回过神，毫无感情色彩地答：“还行吧，可以说不太顺。”顾世心想：太奇怪了，被他搂着，似乎被点了穴，居然有什么说什么。这件事本来就是她的工作，与他关系不大，何必说给他听呢。

可是，顾世却怎么也忍不住，有一吐为快的冲动。

“有我能帮忙的地方吗？”张弛问道。

“你恐怕是有心无力，是痕迹分析的事情。”顾世抬头看了看他的眼睛，马上又低下头去。

他搂住自己肩膀的手瞬间松了松，怎么好像是在帮她轻轻捋头发？真是得寸进尺。可是管不了那么多了，躲雨要紧。

顾世过了会儿，突然问道：“我们那个没结案的入室盗窃案，你还记得吗？”

“有进展了？”

“本来应该有进展，市里请了总队的老专家来进行痕迹分析比对，嫌疑人脚印对上了。我让陈庭把资料传给我，又复查了一遍，发现当中有疑点。”

“老专家出错了？”

“我得出的结论和老专家的结论有出入，同时分别指向了两个嫌疑人。”

“其中肯定有一个人出错了。”

“问题是这个老专家是我读书时就被业内奉为权威的教授。连我们警校的专业教材都是他编的。如果我们两个有一个人出问题，那肯定是我，我资历浅、经验少。”顾世皱着眉，解释道，全然没有注意到张弛把她又往自己怀里拉了一把，搂得更紧了。

张弛得意地暗笑，顾世居然在自己怀里这么温顺，曾经遥不可及、冰雪女王一般，此刻就这么被自己搂着，还在絮絮叨叨地说着苦恼。他工作一天的辛苦完全没有了踪影。

他忍住笑意，继续不动声色地问：“照你这么说，认错然后总结经验就行了，你还纠结什么呢？”

“问题在于，用另外一种方法，从一个全新的角度推算了一遍，再次印证了我的结论。我仔细核查了每一个细节，从思考方式到计算过程，并没有哪个环节出错。”

“人无完人，老教授出错不是完全没有可能。你现在的问题是怎么提出你这个结论，又不至于让对方下不来台。”

“有没有面子倒是其次，我的结论在案子里站不住脚。我推测的嫌疑人，有完整的不在场证明。”

“那你打算怎么办？就这样放弃科学的结论了？”张弛盯着她的侧影，她笔挺的鼻子也透出一股子倔强。

“我办案子，从来不按照任何人的意志来推理，也不按照任何领导的意图来分析，尊重推崇的只有一个……”

“真理？”张弛笑着明知故问。

“是科学。痕迹虽然不是独一无二的指纹，但反映了案发现场的真实原貌。这是由数字和现象作为表象，以唯物论为核心的科学。科学的真相永远只有一个。”

张弛每次听到理论的内容，思绪就有点游离，但听顾世说来，声声入耳。张弛又问道：“你在警校读书的时候，有没有听过这样一个案例：在现场勘查时，技术人员发现了一具被遗漏的尸体？”

顾世点了点头：“这个案例太经典了，教官们几乎会给每一批学生讲。”

张弛开始讲案例：“派出所接到一起人员失踪案件，技术人员上门查看，经过常规的现场照相、痕迹物证提取之后，有技术人员提出应该进行更全面的深度勘查，却遭到了大家的一致反对。”

顾世自然地接下去说：“原因看似合情合理。首先室内结构清晰，陈设简单；其次，现场勘查过程中得知，前两日有人从现场搬离了一个大箱子和一个衣柜，即使尸体消失，也很有可能已被转移。”

“这就是先入为主，真理掌握在少数人手里的例子。”张弛学着教官的腔调说话，顾世有点释然地笑了。

“可是，如果这张不起眼的床板被掀起来后，下面没有尸体，那些已经要离开现场的刑警肯定会说那个技术员多此一举。在我看来，你不应该在乎别人的议论，应该看重真实的结果。”

张弛揣测着说。

顾世嘘了口气，好像被他的一番话卸去了心里的一个重担。她语气轻松地催促着：“快跑两步，我都饿得不行了。”

两人步调一致地顶着风雨小跑起来。到了楼下，张弛有点恋恋不舍，却马上松开了手。

顾世看了看自己的右肩，惊讶地说：“还真的干了，你这台烘干机马力十足啊。”

张弛温和地点点头。这一刻，即使再想紧紧地把她拥到怀里，他也得告诉自己：不急。至少，两个人心的距离不知不觉走近了。这样，就很好。

曾经有人传言“顾大美女”有个习惯，不管身处何地、什么时间，她每天都要至少游泳一个小时。这是顾志昌从小磨炼她的意志、提升她的体质的训练方法，如今成了她渗入血液的生活习惯。

当天，张弛整理分析案卷资料到深夜，饥肠辘辘，想要出门觅食，却一直忍着，竖着耳朵听门外的声响。

张弛正想着隔壁怎么毫无动静，就听到顾世的房间的门锁一响。他顾不了已在抗议的肠胃，背上个运动挎包就出门了。

顾世警觉地快步走到灯火通明的大堂，回头一看是张弛，有点哭笑不得：“怎么，原来是你，去健身？”

“这么好的天气，不游泳实在可惜。”张弛深呼吸了一口气，扩了扩胸。线条清晰的胸肌、腹肌在白色运动衫下隐约可见。

顾世无可奈何地摇摇头，心想：追自己的人可没少用偶遇这一招。

“走，我知道这附近有个很不错的会所，人少，硬件新。我有会员卡，可以带你体验一次。”

张弛从包的外层拿出一张宣传页，递给她。不过并没有告诉她，这是自己几天前就做好功课，到公安部的第一天夜里就特意去办的VIP会员。

“行吧，去看看。”顾世看了看地址，在路边拦了辆出租车。张弛快步上前打开车门，坐到了副驾驶位上。

一阵微风吹来，心情瞬间无比舒畅。

新开张的运动会所，地处一个高端住宅小区的业主俱乐部里。他们刚走进灯火通明的大堂，就有工作人员热情微笑着迎了上来，主动带他们参观熟悉环境。

顾世不想浪费时间，就说：“你带我们去游泳馆看看好了，其他的以后再说。”

工作人员微笑点头，欠身引领他们往前走：“我们这个游泳馆是二十五米乘以二十五米的国际标准短池游泳馆，水深两米，水温恒定二十五摄氏度。我们还专门开辟了供初学者和儿童使用的浅水泳池。”

两人在她的带领下，径直走到泳池边。泳池八条泳道，水色清澈，里面只有两三个人在扑腾，两旁的救生员目不转睛。

看到两人放松愉悦的表情，工作人员继续介绍道：“请抬头看，我们的游泳馆顶部是最大的特色。”

张弛特意嘱咐过，要重点介绍游泳馆的这个亮点。在他看来，顾世一定会喜欢。

“当你在夜里仰泳的时候，就能透过我们的玻璃屋顶看到星空。如果是在中午阳光强烈的时候，也可以要求拉起帘布。我们游泳馆的玻璃具有防紫外线的功能，既能享受日光，也不怕被晒伤。”

顾世果然有点心动了，转身问：“你们在其他地方有分店吗？”

工作人员会意地回答道：“我们在邻近的A市的泳馆具备了这里的一切硬件和管理，这个月就会开张。所有的VIP客户都能一卡通用。不管商旅还是日常生活中，我们都会为您提供最优质的服务。”

顾世客气地谢过对方，工作人员训练有素地鞠躬退下。她和张弛打了声招呼就朝女更衣室走去。

张弛脱了外套，迅速地冲淋了一下，没几分钟就来到泳池边开始做热身运动，心潮澎湃地等候着她。尽管不是第一次和女孩在游泳馆约会，但这次不是约会的“约会”却让他像涉世未深的小伙一样心跳加速。

她会穿什么样的泳衣，保守的连体式还是奔放的比基尼？她的身材是苗条纤细的还是珠圆玉润的？平时在宽松的警服下难见真容。唯一能确定的只有她面容的“一成不变”，不需要下水来验明真伪。顾世平时就是素面朝天的，并没有因为脸上零星痘痘的影响而显逊色。

张弛嘴角带着微笑浮想联翩，只看到泳池里有着八块腹肌的男人好像看到了什么熟人。男人之前一直闷头在深水区来回速游，这时迅速爬出泳池，径直朝一个背部皮肤白皙、全身线条流畅的女人走去。

女人戴着银灰色的泳帽，穿着天蓝色的运动分体泳装，腰身盈盈一握。胸部和臀部凹凸有致，随着每一步走动，轻轻颤动，隔着衣服，都能感受到它们的弹性。

平心而论，男人虽然浑身湿漉漉、发型乱糟糟的，但掩饰不住的英气逼人，他的侧脸让人隐约记起哪个钢琴奇才。更何况，对于一般女人而言，他的身高体型足以让人瞩目。

女人根本不朝他看一眼。男人急切热情地说着什么，她却一言不发，始终背对他，甚至快走了几步来保持距离。这时，几乎所有的救生教练都把眼神聚焦到了女人身上。

待到女人转向泳池开始热身运动时，张弛才认出，那女人就是顾世！满脸挂着对陌生人搭讪的不耐烦的顾世！

他毫不犹豫地昂首走过去，对着一旁无计可施的男人说了句："麻烦你，让一下，我要帮我女朋友拉筋了。"

那人将信将疑地回头，看到肌肉紧绷着的张弛一副要打架随时奉陪的样子，说了声抱歉，摇摇头无奈地走了。

顾世等那人走远了，扭头冲他感激一笑，说了句："谢谢救场。"扑通一声，顾世跳进了深水区。

张弛在邻近赛道，陪着顾世一圈圈地游着，感觉无比赏心悦目。这一刻，没有繁复的案卷，没有撕心裂肺的受害者家属，没有迷雾一片的案件，他深呼吸一口，心里少有的一片宁静，说不出的安逸。

他似乎能明白顾世每天游泳的原因了，这的确是个持续工作后释放压力的好途径。看着她专注的眼睛、优雅滑动的四肢，张弛不由自主地加快了节奏追赶她，真想这么天荒地老地一直陪着她。

走出游泳馆的时候，顾世主动邀请道："肚子饿了吗？去吃点夜宵吧。"

张弛求之不得："那刚才不白白消耗卡路里了？"

顾世笑他："我都不减肥，你还在乎这个？"

说着，两人就走到了一家羊蝎子餐馆。

晚上九点多，店里依然人声鼎沸。虽然现在已是夏末，但是店里还有几个大块头吃客光着膀子，豪爽地拿着啤酒瓶喝酒，欢声笑语夹杂在阵阵雾气中。张弛好奇地四下张望了一下，没想到顾世选的店这么接地气，和高大上的私房菜馆大相径庭。

坐定，顾世熟门熟路地把菜点了："说好这顿我来请，别和我客气，有什么吃什么哦。"

张弛明白她是还免费游泳的人情，也就笑着不拒绝，给她面前的玻璃杯倒满冰冻酸梅汁。

顾世抿着吸管喝了一口，问道："听说今天老李对你的画像不太满意？"

他不置可否地笑，能够和顾世这样面对面单独吃个饭，他满心沉浸在喜悦中，如同初涉爱河的小伙子。

"看来你自己对于画像并没有什么不满意。"顾世把眼前的碗筷摆整齐。

"老李是行外人，你觉得我能和他说得清吗？会抓老鼠的就是好猫，我们看结果吧。"

"这么说，你很有把握，这次画像和之前有什么不同？"顾世起了兴趣，追问道。

张弛帮她把筷子用开水泡了泡，递还给她，点头说："到底是你比较内行。这次画像的确有很大的不同，可以说是没有完成的画像。"

"难怪他不满意，何必急着交差呢？我们的工作是在保证质量的前提下再求速度的，磨刀不误砍柴工嘛。"

"我是特意交给他半成品的。"看着顾世不解的面容，他解释道，"这个案子只有一个目击者，信息都是残缺的。你说，是不是在画像上只提供较少的正确信息，效果会好一点？"

"所以，你担心错误信息在画像上形成干扰，故意留白？"

张弛点点头："的确从画像角度来说，画面感不完整，美观程度不够。但因为现有信息指向犯罪嫌疑人的特征比较有限，我与其凭运气去把他其它部位的特征填充完整，倒不如突出已确定的脸宽、眼间距大、兔唇这些要素。"

"有了这幅画，见过的人能一眼认出，没见过的人也不会乱加揣测，反而缩小了侦查范围。"

"对，就是这个意思。还是你懂我。"张弛脱口而出。

顾世不语，她特烦油嘴滑舌这一套。不过，她现在明白，张弛有时倒也并非刻意为之，而是习惯使然。

"刑警当了这么多年，和原来想的有什么不一样吗？"张弛想要打破尴尬气氛。

顾世摇头："我年数不长，没有很深刻的感受。倒是我爸，一辈子不容易。"

"有时候，做民警的家人，尤其是刑警的家人，更不容易。

更何况现在你又干起了师傅的老本行，有时候挺羡慕你有这样一个老爸的。”

“这么多年，也就这么过来了。小时候，我爸参与过的大案特案从来不会和我说。每次正陪我玩着，一个电话就匆匆忙忙走了。印象当中，老头话没现在那么多，倒是经常和我说这么一句话。”

“师傅说的话都是大实话，朴素但很有哲理。”

“他总说：‘你这点难算什么，我们案子破不了那才叫心急，但你必须让自己成功一次，那一刻的满足感，是以后每次碰到难题时再坚持一下的理由。’”

“再坚持一下”，张弛真想借机告诉顾世，在自己追求她的过程里，曾经无数次在经受冷漠和敌意之后，都是对自己说这句话。

第二天的专案小组会，趁着还没解散的空当儿，张弛当众提出了自己的推测：“作案人并非本地人”。

李队听了笑呵呵地挥手让他“刹车”：“我说小张同志，你的主要工作还是模拟画像，这些后续的工作还是交给我们的刑侦专家来做。术业有专攻嘛，你说对不对？”

顾世虽然并不知道他的推测有几成把握，但对于李队的阻拦很是不满，再一次挺身而出：“李队，何不听他说说推测的理由呢。”看到年轻的美女警官第一次当众讲话，会场一片寂静，气氛有点尴尬。

顾世全然不顾微妙的气氛，继续说：“我们张警官的特长是模拟画像，画像讲究的是什么？精准度，失之毫厘，差之千里。

类似的，刑侦推理方面首先需要的就是敏锐捕捉细节的能力和缜密的推理能力，这些都是模拟画像师的基本素质。”

李队望向几个老刑警，他们都对顾世“初生牛犊不怕虎”的行为露出宽容的笑。李队只能默许地点头，示意他说下去。

张弛开始解释：“画像过程中，我们不难发现，不同地域的人，在面貌长相上还是比较有区别的。就以这起猥亵女童案的嫌犯举例，除去兔唇这个比较明显的生理特点，他的面貌特征基本可以概括为额头饱满、面宽鼻阔、眼间距较宽。”

“这是什么原因？”有人问道。

“我很难解释这种长相形成的原因，但是不能不说，一方水土养一方人，人的面貌特征的确和地域有着比较紧密的联系。”

“你怎么确定目击者说法的准确性？”又有人提问。

“经验吧。我可以区分出对方很有把握的、直观的描述，能够排除对方不确定的、记忆有偏差的内容。这种询问同审讯一样，有自己的规律和技巧。总而言之，这种面貌长相，比较符合R省人的特征。”张弛回答，接着先发制人地自问，“或许有人会问，在监控中，他说的话为什么是本地人的口音？”

“对啊，他的口音和本地人一模一样。这怎么解释？”

张弛胸有成竹地说：“我们Y市实质上是个比较包容的移民城市，有不少长期生活在这里的外地人口。时间一长，语言天赋比较好的就会入乡随俗，只有在很细微的地方才能听出他的乡音。但有些地方，比如长相、衣着打扮，都和他多年的生活习性相关，不会有较大改变，是很容易露马脚的。”

张弛指着视频的截图，图像上，嫌疑人戴着一顶鸭舌帽，上身是一件浅色中式背心，下面穿着运动短裤，解释道：“这一身打扮看起来中外混搭，顶多有点不协调，但其实这件背心在R省又叫作‘褂褂’，大多是白布或细麻布做成，形状和当地老百姓喜欢穿的坎肩相似，没有衣领，也没有袖子。”

“那还有一种可能，这件衣服并不是他自己的，只是作案时恰巧穿着而已。”一个民警提出异议。

“所以，我是结合长相和穿着因素才给出的判断。”

李队总结道：“好了，我们可能性也听了，只是提供给大家一个不同的参考角度，散会吧。”

会后，那个提出异议的老民警过来扔了支烟给张弛：“小伙子，我和你这么大时，也是什么都敢说，什么都不怕。但人吧，有时要看看局面再说话。”

张弛谦逊地请教道：“这位师傅，我情商低，请您多指点，今天是什么局面？”

“在座的人当中，你和那美女，年纪是最小的吧？我们这些老家伙，都能当你们爸妈了，干刑警的年数大概比你们的岁数还长。我就问你，你刚才的推测有几分把握？”

“大概九成吧？”

“这就对了，如果不是百分百的把握，就不要说出口，枪打出头鸟，这道理你还不懂？”

顾世在旁边静静地收拾着东西，一边等着张弛，一边听着他俩的对话。

“谢谢您提醒，不过我还真没想那么复杂。咱们不管年纪大小，现在不都在办同一个案子吗？我只是想出一份力。”

“小伙子，你还是前面的路走得太顺，听不进劝呢。”

张弛不理会他“恨铁不成钢”的表情，不卑不亢地继续说：“可能你们都觉得我年纪轻轻，画像破案都是瞎猫碰到死耗子的事情。但我的确从始至终立足案件的实际情况，站在一个相对客观的角度，理性地按照案件的侦破规律来办事，并不是依靠什么运气。”

老民警说教未成，只扔下一句：“那咱们看这次你的运气好不好吧。”气得离开。

顾世笑着抬头说：“偶尔出差办公事，何必得罪这种好为人师的老头呢？”

“你不是也得罪了两回老李了嘛，我这是保持同步。”张弛开玩笑道，帮她拉开椅子。

“今天晚上还继续吗？”张弛出门时问道。

顾世愣了愣，马上反应过来：“好，你等我回去准备下，咱们晚上八点大厅见吧。”

第十七章 捕狼行动

挨了一脚的张弛咬了下牙后迅速跳起，只觉眼前白光一闪，颈部一丝冰凉，他一把抓起了于涛，一个反剪，手肘奋力一击，趁他直不起腰的刹那，将他牢牢控制在墙上。

关上房间门，张弛的脑海中浮现出顾世说“我们张警官”时严肃的表情：细眉紧锁，薄唇微启。

平时的顾世话不多，开会从来都是坐在角落里，处处寻求“无存在感”。这两天为了案子也好，为了自己也罢，顾世屡次三番地做出以往不会做的事情，这种改变让他欣喜。

或许顾世对他也有感觉，只不过，连她自己都还未察觉？

这次出差，两人的关系虽没有明确，按照顾世的慢热个性，也算是突飞猛进了，这倒是他从未敢有所期待的。

张弛抑制着激动的心情打开体育频道，看看赛事来平复下心情，不时看看手机上的时间。七点三刻，他就打理好运动装备下楼了。

他站在招待所外面，点了支烟，慢慢抽，左等右等，却没有顾世的踪影。等到八点一刻，他朝大堂里走，刚要走进电梯，当值的领班就叫住他："你是在等女朋友吧？"

张弛不想费劲解释了，就点点头。

领班一脸八卦的笑："你们是闹别扭了吗？七点半的时候，我就看到她拖着行李箱走了。"

"走了？你怎么不早说？"

"你下来的时候我又没看见。年轻人，吵架寻常事，有话好好说嘛。"

张弛的第一反应是：顾世为什么没和我说？可是他很快又说服自己，本来顾世就算他半个上级，何必向他汇报。

他想直接打电话过去问个究竟，冷静了下，还是回到房间，编辑了一条不冷不热的消息发送过去："回A市了？"

顾世像是预料到他会追问，没有为自己放他鸽子道歉，消息回得很快，只是两个字"是的"。

"有任务？"

"嗯。你留下。"

张弛看着这简短的四个字，一点点沉下来的脸又逐渐舒展开来。这是顾世的风格。

这几日，从开会时的脸色突变，到后来的情绪起伏，总让人隐隐觉得她心里藏着什么事，有什么大事即将发生，有种没有依靠的不安全感。

现在，至少知道她安然无恙，其他的以后再说，不急。

“旅途注意安全。”张弛发给她最后一条消息。

如果知道在此之后的第三日就会有一场收网行动，顾世一定会再克制下心魔，而不是选择找个借口，如同抓住救命稻草般匆忙离开。谁也不能预料到，就像谁也不知道自己有噩梦般的往事。

只是，那个噩梦遥远而又真实，无数次在白日里都让她忍不住想要尖叫。在自己濒临崩溃之际，她只有选择做自己拿手的事：到一个熟悉安全的地方。

张弛画的画像很快被当地居民认出，一通电话打到了专案组。经过严密策划，行动当晚火速执行。

张弛第一个被点名，他是专案组里最年轻力壮的小伙，又有过执行任务的出色表现，抓捕行动中自然当仁不让。

他没有推辞，也容不得推辞，环顾四周，不是父辈年龄的老刑警，就是上有老下有小的师兄们。单身汉的他即使遇上危险，至少目前也是无牵无挂，辜负自己一人而已。

张弛刚走出会议室，顾世的电话就追了出来：“听说晚上你主攻？”

张弛颇感意外，四下看了看，摸不透哪个是她的眼线：“你这千里眼够厉害的啊。”

那头沉默了一会儿，想必是省略了很多“危险系数高”之类的话。这次的行动对象穷凶极恶，两人都心知肚明。

顾世悠悠地传来一句："你会好好回来的，对吧？"

张弛心里一暖，脸上没来由地一热，快要脱口而出的内容全都被压缩成了一个字："嗯。"

顾世挂掉电话，在花园里坐了很久。"局里的案子还指望着他"的念头迫使她打了这通电话，可是自己的音调，却像是在关心男友而不是普通同事，这是怎么回事？

她细细地想了想，只有一个答案——荷尔蒙作祟。那日的雨夜同行，肩头的余温似乎还在；那日的游泳馆同游，让她第一次近距离欣赏了他健硕的体格。她是个身体功能正常的女人，即使想刻意回避，也还是注意到了张弛独有的男性魅力。

她闭上眼睛，用力捋了捋额头的发丝，快步朝刑技楼走去。

刘队在电梯口等她，顾世一开门，他就上前问道："小顾，你说的当真吗？挑战权威的事情还是其次，但是案子我们必须要有把握。按照你的说法，他到案后矢口否认就在情理之中了。"

顾世沉着地点点头："对于足印的人证比对，我专门做过课题研究，得到业内的一致认同。教授采用的是脚趾排列结构关系的常规方法。"

"谁的方法更好？"

"在我看来，方法最重要的是实用。我现在采用的就是自己研究出的脚型结构尺量法。"

"哪里看出不对了？数据差别很大？"

顾世毫不迟疑地点头："我把嫌疑人的数据和现场足印比对后，趾骨、跖骨、跟骨这三个足骨之间的角度有差异，绝对不是实验偏差，而是根本不是同一个人的痕迹。"

刘队这才放心地点点头："就等你这句话了，不过我们为保险起见，我还是把你说的对象带来了，就等你去提取足印比对了。"

当晚七点的Y市，刑警、武警、特警兵分三路，直扑嫌犯于涛的住处。居民楼里静悄悄的，回旋着楼下广场舞的音乐。

武警在夜色中，有序地快速包围了这栋居民楼，于涛所在的三楼楼梯上下，荷枪实弹的特警也做好了埋伏，准备接应。一片寂静中，三楼一户人家的狗居然在门外，叫个不停，几个特警面面相觑。

张弛敲了敲门："快递，302有人吗？"

门一开，张弛快速亮了一下工作证，压低嗓门说："等会儿我们有活干，管好你的狗。一个小时内，任何情况都不要出门，也不要开门。"

那户人家的主人探头一看这架势，惊了一下，畏畏缩缩地点头，低声赶着狗进屋，连门都忘了关，张弛帮对方带上门。

几个特警偷偷对着他竖了竖大拇指，他面色淡定地走到嫌犯于涛的门口。

张弛身上穿了防弹衣，走在最前面，他们今天一旦不能软进门，立马强攻，准备第一时间拿下于涛。

门敲响了，对方的声音里都透出凶狠多疑："谁啊？"

"物业的，你家马桶漏水到楼下了，我们上门看看能不能修？"张弛用当地口音说道。

门开了，张弛之前保持着距离，看清对方手里并没有拿凶器，立马上去揪住他的臂膀，于涛反应极快地用力挣脱。

“上，快上！”张弛一声怒吼。

电光石火间，他身后几个增援的刑警小伙，如同饿虎扑食般，紧随着他一起冲了上去。

于涛直冲向自己的床。

张弛的脑子里第一反应就是：他要拿家伙！必须赶在他之前！

张弛几个大跨步冲刺过去，在于涛的背后猛地一跳，腾空跃起扑倒在他背上，两人几乎同时落到床上。

于涛被张弛压着几乎动弹不得，还在竭力伸手朝枕头底下摸，几次尝试都未果后，脚蹬张弛的同时，拼命想要翻转过身体，一只手闪电一般挥向他。

挨了一脚的张弛咬了咬牙后迅速跳起，只觉眼前白光一闪，颈部一丝冰凉，一把抓起于涛，一个反剪，手肘奋力一击，趁他直不起腰的刹那，将他牢牢控制在墙上。

于涛虽然肌肉壮硕，但论体型和力量，依然和张弛不是一个等级，此刻极尽挣扎还是难以逃脱，看着从天而降的满屋子特警，只得放弃了抵抗。

蜂拥而上的队员立马上铐，有人冲上去在枕头底下摸索。

一摸出来，大家都不由得吸了口冷气——居然是一把已经上了膛的制式手枪。

“你受伤了！”一个队员提醒张弛，“在流血，好多血。”

张弛这才意识到自己的颈部被划伤了，鲜红的血已经把衣领都染红了。他脑子里回旋着顾世的那句“你会好好回来的”，眼前一点点开始模糊，同时脚下的地变得像棉花一样松软。

“快扶住他，赶紧叫医生。”他失去意识前的那一刻，听到有人大声喊道。

顾世不是第一时间得知张弛出事的。

吃过晚饭，她正要和平时一样去游泳会所，打开卧室的门，顾志昌正在客厅里接电话，报纸被杂乱地丢在一边。

他握着老花镜，突然站起身来：“什么？那现在在哪里？好，我马上去看看。不用不用，我自己去就行。”

她退回来，转身问道：“爸，有案子？”

“张弛回来了，我去看看他。”顾志昌四下找钱包，穿上薄外套。秋分以后，夜里略微有些凉意了。

顾世马上意识到发生了什么，她立马进屋放下运动包，打开手机说：“爸，我和你一起去，我现在就叫车。”

顾志昌点点头，两人一言不发地往楼下走，很快上了车。

“他现在在哪个医院？”顾世擦了擦鼻尖的汗，问道。

“不去医院，我们去他家里。”

她一直紧绷的身体稍稍放松下来，靠到后排座椅上。张弛到底是守了承诺，像答应自己的一样，好好地回来了。

顾志昌在电话里问了地址，车拐到一条僻静的小路上。顾志昌比较熟悉这一片，年轻的时候当片警，曾经管辖过这里，保安都是当兵出身，业主个个非富即贵。虽是上了年份的新式里弄，但几乎每幢楼都被买下，从外面就能看到焕然一新的别墅、郁郁葱葱的浓荫大树。在A市，这样的深宅大院，随便哪一幢都是数千万的价值。

顾志昌没想到自己的徒弟住在这一块，从没听他提起过，凭自己的生活经验居然也没看出这点，一直以为他就是个寻常人家的孩子。这小子保密工作倒是做得不错，够低调。

顾世看着车窗外灯光流转，问道："要不要买点什么？"

"去了再说吧，还不知道张弛现在恢复得怎么样，到时候再给他带也不迟。"

一个面相憨厚的中年妇女打开门，见到顾世，意外又高兴的样子，似乎原来就知道她的存在，问过来人人名，知道是张弛的师傅和同事后，就柔声热情地把他们直接往复式楼的二层带。

屋内的陈设并没有想象中那么华丽，墙上除了一幅山水彩墨画，再无其他装饰，有些过分的简约，显得房子更加空荡荡的。屋内的整体色调都是黑白灰三色，在夜里的昏暗灯光下，看上去就是一片片不同色块构成的整体，区分不出彼此的界限，有些冷清的感觉。

他们走上实木扶手的螺旋楼梯，连接螺旋楼梯的墙上挂了一些照片，没有一家三口的合影，大多是张弛父母的合影，还有张弛的单人照。女人把他们带到张弛的卧室门口，叫了声："小驰，你师傅和顾世来看你了。"

卧室里只开着一盏床头灯，听到女人的这句话，床上的一个黑影马上打开了顶灯。

张弛头发乱蓬蓬，充满期待地瞪着大眼睛，看清来人后，马上露出了笑容，尽力撑着要坐起身来。

"不用不用，你躺着。"顾志昌上前扶着他又躺下来。

张弛的精神状态看上去还不错，他说：“师傅，你们晚上不休息还来看我，真是太客气了。随便坐啊。”

顾志昌坐到他床边，仔细打量着他的颈部：“听说之前很危险，刀子离大动脉就差两毫米。你小子，我都不知道该说你是倒霉还是命大。”

“当然是命大，尘缘未了，阎王爷不收我。”张弛笑呵呵地回答，眼睛不经意地朝顾世瞟。

顾世一直在微笑，不想让旁边的女人看出任何的情绪。

“这次任务你算是超额完成，不仅画像精准，抓捕到位，就连刑侦推理都让人家老同志刮目相看。师傅要好好奖励你。”

张弛眼睛放光：“哦，奖励什么？”

“你说，你想吃什么，我给你去买，师傅给你当一次外卖小哥。”顾志昌乐呵呵地问道。

“知道你受伤，我爸不放心，一定要晚上来看你一眼。你这待遇够特殊的，我还从来都是帮我爸去跑腿的呢。”顾世无奈地摇头。

张弛咧嘴一笑，看到顾世，除了惊喜，还有满满的快乐无处释放，似乎一闭上嘴就要堵得水泄不通。

顾志昌的电话响了：“你们聊着，我去接一下电话就来。”

女人一直带着慈爱的笑站在卧室门口注视着他们。顾世这时扭头问女人：“阿姨，他今天胃口怎么样？”

女人愁容满面地摇摇头：“从机场回来后，大部分时间都在昏睡。二十四个小时里只喝了两碗小米粥。”

顾世板起脸对他说：“这可不行，你现在正是恢复阶段，除了休息，饮食很关键啊。”

顾志昌匆忙走进来：“师傅看来要食言了，局里来了案子，我得去看看。”

“我不用去吗？”顾世疑惑地站起身来。

“暂时不用，你可以代替老爸跑跑腿。咱们做人要言而有信，对不对？”顾志昌说着，走到张弛床头，又叮嘱道，“现阶段，不要想着工作，你看你这脸色！磨刀不误砍柴工，把身体养壮实了，回来有你忙的。”

张弛感激地点点头，对女人说：“大姨，你今天也早点回去休息吧，我等会儿没什么要紧的事，你正好也送送我师傅。”

“行，都听你的，只要你好好听顾世的话。姑娘，拜托你啦，好歹让他再吃点东西，人那么虚，不吃东西怎么行。”女人临走还絮絮叨叨，有点放心不下张弛。

顾世有点尴尬地点头答应，起身目送她和父亲。等他们一走远，顾世眉毛微皱，问他：“你故意的是不是？怎么那么不小心？”

张弛莫名地摸摸头：“我故意去给人家削一刀？并没有啊。”

顾世懒得解释这是两个问题，忍不住好奇地问：“刚才那个是你大姨？你怎么一个人住在这里？”

“她是我父母请的管家，从小看着我长大的，大姨喊顺口了。她陪我的时间，比我父母要多得多。现在她年纪大了，儿子今年高考，就不要她常来，顶多一个礼拜两次。”张弛解释道。

“那你父母呢？”顾世有点惊讶，毕竟屋子里连宠物都没有一只，倘若只是一个人，真不太有人气，甚至有点凄凉。

张弛平淡地说：“他们在加拿大定居，生意在那里，一年难得回来个一两回，习惯了。”

顾世从来没有听他谈论过自己的家庭，如今看到了空落落的房间，猜想即使受伤这样的大事，他都不愿意和父母说。

顾世看到眼前的情景，不禁回忆起小时候，父母都有案子出现场时，自己一个人在黑暗里流泪，只不过每回父母都以为她早就睡熟了。

张弛原来和自己一样，宁愿独自坚强，也不愿意被溺爱。想到这里，她倒不由得对他有点惺惺相惜，一直绷着的眼神都柔和起来。

“你现在感觉怎么样？”顾世坐在窗口的椅子上问。

张弛听到楼下大姨关门的声响，直直地盯视着顾世的眼睛。这个姑娘，从进门起眼里就掩饰不住地充满关切之意，现在又问题一个接着一个。倘若真是受伤才让她有勇气面对自己的真实感受，他真恨不得早点流血。

顾世被他看得有点不自在起来，脸一点点发烫，却还是不甘示弱地回瞪着他。

看着她发窘的样子，如果不是怕吓到她的话，张弛真想把她一把搂到怀里。

顾世注意到了他眼里深深的情意，她的心好像漏跳了一拍，不知道他又会说什么让自己面红耳热的话。

顾世真想在他开口之前就转身离开。

可来不及了，因为张弛正面对着她一字一顿地说了三个字：

“我饿了。”

顾世不由得松了口气，忍俊不禁地说：“挺晚了，大超市估计也关门了。我去你家厨房找找有些什么食材，就看你的运气了。”

“我陪你。”张弛要从被子里钻出来。

“不用不用，我能找到路。”顾世扭头背过身去。

“我没那么虚，再说都躺了一整天了，骨头都快僵住了。”

顾世不再坚持，跟在他身后往楼下走。他穿着一套真丝的男士睡袍，松垮随意的轮廓里，健硕的体型线条若隐若现。走到厨房，他安静地在旁边的吧台高脚椅上坐下，含笑注视着顾世开始忙碌。

“美女深夜给我做夜宵，感觉像在做梦一样，我是不是发烧了？”张弛笑着问。

“除了我，找个美女还不简单，那个何萌第一个就会答应吧。”顾世头也不抬地说。

张弛笑意更浓了，原来她都明白，并不是对自己的魅力完全绝缘无感。

“这你就不懂了，有时候还是看人，美女和美女也有天壤之别。”

“是啊，你阅人无数，当然懂。”顾世忍不住调侃他。

他索性不解释，省得越描越黑，心里却分明感觉到她是在意他的，一阵欣喜。

顾世从冰箱里找出了猪肝、香葱、鸡蛋，又从壁橱里挑挑拣拣找出了些食材，准备给他下一碗手工拉面。她熟练地洗净、腌制猪肝，等待猪肝入味的时间里就开始炒制葱油、煎荷包蛋，在另一个灶台的锅里煮面，锅里四下翻滚，她却不慌不乱。不到十分钟，一碗红绿相间的爆炒猪肝葱油面和紫菜虾皮汤就端了上来，清清爽爽，荤素搭配。

他大口大口地吃面喝汤，耳边就听着顾世说："补补血，补补钙，长点心，以后别再做危险动作了。"张弛从侧面看她的身影，没有了平时的干练，戴着围裙的样子，倒是自有一番家庭少妇的风韵，真想她絮絮叨叨地一直说下去。

这顿饭吃得畅快，比以往任何一顿山珍海味都来得舒坦满足。喝完最后一口汤，他抹抹嘴："如果每顿都能吃到你烧的菜，那该多好。"

顾世刚要说"想得美"，却猛然间意识到他话里的意味。

她确定自己还没想好这个问题的答案，确切地说，她还没准备好考虑这个范畴里的问题。于是，她拿着勺子，清了清喉咙，问道："要不要再加个荷包蛋？"

第十八章 染血警花

担架上的顾世全然听不到旁边的声音。她的表情平和、舒展，如果不是她紧咬着嘴唇，似乎都看不出她有太多的痛苦。

纵使他的想象力再丰富，都不会预料到有今天的特殊礼遇。心满意足地用完一餐，张弛的精气神才一点点地回到了身体里。

顾世把空盘脏碗收过去，看了看满眼含笑的张弛，问道："你吃这么快，都尝出味道了吗？"语气里倒是毫无怨念。

张弛点点头，感慨道："真没想到你还挺有一手，胜过很多面馆的手艺啊。"

"以前我爸妈加班，我就靠这手艺过活。后来我长大了，我爸老了，胃病也有了，养胃也无非要注意饮食，我就专门给他下面煲粥。”

“那天你匆匆离开专案组，是不是还有什么其他原因？”张弛心念一转，突然问道。

顾世正在洗碗的手停顿了一秒：“我还能有什么其他事情，无非工作、运动，两点一线。”说完，亮晶晶的眼睛回看了张弛一眼。

张弛绕到她的身后，越过她的身体，假意要取玻璃杯。他能闻到她发丝上洗发水的味道。

她身体不自然地避让了下，但还是在张弛身体的笼罩范围里，他探过头去，近距离地看着她，她的脸一点点地红起来。

“看来，有些事，你从来没有告诉过任何人。”

“每个人都应该有些秘密，不是吗？”顾世并不否认。

“即使对父母、对朋友，都是这样？”张弛追问。

“你呢？如果有什么不愉快的回忆，你会和朋友倾诉吗？”

“男女并不一样，遇到事情，男人喜欢独处来释放压力，女人需要倾诉来排解压力。”张弛仰头喝了几口水，滚动的喉结和温热的臂膀近在咫尺，“你不应该对自己要求过高。”

“不过你忘了，女人的性格也不尽相同，我不喜欢逛街购物，不喜欢八卦闲聊，你完全可以把我归类为男人。”顾世无所谓地耸耸肩，继续洗碗。她的心还在狂跳，这是长久以来，不再让她触电般躲闪的唯一的男性身体。

“如果我告诉你我的故事，你会不会也和我分享？哪怕一点点？”张弛往后靠到冰箱上，眼神清澈地看着顾世。

顾世迟疑了半晌，过去那一幕幕屈辱的画面迅速地从眼前闪过，她坚定地摇了摇头。

“无论如何，我愿意和你分享我的。”张弛显然对她的反应并不意外，他察觉到了那一瞬间她的表情：无助、痛苦、孤单，她好像掉进了一个可怕的黑洞，旁边没有任何东西可以攀附。

隐约地，他似乎能想象到些什么，但并不确定这种想象是否真实存在过。不管怎么样，他不想勉强她。

顾世是个很好的聆听者，她安静地坐在沙发上，听着他娓娓道来。张弛并没有料到自己会和她透露那么多心里话，从小时候最爱的弹珠游戏到初中时的篮球帮主，从高考志愿的擅自改动到因为想考警校和爸妈闹翻，张弛言无不尽。他明知道恋爱的技巧之一就是有所保留、保持神秘，却禁不住邀请她了解自己的人生体验。

几日后，专案组结案，盗窃案真凶到案，张弛要约顾世下馆子庆祝，她婉言拒绝，理由是“我要去游泳馆，时间来不及”。

张弛落寞地一个人到馆子，让樊指导员兑现之前的承诺。吃饭时聊到这一段，老樊就放肆地开怀大笑，逗他：“你好歹也算是个情场老手，没想到这次还是栽在了感情问题上。过往的方法论都到哪里去了？”

张弛也不窘迫，笑着喝了口啤酒，自嘲道：“技巧、策略都是理性时的产物，真的碰到喜欢的人，脑子里这些东西都被格式化了，魔法失效了。”

“顾世是个好姑娘，好几年没人能靠近她，就看你小子能不能追到了。你有没有搞定她老爸？”老樊笑问。

张弛并不明白顾志昌的态度，自己的心意是否早已经被洞悉？张弛细想起来几次自己和顾世独处的机会倒是顾志昌创造的，至少表明不反对吧。

隔天早上，张弛坐在办公室里，回想着昨天老樊的提醒，觉得不无道理，索性起身去顾志昌的办公室里擦桌、扫地，把自己带来的上好茶叶装满顾志昌的茶罐。等这一切都做完，顾志昌还没来。

他转到其他办公室打探，有人告诉他："早来了，你师傅你还不知道？七点半必定坐在食堂里。"

他正想着怎么回事，顾志昌的电话就打来了，声音有点上气不接下气："小张，你快点下来，我在局门口的地铁站台里。"

张弛急忙问："怎么……"

顾志昌打断他："你再打个120，就说地铁站有人受伤，自己也赶快过来，要快。"

师傅的声音遥远而又陌生。他从来都是镇定自若、不紧不慢的音调，没有如此惊慌失措过。

他冲回办公室，按照师傅的嘱咐打好电话后，想了想，又回内勤那里要了个医药箱，就百米冲刺般一路朝地铁站飞奔。

张弛一进站，就看到一群人围在一个地方，他跑过去一看，只见师傅半蹲在地上，脸色发白，抱着一个人，在师傅怀里的正是顾世！

她双眼微闭，腹部的衣服上满是血液，鲜血还在不断地涌出。顾志昌的手按压着她的伤口，把她的整个身体搁在自己腿上，另一只手每隔几秒就拍拍她的脸，让她别睡，尽量保持清醒，但并没有用。

“师傅，我来了！”张弛轻唤了几声，好像顾世只是睡着了。

顾志昌抬起头，眼眶红了一圈。

张弛来不及问来龙去脉，把人群疏散开，盘坐在地上，打开医药箱，找出止血带：“师傅，车还有两三分钟就到了，先帮她止血是关键。”

顾志昌瞬间苍老了很多，此刻变得完全没有主见，无力地点点头，听凭张弛的安排。张弛刚从他的手里轻轻地接过顾世的身体，顾志昌就瘫坐在了一旁的地上。

张弛鼓励地看了他一眼：“师傅，放心，有我在，不会有事的。”

顾志昌垂泪点点头。

张弛动作麻利地开始进行简易的包扎，之前在警校里加修的课程，现在到底是派上了用场。等做完了这些，救护车呼啸而至，张弛帮助救护人员一起把顾世抬到担架上。顾世看似苗条的身材，此刻好像失去了灵魂，变得异常沉重。

张弛抹了抹手上的血，匆忙打了个电话，回头对司机说：“师傅，请开到汾杨医院。”

顾志昌脚步踉跄地上了救护车，张弛接着也上了车。顾志昌呆呆地盯着女儿，紧紧握着她的手，不肯松开。

张弛安慰道：“师傅，让医生检查一下，如果排除内出血和大动脉受伤的情况，就问题不大了。汾杨医院是最近的最好的急救外科医院，我叫同学在那里准备好接应了，他们的外科主任会主持手术。”

顾志昌点了点头，松开顾世的手，救护人员一下子围了上去，开始上各种设备。他一下子老泪纵横，只是喃喃地说：“我就这么一个女儿啊……”

“这小姑娘怎么受的伤？”医生一边急救，一边问道。

担架上的顾世全然听不到旁边的声音。她的表情平和、舒展，如果不是她紧咬着嘴唇，似乎都看不出她有太多的痛苦。

“我也不清楚，她给我打电话，说在地铁站受伤了，然后好像晕过去了。”顾志昌抹了抹泪，“轨交民警说是她在帮忙追捕小偷，人群里冒出来一个小偷团伙里的成员追着她跑，她只顾着追人，一不留神被捅了。”

“你们都是警察？”另一个医生在忙碌的间隙，打量了他们一眼，指指两人的警服。

“这么漂亮的姑娘，做这么危险的工作……”说着几个医生都不禁摇头惋惜。

两人脸色沉重，相对无语。这一刻，警服更像是一种嘲讽，他们平时为素不相识的人保驾护航，现在，却连救自己的亲人都做不到。

一下车，张弛第一个冲下来，小心翼翼地接手担架，轻轻把一头放稳在地上。老同学等候在院门口，看到这个情形，一边快步上前帮忙，一边叫来护士接应。顾世很快被推进了手术室。

张弛和顾志昌在走廊里等待，顾志昌还在自责地捂着头絮叨：“我起床起得早，早知道上班路上发生这种事情，我应该等等她，和她一起走。”

张弛挽住他的手臂，用力地拍了拍：“师傅你也别太自责了，这种事情谁都预料不到。”

“怪我，从小把她当男孩子养，才让她跑得比谁都快，看到不公平的事，比谁都爱打抱不平。”

顾志昌指的是顾世从初中起就是短跑运动员，健将级别。如果顾世不是因为在一次赛事中受伤，很可能就代表中国队参加奥运会了，也就不会有后面的考警校、以及遇上自己，张弛在心里默默庆幸。

张弛递给师傅一支烟，顾志昌疲惫地摇摇头。他只好一个人默默地到医院的小花园里抽烟。之前顾世每次看到有人抽烟，都面露鄙夷，现在，他却忍不住，需要抽一口来提提神。

顾世苍白的脸、鲜红的血让他心痛，师傅毫不掩饰又无法掩饰的脆弱让他心痛。他打了个电话给轨道交通警校的同学，很快确认捅人的对象被控制住了，正在讯问。他握拳在空中一挥，总算觉得心里平静了一点。

他转身回到走廊里，能做的只有陪伴这对相依为命的父女。顾志昌正在低头看着手机，里面都是顾世小时候的照片和一家三口的合影。

“师傅，师母如果知道女儿被培养得这么出色，一定很欣慰。”张弛凑上去，仔细端详手机里的照片。上面小小的顾世和现在的面容没什么大的变化，有点一步到位的少年老成，满脸的倔强孤傲。唯一不同的是，照片里的她笑得很甜，亲昵地挨着母亲的肩撒娇。

顾志昌慢慢地摇了摇头："如果知道女儿也当了警察，我老婆会不舍得的，肯定第一个不答应。"

"那顾世怎么还是考了警校？"

"一开始，她因为她妈妈的过世一直心情不好，我又经常加班，她常常一个人在家，别人逗她说长大后做什么，她就回答反正做什么都不会做警察。后来有一天，她开始天天晚上都哭，哭了整整一个礼拜，突然对我说以后一定要做警察。"

"什么原因呢？凡事总有原因吧？"

"不知道是想妈妈了，还是受我加班的影响，我到现在都说不上来。总之，从这以后，她的个性更内向了，更不爱说话了。我这个父亲当得挺失职的，整天脑子里都是案子。孩子有什么心事，都不愿意和我说，唉。"他抬头不时朝手术室看。

"师傅，一个大男人，拉扯大一个女儿，已经很不容易了。"

"谁说不是呢？但我做了父亲以后，总觉得做得不够，太亏欠孩子。"

"你就别多想了，不要再苛责自己了。"张弛递了张纸巾给他。

表示手术正在进行的红灯还亮着，两个人都屏息继续等待。

窗外月色怡人，白日的喧嚣渐渐寂静下来。低弱的呻吟、平稳的喘息还有偶尔的脚步声，组成了病房里的主旋律。

今天是顾世入院的第五天，早些时候她刚刚由重症病房转入普通病房。在她大失血昏迷的两天里，分管刑警队的副局长、政治处领导、刘队、小吴等一众同事都来看望过她，床头堆满的果篮和鲜花都是证明。

顾志昌不间断地陪了两个日夜，顾世醒来的那一刻，他一兴奋血压飙升，当时就脸色不对。

张弛主动请缨接替他，并慢慢熟悉了外科的护士排班、医院的作息节点、邻床的家属……顾世推辞，张弛执意说自己是完成师傅交代的任务，还是一下班就过来，带些自己炖的杂粮紫米粥、燕窝银耳羹。张弛后来索性搬来了一个迷你冰箱放在床尾，里面塞满了白天给她进补的鸽子汤、黑鱼汤等等。

“人家不知道的以为我坐月子呢，哪有这样一日三餐三点的？”顾世有点受不了张弛的盛情。

“管别人眼光干吗？你身体底子原来就不错，不存在什么‘虚不受补’的讲法，还不用怕发胖，能吃得了尽管吃。”

顾世无可奈何，只好恭敬不如从命，想到老父亲兴奋到晕眩的一幕，只能闷头吃，让他们都放心。

只要张弛一进门，病房里其他的病人就艳羡地看过来，有些老阿姨就倚靠过来说些“小伙子长相真好，对女朋友照顾得绝对用心”之类的话，顾世不胜其烦，后来索性闭目养神。

张弛不在意地笑笑，就在旁边看书或是翻看材料，两人相安无事地在这个相对封闭的空间相处。

一日，已过了探视时间，一个穿着白大褂的女人寻寻觅觅地找到了顾世的病房，顾世正斜靠在床上喝着张弛带来的海参小米粥，一抬头就和她的眼神对上了。

“你就是顾世吧？”女人的皮肤保养得不错，戴着一副金丝眼镜，文绉绉地笑问。

顾世听到带这个女人进来的护士说：“李主任，那我先去忙了。”顾世心里就都明白了，这个女人正是陈庭的母亲，她是这个三甲医院的中医科主任。

“听庭庭说同事在这里住院，他工作忙，我特意代他来看看你。怎么样，现在的感觉如何？”

顾世不置可否地笑笑：“还算习惯吧。”

旁边的护工阿姨机灵得很，一边扶她坐起身来，一边插话说：“小姑娘不好意思说，这里的四人病房到底还是休息不好的。她刚做过大手术，需要好好休息才能恢复呢。”

“我刚才问过你的主治医生了，这次幸亏送得及时，初步止血做得比较到位，否则情况真的蛮危险的。不过好在应该不会有什么后遗症。这里的单人病房蛮紧张的，我去帮你问问。”

“不用不用，您别听王阿姨瞎说。请您代我谢谢陈庭。之前就听说他来看过我，只是那时候我睡着了，后来还是我同事告诉我的。今天还惊动您了，真是谢谢你们的好意。”

送走了陈庭的母亲李亚娟，顾世觉得有点累了，又躺下来，可怎么也没心思闭目养神了。她看了看时间，张弛刚才发了消息说要加班，大约还有半小时就会到。

王阿姨好奇地凑上去问：“那个医生看你的眼神，怎么像是在打量儿媳妇一样？她到底是来看你的还是来摸底的？”

“这都被你看出来了？眼睛够毒的啊！”顾世笑她。

陈庭的母亲精明打量的眼神、客套虚伪的笑容、不露痕迹的套话，都让她从骨子里感到不适，连大大咧咧的王阿姨都察觉到了气氛的诡异。直觉告诉她，陈庭并不知道她的来访，那就当这件事没发生过吧。想到这里，她不禁有点同情陈庭。

张弛蹑手蹑脚走进病房，和王阿姨交接的时候，是晚上九点。扶着顾世刷牙、洗脸后，他就拿着笔记本，躺在旁边的单人行军床上，静静地看着顾世。

从任何一个角度，她的素颜都让人百看不厌，她的头发性感地垂落在鼻尖，睫毛长长的如同停在花骨朵上的蝴蝶，即使休息时，还是透出一股精致又敏感、脆弱又强大的独特气质。

与张弛之前接触过的女人相比，顾世好像是纯天然、无添加的健康食品，很多人会觉得寡然无味、敬而远之，他却一直觉得她秀色可餐。张弛看着看着，手里的笔记本突然滑落到床下，顾世听到声响，朝他这里看。

“队里最近有什么案子？”顾世看他敏捷地拿起笔记本，问道。

“可能又是个英雄无用武之地的案子。”张弛苦笑。

顾世将信将疑：“你跟去现场没有？”

“跟是跟得紧，思路有点掉链子。”张弛坦诚道。

张弛看着她鼓励的眼神，明白她虽然不言谢字，却是想用业务上的经验来帮助自己。她这几日脸上渐渐有了血色，反正此刻她睡不着，其他病人也还没睡，小声讨论一下案情，说不定会有意外收获。

这个案子紧接着顾世被偷袭事件而来，因为顾世不在，技术组特别聘请了兄弟单位的资深痕迹专家来勘查，陈庭进行协助。

现场位于一处小众的主题酒店，借鉴了日本的情侣酒店，通过自助式服务入住。酒店的房间里没有主灯，通过灯带进行气氛营造，窗户大多密闭，窗帘紧拉，昏暗阴郁。

酒店的客房员工在打扫房间时，发现门锁已被损坏。这间客房是帆船主题的，吊顶上透出悠悠蓝光。她看到地上有一团浴巾，刚要走近捡起来，才发现浴巾下面有东西——一具瞪眼吐舌的年轻男尸！

“他脖子间的绳子是房间里墙上帆船模型的装饰用绳。”张弛强调道。

清洁工看到这个场面，连跑带叫地逃出来，把其他住户都引出来不少，有个别大胆的还走进去看个究竟，但无一不脸色铁青地快步走出来。

“这帮住户是把现场当成真人版‘鬼屋’了，这样破坏现场，成什么样子了？！”顾世直摇头。

第十九章 绳子上的血

在目前的季节里，以宾馆的室内温度，如果要让一根吸饱了血的绳子在移位时不出现拉丝现象，至少需要二十分钟。

“现场的线索，即使有的人看到了证据，也不一定能发现什么端倪。入门方式是怎么样的？”顾世侧头问道。

“这个案子的疑点之一就在门锁上。门锁在保洁员进入房间之前，就被整个卸了下来。”

“还有其他什么不正常的情况？”

“房间的床头柜我觉得也有问题。”

“被撬了？”

“如果只是被撬了，也就没有异议了，但是我们的技术人员对抽屉上的螺丝刀撬压痕迹的深度、角度，以及对抽屉、床头柜台面的作用力等现场痕迹都进行了测量。我想，大概技术人员也察觉到了什么。”

“抽屉会不会是用钥匙打开的，而只是被伪装成了撬开的样子？”顾世推测道。

张弛点点头：“现在还不知道答案，但我的直觉是如此。同样的，门也让我有了这个疑虑。”

顾世进入了分析模式，头头是道地说：“有直觉是好事，但是我们还是要依靠现场的证据说话。具体的拆卸方式，反映了作案人或伪装者的心态，通过对门锁和地面遗留的碎屑微量痕迹形态的解读，无论难易如何，最终应该都能看清真相。这么说来，应该有结论了？”

“目前还没有，这个案子难点重重，领导想让我再画像试试。”

“这是挑战也是机会。只是，他们确定这个案子有作画条件吗？”

“我的难题就在这里。”张弛有点无可奈何，“现在不确定因素太多，案子的难点倒是非常确定。”

“没有目击者？”

张弛点点头：“岂止是没有目击者，连受害人用来登记入住的身份证都是别人的。”

“寻线追过去查无此人？”

“不算完全查无此人，只是找到那人，他说他和受害人是在路上偶遇的，自己就住在旁边的小区里。死者之前和他约定了时间，每次都给他点好处。这一次去却扑了个空，到头来，他连对方的个人信息也一问三不知。”

“那这条线算是断了。”顾世惋惜地说，“死者身份确定了没？”

张弛苦笑：“死者家属很不配合，支支吾吾、拖泥带水，很多信息不问就不答。问的时候就觉得不对劲，最后查下来，果然！今年半年里，他的入住信息就有六十多条。”

顾世蔑视摇头：“原来是习惯性召嫖，多大年纪的人？”

“你完全想不到！一个二十五岁的小伙，相貌毫不猥琐，五百强企业的销售经理。据说入职半年就拿了小组第一。晋升很快，目前都是大中华区的销售主管了。”

“精力够充沛的，忙里偷闲，一点都没浪费时间。”顾世思索着，转向张弛说，“这样的话，电话和网络侦查这块可以跟一跟。”

“刘队他们早想到这点了。”

“死路一条？”

“难啊，至少目前有点跟不下去了。他随身的手机现场没有找到，视频线索也没下文。网上侦查的阻力也不小。”

“所以，大家把希望寄托在你身上，也就顺理成章了。视频条件不好吗？”

“你还记得上次我根据视频画像的过程吗？结果是不是很悲剧？”张弛都不忍提起那不堪回首的一幕。

“没有两个案子是完全一样的，以前的不成功不代表你眼下必然会失败。何况你最近连破大案，说明水准早就突飞猛进了。”

“我照顾你是师傅给我的任务，你不用这么鼓励我来报答我。”张弛难为情地挠挠头，顾世的一反常态反而让他有点不习惯。

顾世的扑克脸都被他的极其少见的腼腆逗乐了，她捂嘴笑起来：“原来是有这个顾虑。”

“这个并不算顾虑，我最大的顾虑是，大家都把破案的希望寄托在我身上，可是，如果视频里出现的人根本就不在作案时间里，我不是又让大家空欢喜一场。这样的话，比画得不像更让我接受不了。”

顾世恍然大悟，她沉吟了一会儿，关照张弛明天去局里要做几件事，还郑重其事地让他写在本子上：“有了这几点，我就能帮你治好这个心病，到时候再画不出，可别找借口了啊！”

“Yes,Madam！”张弛朝顾世敬了个礼，欣然在工工整整的笔记上，画上了重点符号。

“今天有人来看过你了？”他看了看床头的新鲜水果，不经意间问道。

“哦，是中医科的李主任。”顾世淡淡地说。

张弛的脑子飞快地搜索着，李主任……不就是陈庭的妈妈？

顾世不朝他看，只是继续闭目养神，脸上不起一点波澜，似乎有他在边上就特别地安心。

看着顾世的漠然反应，他放心地哦了一声，一骨碌躺了下去，继续盯着顾世的侧脸发呆。

张弛闭上眼睛，想着顾世叮嘱自己的认真表情，一阵难以言说的喜悦涌上心头。这本不是她的本职工作，完全可以不管。法医尸检报告出来之前，张弛的画像就要进入倒计时状态。她这样做，无非是为他争取时间。

“证据是一种客观存在，是不因任何人的意志转移，最不会说假话的。”顾世一直坚持这样的理论，相信通过重建现场可以最好地还原真实。

她叮嘱的焦点集中于现场勘查中的几个细节。这些都可以用来确定死者遇害的时间，以及嫌疑人的主要作案动机。

“留意绳索在现场离开尸体时的异常。”

“你是指什么异常？”

“绳子的形态，残留血液的状态。”

张弛细细观察现场勘查时的录像，翻看每一张现场照片。如果不是顾世提醒，他根本不会留意到这些细枝末节。真是如她所说“看到的，不一定会发现”。

他在电话那头迫不及待地向她汇报：“绳子离开尸体的时候，沾了部分凝结的血液，没有残余的血滴下。”

“掉在地上的绳子有没有浸在血里的部分？”顾世只能遥控指挥着。此刻，张弛就像她的眼睛，带她去看到现场的模样。

“我再找找。”那头是纸张翻动、鼠标点击的声音，“找到了，然后呢？我没看出有什么不同。”

“就是说，绳子离开地上的血时，没有拉丝状态？”顾世在那头追问。

“至少我没看到。”

“绳子所在的地上和附近区域，有没有血丝？也就是绳子移动的印迹？”

须臾片刻，张弛激动地回答：“有！”

张弛感觉自己像是黑暗里摸索的盲人，顾世领着他弯弯绕绕地走，自己却不明白到底是避开了什么、经过了什么。

现场的痕迹果然在顾世的预料范围之内。

顾世解释道：“在目前的季节里，以宾馆的室内温度，如果要让一根吸饱了血的绳子在移位时不出现拉丝现象，至少需要二十分钟。”

张弛顿觉眼前豁然开朗，他大步走到窗前，兴奋地问：“也就是说，犯罪嫌疑人在受害人死后，至少多停留了半个小时？”

“我现在不能下这个结论，只是可以先暂时保留这样的疑问。现在你应该去看看我说的第二点了。”

顾世指的是去重点询问下现场指纹的细节情况。

“如果你描述无误，按照我的理解，这个床头柜的桌面应该长于抽屉的面板，那么你需要确认的就是指纹在这块区域内出现的位置和形态。”

“提取到的那枚指纹，在抽屉面板的外侧上方。”张弛翻阅文件后，告诉她。

“形态呢？”

陈庭在旁边小声告诉张弛：“指纹的最上端，紧贴面板处，是半包裹形的。”

张弛一字一顿地传话。

“你问陈庭，这样的情况，说明了什么问题？”

陈庭意识到顾世在问自己，一时切换不过来。他的思绪还停留在帮她做点什么药食同源的补汤上，好让母亲下班前捎带过去。这个问题他从没思考过，也说不上来。

顾世等不及地在电话里说：“正常情况下，人的手不可能在抽屉密闭状态下够到这个地方。只有在拉开抽屉时，才能停留在这个位置。”

“所以可以判断，这个撬锁状态是伪装的？”张弛问道。

顾世毫不犹豫地给出了肯定回答。如此一来，张弛完全放下了心，需要做的只是从监控视频里抠出画像来。为什么说“抠”呢？是因为视频像素实在太低了，没有正脸像，面部暴露最大部分的一帧图像是女人在等待电梯时，回眸一看的侧脸。

这天到医院的时候，顾世一看到他就惊叹：“你的眼睛怎么了？”

张弛自己没觉得有什么异常，顺手拿起床头柜上的一面化妆镜一照，才发现，眼白部分全都充满了血丝。他无所谓地放下镜子：“今天看视频的时间有点久。”

他只是轻描淡写的一句话，眼珠和脑袋同时快要爆裂的感觉却只有他一个人能体会到。没人知道自己是怎么一帧一帧地盯着一段五分钟不到的视频全神贯注地看了四个多小时的，点鼠标的手指都红了。

小吴凑过来看，直摇头：“光线那么暗，我只看出是个人，分得出男女。如果这也能看清脸，可就成仙了。我看悬。”

张弛笑笑，没接话。难度高自然在预料之中，抱怨感叹都没有用。前三个小时，他的画板一直空白着。他变换距离站位，盯视着大屏幕，恍惚间，似乎从模糊的马赛克中分辨出了什么。与其说是分辨出，倒不如说是根据对人体面部结构的熟悉程度推测揣摩出，但总感觉还缺了点什么。

“难度不小？”顾世淡淡地问。

他点点头，在她面前，似乎没有什么可掩饰的，可以安心做自己。

张弛洗净手，给她剥芦柑，一瓣瓣去了丝络，递到她手里。她的气色一点点好起来了，他的心也就一点点从空中沉下来，终于快着地了。她又是一贯地刨根问底道：“难在哪里？”

“像素低，脸部不完整，再加上灯光影响。”

“办法永远比困难多。”

“知道你会这么说，我在来之前总算完成了画像。”

“我想知道你是怎么克服光线问题的？毕竟这是视频画像里你头一次碰到的问题。”

张弛定定地看了看她，顾世嗔怪地回瞪了他一眼：“我知道模拟画像在十九世纪八十年代，就被巴黎人类学研究会的主席路易斯·阿道尔·伯尔蒂龙 纳入科学体系。既然是一门科学，还是刑侦科学，是不是应当采用一些刑侦辅助手段来增强效果？”

“英雄所见略同。”

张弛笑着和顾世讲述下午的经过：他合上画夹，就直奔出事的宾馆，在相同灯光环境下，请女服务员在走廊相同位置又用同种角度走了一遍，而后观察视频中的录像，揣摩许久，方才定稿。

“看来，你是误打误撞用了刑侦模拟实验，正好检验了你的画像？”

“不错，画完画像后，除了人体结构的合理性和完整性，我总感觉有点什么不对劲。后来看了一眼画室窗外，阳光普照，那真是茅塞顿开。”

顾世抿着嘴笑：“也就你说得玄乎。”

“还真不是故弄玄虚。你想，平时你们女人逛街买衣服，在商场里穿的效果像登上T台，回家后就感觉不怎么样，什么原因？”

“镜子、光线，还有营业员掌握了顾客心理的花言巧语呗。”

“对，光线对于身材的影响这么大，映照在人脸上当然也会造成一定程度的变形，变形的部位、程度，都直接影响了画像的精准度。”张弛看着顾世吃完，递了张纸巾过去，“不聊工作了，好像我们说到现在只有这么一个共同的话题。”

“不然呢？”顾世垂下眼帘。每次遇到这个话题，她好像都想要飞快地逃跑，这多少让满怀期待的张弛有些失望。

“今天医生和你说了什么时候能出院？”张弛掩饰住失落的表情，转身去收拾桌上的果壳。

“快了，如果想要这个周末出院也行。没什么大碍了，在这里怪闷的。”

“你是忙惯了，停不下来。多少人眼巴巴盼着补休和公休呢。”张弛扭头看着她的眼睛，“那正好，这周日是我的生日，请了几个朋友吃饭、唱歌，你也一起？”

周日的聚会，算是好事成双：张弛生日，加之主办的案件的嫌犯到案。嫌犯见了他的画像惊得毫无保留地供认了罪行，想以此获得减刑机会。此刻，众人都不用加班，轻松地用过一餐后，转战早就预约好的KTV包厢，年纪稍大的刘队、顾志昌都借口要休息，率先告辞。

大家都明白，他们是怕年轻人拘谨、玩不开，特意回避的。老樊却是个特例，一直和这帮年轻人打成一片，此刻和小吴两人正活灵活现地站在大屏幕前，坚持要给大家来一段暖场表演，作为送给张弛的生日礼物。

老樊正拿着话筒，模仿着犯罪嫌疑人，捏着嗓子，嘤嘤地哭："我就知道有这么一天，只是怎么那么快，我还没做好心理准备。"

小吴假装举了一幅画像："看，这不就是你吗？是你说还是我们说？你杀人的时候，心理素质倒是很强大嘛。"

老樊侧身朝小吴那里一看，捂住嘴大惊失色："呀！你们……什么时候给我画的？"

两人演得热火朝天，老樊粗大的腰身和尖细的嗓门形成巨大反差，加之大家轻松愉悦的心情，台下捧腹大笑一片，连顾世都摁着伤口的疤，忍不住大笑。

这时候，包房的门缓缓地在两人身后被推开了，何萌纤细的身形被两人挡住，眼尖的顾世推了推张弛，大家这才都注意到她的存在。小吴和老樊都停了下来，等着主角招呼客人，气氛瞬间有点冷场。

何萌一看座上客清一色是刑警队的人马，马上放下蛋糕，满脸歉意就要离开："我不知道今天是你们同事聚会，打扰了，我是来送个祝福就走的。”

张弛道谢，并不挽留。

不明就里的小吴上前：“别呀，来都来了，给我们寿星个面子，来了都是客，人多热闹，唱会儿歌再走。”

何萌又朝角落里的顾世看了眼，对方正友好地朝她微笑，欠身让出一个空位向她招手，张弛瞟了她们一眼，并不说什么，让大家开始点歌。何萌只能忐忑不安地走过去，坐了下来。

那段时间里，分局里关于张弛的什么传闻都有，他们说张弛很快就要被调到公安部，房子已经选好了；他们说政治处为他临时申报了一等功，就差最后公示；他们还说他的父亲生意场上有个朋友，是部里一个高官的战友……总之，评价褒贬不一，心态参差不齐。张弛每次听到这种消息，都是一笑了之。

顾志昌曾经对他有点刮目相看：“小子脾气不错，我像你这年纪的时候，血气方刚，听到这种流言蜚语早就动气了。”

张弛耸耸肩：“了解我或者尊重我的人不会这么妄加揣测，负面评论几乎都来自那些点头之交。我改变不了他们的看法，同样不会让他们不负责任的言论来影响我的生活。”

正是如此，当天的聚会张弛只请了队里相熟的同事，职业习惯聊着聊着会说到案子，外人在也不方便。还有个最主要的原因，自从当了公安，逢年过节备勤，有案子又要临时加班，爽约无数，圈外的朋友不知不觉就疏远了。

老同学何萌倒是有心，记得他的生日。张弛一再婉拒，说是小生日，不必破费，她还是坚持来送蛋糕。

顾世此刻端坐在何萌边上，近距离感受着这位前校花的风采。暗香阵阵飘散过来，初闻淡雅，后品性感，即使是女人也会为她的魅力倾倒吧，秀气不失妩媚的侧脸，精致立体。

另一个角落里，单身的刑警的眼神都被她吸引过来，尤其是小吴，恨不得和顾世换个座位。顾世注意到，何萌一直压制着崇拜的眼神，不时偷偷望向一个人，而那个人貌似全然不知，却把爱意浓浓的眼神直接越过何萌，抛给了她！

迟钝的陈庭都察觉到了，问老樊："张弛是不是也在追顾世啊？"

老樊笑着反问："'也'？还有谁在追？"

陈庭的脸涨得通红，包厢里的光线暗，没人留意到。

老樊借口要打点店里生意，和大家告别，张弛揽着他的背往外走，老樊走到没人的地方，转身就问："怎么，准备挑明了？"

"这不是被逼的吗？再不简单粗暴地表明态度，怕就变成脚踏两条船，说也说不清了。"

老樊点点头："也是，女孩子脸皮薄，注意给点台阶。别到时候，两边吃力不讨好。"

张弛感激地点点头，回到包厢里的时候，就发现何萌开始猛喝洋酒，还是纯的，赶紧示意小吴夺下。何萌不从，指名要和张弛对唱。张弛无奈，暗暗请示顾世，她皱眉，用表情告诉他"别啰唆了，赶紧唱吧"。他上前点歌，选择的曲目是《广岛之恋》。何萌显然是醉了，噙着眼泪唱完了这首歌，又坐在角落里独自喝酒，准备把自己灌醉。

"明天是工作日了，咱们早点散了，都回去休息吧。"过了一阵，大家都唱了一轮，张弛提出。

众人面面相觑，看向何萌。她微眯着眼睛，托着下巴，口齿有点含糊地说：“还没许愿，蛋糕都没吃，这哪里像生日？我亲手给你做的，都不尝一下吗？”

包厢里背景音乐回旋着，大家热闹地分了蛋糕，夸了何萌的手艺，她一直凝视着张弛，他感觉情况似乎有点失控。

“小吴，等会儿帮忙送下我同学。”张弛招呼道。

“没问题，保证安全到家。”

何萌突然站起身，踉跄地绕过桌子，瘫软在张弛身上，如同一根藤蔓一样抱住他：“你送我好不好？我只想要你。”

张弛从身上扒开她，交到小吴手里，让他扶住几乎站不稳的何萌：“这里就只有小吴没喝酒了。你们先回吧，安全第一。”

何萌被小吴搀扶着，到了包厢门口还扭头不甘心地问：“你不选我，真的不会后悔吗？”

张弛怔了怔，定定地看着她说：“老同学，我只能说，谢谢你。你我永远只会是朋友。”

何萌在原地呆站了一会儿，抹了抹泪，双手搭着他的肩，轻轻拥抱了他一下，头也不回地搭着小吴的肩离开了。

包厢里其余的人有的去洗手间，有的在专注唱歌，张弛松了口气，转身看向顾世的时候，她斜靠在沙发上，炯炯有神的眼睛也在看着他。他不再犹豫，径直朝她走去。

“你要不要先回去休息？我送你。”张弛贴近她的脸，在她耳边说道。包厢里的音乐太吵，他们只有这样才能听清彼此的声音。一股带着酒味的热气扑面而来，顾世刻意地躲闪了一下，听完静静点头。

“我今天并没有邀请她来，不过也好，把话说开了。”一走出包厢，张弛就和她解释道。

“你没有必要和我说这些。”

张弛快走几步，站到她面前，拦住去路，语气坚定地说：“你明白，有这个必要。因为我想让你当我的女朋友。”

顾世绕过他就要走，有点口不择言：“大家都是自由的，谁也不是谁的谁。”

“我允许你有这样的自由，但我不稀罕。我就想当你的男朋友，只照顾你一个人。”张弛上前挽她的手臂。

她轻轻甩开：“你并不了解我，怎么知道你我就合适呢？我们都不是小孩子了，不是说喜欢就能够好好相处的。”

“你连尝试都不敢吗？你到底在怕什么？你能给我个机会了解你吗？”张弛感觉长久以来的耐心快要用尽了，他好像走在了浓雾中，他奋力想要看清眼前的一切，却不能做到。

张弛拦了辆车，为她打开车门，坐到她旁边，熟门熟路地报出她家的小区地址。

“知道一切后，你是不会想继续了解我的。”这是顾世当晚说的最后一句话。而后，她就陷入了长久的沉默，或者说一种回忆中去了。

张弛不再追问，他知道，自己只有等。好在，冰山总有融化的一天。

一周例会，没有突发案件，专案也已结案，到会人员少见地坐满了会议室。

“这次网络召嫖引发的恶性系列杀人案件，给我们的工作带来很大的启发。”刘队在会上总结道，“首先，我们需要转换思路。以往，我们办案民警首先想到的是保留现场遗留痕迹等证据，对这些证据进行分析。通过几个案子的亲身实践和经验总结，我们发现，案件如果有目击者，记忆已随着时间的消逝而衰减或丢失，往往错过了模拟画像的最佳时机，进而降低画像质量。如果没有目击者，在发现案件错综复杂、找不到线索时，才回头想起模拟画像技术，这也是不可取的。模拟画像或者简单来说，张弛的工作，对我们刑警队就是如虎添翼，不可或缺。”

大家这时纷纷转向他，开始热烈地鼓掌。他谦虚地点点头，拿着本子继续记录。

“其次，我们也有必要注意到，提前一步工作的重要性。嫖娼、卖淫走向网络，给我们的破案造成了不小的难度，如何从源头上杜绝这些不正常的社会现象，管理这些既是受害者同时又可能随时转化成加害者的社会边缘群体，是个不容忽视的议题。我们也已经把相关的案件情况通报各地区基层，让大家引以为戒……”

张弛一抬头，正巧看到顾志昌在朝他挥手，示意他到会议室外说话，他放下笔记本，就弓着腰，悄声离开了会场。

“最近案子顺风顺水，师傅要提醒你，得意时得夹着尾巴做人，否则骄兵必败，这道理你懂吧。”

“师傅，叫我出来不光是为了这件事吧，您有话直说。”

“先要告诉你个好消息。公安部命令，市局牵头，分局筹备，这个月底给你开辟‘张弛个人工作室’。”

“这在我们市都破例了吧，不太好。”张弛反而有点忧心忡忡，他只想安静作画，高效破案，如今名声在外，不是他的本意。

“上头的命令，还要给你颁发我们市里唯一一个刑事模拟画像专家聘书。你心里应该明白，这对你个人是把双刃剑，从今往后，只能硬着头皮把活干好。实至名归，谁也说不了你。”

“这么听上去，又有活儿了？”张弛莫名地兴奋，比听到之前的好消息要高兴得多。

顾志昌点头，给他看了一条手机消息，告诉他：“回头我转发给你具体联系人和路线。从现在开始你要做好心理准备，上头给你工作室就是从行政上方便你到处跑，协助破案。别人都以为模拟画像的方法简便直接，画像师一支笔就可开始工作，画像手法灵活，特征表现随心所欲，是一种非常有效的方法。但你应该明白，这件事要坚持做好并不容易。”

“这次是什么案子？”

顾志昌笑呵呵地说：“现在能找到你这里来的异地案件，都简单不了，案情也轻不了，到了那里，就知道了。”

“师傅，你又卖关子。什么时候出发，总能告诉我吧？”

“这当然了，刚才我问了下值班组的人，陈庭答应等会儿来送你和顾世去机场。”

“顾世也去？”

“顾世也要出差，你们坐同一班飞机，不过你去的地方出了机场还要再坐长途巴士，现在就回去准备准备简单的行李吧，晚七点大院车库前碰头。”

张弛咧开嘴毫不掩饰地笑着答应。

“这个答案满意了吧？”顾志昌两手在胸前交叉环抱，饶有兴致地看着他的反应。

难道是师傅听说了什么？他说的“满意”又指的是什么？张弛解释不清，只好不置可否地笑笑，快步离开。

老樊正送完餐，在走廊角落里抽烟，听到他们的对话，在张弛离开后，凑上去说：“这小伙真不错，你说是吧？”

顾志昌含笑注视着张弛魁梧的背影、大气的走姿，点了点头：“可惜我老了，做不了主了。”

“别看小顾表面倔强，其实还是很尊重你的意见的。有时候缘分也需要平台和催化剂。”老樊继续“煽风点火”。

顾志昌笑着调侃道：“你自己的个人问题解决了没？再怎么着急也应该是你的事情比小年轻们着急，再下去，真的就是黄昏恋了。”

“我不急，随缘随缘，一个人也挺好。谈了总会忍不住和原配比较，看不上别人的这个那个，其实自己也没资格这样挑挑拣拣，何必去伤害无辜的人呢。”

顾志昌点点他的胸口：“明白就好，你也是个重情的人，这想法没错，谁也不要伤害谁。孩子们的事，就让他们顺其自然吧。有缘分总能走到一起的。”

第二十章 怪梦

张弛浑身抽动了几下，迅速睁开眼睛，他抹去额头的虚汗，坐起身来，靠着床头柜静静思索了一会儿。现在只是夜里十一点不到，之前他从实验室回来，两顿餐未用，几乎是一沾到枕头就睡着了，还做了这个奇怪又逼真的梦。

星星点点的引航道上，飞机依次缓缓滑翔起降。张弛和顾世并肩坐着，一人手握一杯咖啡，坐在登机口外的候机室。两人出神地望着落地玻璃窗外，机场里灯火通明，机场外流光溢彩，这是纷繁工作之余难得的悠闲。

张弛很享受等待中揣测谜底的感觉，现在的他对复杂的案情依然会有忐忑，但少了起初对于未知的恐惧。自己的工作无非就如同驾驶飞机，无论机型如何、旅客多少，最终目标都是按照既定的原则，安全地抵达目的地。

他们都没有托运行李，张弛没有想到的是，顾世也同他一样，带了一个二十寸的登机箱来容纳个人物品，果真是个朴素极简的女孩。她的手机没电了，想要从行李箱里找个充电器出来，让张弛帮忙拿着咖啡。

她的硬壳行李箱不是粉色系，也没有贴着花哨的贴纸，黑灰的千鸟格纹路，典型的禁欲系中性风格。里面的物品都用收纳袋分门别类装好，放得整整齐齐。可是被顾世找东西一捣腾，箱子就再也合不上了。她拉开了扩容拉链，用力按压，还是无济于事。

“我来试试吧。”张弛把杯子又递还给她。顾世将信将疑地看着他，只能让他一试。

张弛挽起袖子，蹲下身来，把行李箱转向背对走廊的一侧，在旁边的地上摊开一份报纸，开始一样样往外取东西。

顾世大惊，站起身想要阻止：“你这是干什么？”

张弛表情平淡地扭头：“放心，我不会弄坏你的东西。不拿出来，怎么整理呢？摆放也有技巧，你看我从头来过。”

只见他动作利落地把物品按照易碎程度和体积大小分门别类，依次放入箱子一侧。而后又在顾世的强烈抗议中，将一些外套服装卷成圆筒状，见缝插针地放入缝隙中。不到两分钟，行李箱内条理分明，轻松合上。

“放心吧，等你穿的时候，衣服一点都不会皱。”

“这都是谁教你的？”

“觉得我不该干这种婆婆妈妈的活？”

顾世慢慢品咖啡，睫毛扑闪着：“比我预想的要好得多。”

“一个人习惯了，去哪里都是自己打包。不过看来这项技能现在有用武之地了，以后可以帮你。”

顾世莞尔一笑，张弛看着她放松愉悦的样子，心念一动：“其实，刚才少放了一样东西进去。”

“没有漏什么吧，我看着你都放进去了。”

张弛从自己的行李箱里取出一个环保袋，她接过打开一看：两板百分之七十纯可可的黑巧克力，一副全新的防雾游泳镜，一只简易手机，还有一瓶“防狼喷雾”！

顾世忍不住笑：“你觉得空手道黑带需要这玩意儿？”

张弛把喷雾和手机重新放回环保袋，再帮她把这几样东西塞入随身背的包里：“手机装了电话卡，里面存的紧急电话就是我的号码。”

顾世的脸一点点红起来，嘴上还坚持着：“我们的确是接触了不少社会阴暗面，但不代表到处都有坏人。”

“我不管，我不在的话，只有这样才能保障你的安全。”

张弛没有告诉她的是，他只会对自己的女人做这些细枝末节，省掉嘴上甜言蜜语的功夫，花心思为对方考虑每一件事。

好在，以往那个冷若冰霜的人不见了，只有眼前并肩作战的美女警花。看着顾世羞涩又感动的微笑，回想自己集合前，晚饭都没来得及吃，就特意跑去进口食品超市和手机店采购的过程。这种费神费力的事情，原来也是甜蜜多过负担的。

登机落座，已是晚上十点半。顾世一上飞机，就从包里取出毯子、靠垫，快速启动睡眠模式。两个多小时后，飞机开始缓降，滑轮落地一刹那的震动，她从睡梦中惊醒，一侧脸，正对上张弛的双眼，他正一只手帮她提着毯子的一角，而自己的一只手正和他十指交叉相握。

看顾世愣在那里，却没有挣脱，张弛就把毯子往她肩后塞了塞，自然地轻推她的脸放在自己的肩上，在她头顶轻声说："快抓紧安心睡吧，到了我会叫你的。"

顾世窘迫中只能闭上眼睛，却再也睡不着了。迷糊中，他温热的脸好像靠在了自己的头上，或许在外人看来，他们就是一对普通情侣。只有她知道，自己能够不抵触这些肢体碰触，张弛是等了多久，才等到了今天的亲密接触。

一切温暖又可靠，正是她所期待又未曾敢想象的场景。只是，半年前，她也未曾料到，对象会是自己曾经鄙视的耳钉男。

长途巴士在浓墨黑夜中穿梭，周围一片鼾声。张弛靠在车窗上，丝毫没有睡意。窗外的景色荒凉陌生，巴士如同开往地狱般一次次闯进愈加厚重的黑暗，整个车厢如同被墨汁浸透的海绵，塞进了郊区小镇特有的萧瑟之中。

这孤寂并没有席卷张弛的周遭，他打开手机，反复翻看刚才悄悄拍下的照片和视频，顾世的脸色平静安心，甚至还带着一丝隐隐约约的甜笑，这一幕足以让他在接下来的几天里浑身都充满力量。

他交出了满意的答卷，她就欣然接受了他，只是这么简单吗？

张弛明白这和办案一样，真相远远不止于第一个答案，往往兜兜转转，在一个不经意的角落让苦苦寻觅它的人茅塞顿开。他不知道是否接近自己的预期，但能够明了的是，那层始终包裹顾世的黑冰正在悄然融化，消融的冰水甚至甘甜清冽，润泽了她长期以来孤僻紧闭的心田，让她的一切都生动鲜活起来，不再像以往那样把自己拒之门外。

想着想着，车就到站了，地区公安的负责人是个消瘦精干的中年人，看到他后明显愣了愣，但随即快步走上来，帮他提过行李后，紧紧握着他的手："您就是A市刑侦专家张弛吧。我是曲礼市刑警队的纪亮。久仰大名，终于把您盼来了。您比我想象中的还要年轻有为！"

张弛环顾了下四周，并没有其他人，他事先知道案件的总负责人正是纪亮，感动地说："您好，纪队，辛苦您大晚上还亲自来接我。"

"我没什么辛苦，主要是时间晚了，否则队里还准备夹道欢迎您，弟兄们都准备好了，考虑到后面连日作战，我就让他们都回了。您辛苦，大老远地到我们这偏僻地方来。先回去好好休息下，工作的事情我们明天再聊。"纪亮说着把他的行李放上一辆桑塔纳警车的后背厢，一踩油门，绝尘而去。

如果说队长独自来接风，让张弛颇感意外，那第二天的案情通报更是远远出乎他的意料之外。纪亮不做什么铺垫，开场就道："我们这个案子——五二九抛尸案，是悬案、重案。公安部特地为我们派来了A市刑侦画像专家张弛，请首席法医小郑给我们介绍下受害人尸检的情况。"

法医慢条斯理地介绍说："死者为女性，在五月二十九日当天早上五点多出现在力河下游中段位置，由当地晨跑的市民发现并报警。根据我们的系统检验，系被锐器刺破主动脉，失血性休克为死亡原因。鉴于当时浸泡时间远远超过七十二小时，力河中碎石撞击和鱼类啮咬痕迹明显，指纹无从识别。"

"在死亡时间范围内，我们召集了本市各区县还有力河上游邻近省市的失踪者家属，他们都在第一时间赶过来，经过辨认，都予以排除。"纪亮补充道。

"是不是因为死者面容变异情况严重，只能根据她残留的衣物进行判断？"张弛听到这里，心里一沉，马上面无表情地问。

"基本就是这样的情况，没有目击者，没有遗留嫌疑人的DNA，没有其他线索可以确认死者的面容和身份。而且在这具尸体出现后的第三天，几乎是同一片河域，又出现了年龄相仿的女性尸体。"法医打开笔记本电脑，将两个现场的照片并列排列，请张弛过目。

纪亮起身走到张弛身后，指给他看死者的颈部："同一个放血位置，同一种作案手法。对于保密的案情来说，这样不会是巧合。"

"只能说是同一个犯罪嫌疑人？"张弛说。

纪亮面色凝重地点点头："毕竟我们这里很多年都没有发生过这样的命案了，而且是接连两起，其中第二起还是一尸两命，情节恶劣，影响极坏。正是这个原因，上头很重视，命令我们限期破案。"

"限期？！能破案就不错了，真是不知道我们基层干活的有多难。”有个民警抱怨道。

“死者是个孕妇？”张弛问。

“没错，我们采集了胎儿的DNA，但是在现有的全国联网DNA库里都没有匹配对象。”

“其他还有什么有用的线索吗？”

“抛尸点现在无法确定，连死者的身份都无从判断，没法彻查死者的社会关系网，获取更多信息，更不用说怎么来分析犯罪动机和可疑人员了。”另一个侦查员直摇脑袋，“这就是个彻头彻尾的无头悬案。”

纪亮看着张弛，眼神里充满了期待：“弟兄们都想早点破案，但这个案子的确棘手。我们请您来，主要是希望能够借助您的画像，找到突破口，推进案件的侦破。”

“当然，能直接抓到凶手，那就更好了。”会议室某个角落里冒出了个声音，大家一片附和。每一张脸都充满皱纹、眼袋下垂。

张弛微笑，没有应和，沉下心来看屏幕上尸体的面容。皱眉看了一会儿，他提出：“尸体目前还在局里吗？”

“完成解剖后，就放入冷冻柜了。”

“我想看一看，更直观些。”张弛坦诚表示，“不过，对于浮尸的画像，我是头一次尝试，效果如何，我没有办法给你们答案，只能尽力。”

纪亮听他午饭都不吃，就要直奔尸体开始工作，已大为敬服，忙不迭说：“老弟，放宽心，我们的工作本来就都是充满未知数的，这样才有意思嘛。尽力就好，尽力就好。”

张弛跟着法医朝冷冻室走，手里忙着给顾世发消息："你那边情况如何，顺利吗？"

"得心应手。"顾世还补充了个笑脸，反问，"你呢？"

"我今天看来是要面对着一具浮尸吃午饭了。"张弛很快回她。

"恭喜你又中头彩，难上加难的案子都跑你这里了。"顾世调侃了一下，紧接着问，"你和我爸联系过吗？我打他手机一直没人接。"

"没有，早上一直在开会，说不定他在看守所，那里没信号。"

"好，我也没什么要紧事，那晚点再试试，你先忙吧。"

张弛看了这条消息，套了件外套，安心走进实验室。尽管之前有心理准备，但当第一时间看到这两具尸体时，纯粹的生理恶心还是一下子涌到了他的喉咙口。法医早有准备地递给他一个塑料袋。

"刚才就让你先吃饭，现在后悔了吧？"法医和颜悦色地说，好像在散步一样自然。

张弛用手按压胸部，忍住了胸口的翻江倒海，连连摆手："如果吃了，才后悔呢，全都浪费了。这不，现在正好，都省了一顿中饭了。"

的确，两具尸体的头部都已经高度膨胀腐化，即使在室温很低的冷库里，尸体特有的恶臭还是一阵阵直冲入人的鼻腔。面容更是恐怖狰狞，让人难以直视。法医都刻意保持了距离，无论谁看了都至少半天会没有食欲。

张弛却毫不介意地请工作人员帮忙，把两具尸体放到解剖台上，似乎已经很快适应了这里的环境。重新走近前问道：“确定年龄范围了吗？”

“年龄基本可以断定都在二十五到三十五岁之间。”

张弛无奈地笑：“这二十五岁和三十五岁的皮肤状况可完全不一样啊。”

法医一摊手：“现在的尸体条件，只能让我得出这个推断，根据骨密度和软骨测定，算是把范围缩到最小了。我理解你，复原人像的工作会比你平时的模拟画像难度更大，只能试试再说了。”

张弛没有回应，端了个椅子，索性坐在两张解剖台的中间，开始细细端详起来。法医在他身后看了会儿，体恤地递给他一支清凉鼻塞。

他会意地冲法医点点头，问法医要来了完整的尸检报告，读过一遍，又从包里拿出画夹，开始凝神盯视着其中一具尸体的面部。

这面部一点点开始变得模糊，从微张的嘴巴里居然爬出一条未知昆虫的幼体，白嫩粗短，层出不穷。张弛揉了揉眼睛，本能地往后退了退。这时候，蛆虫密密麻麻，越来越多，源源不断地从另一具尸体上的某个缝隙钻出来，一条条滑落到地上，有一两条开始往张弛的鞋背上爬。

法医走远了，整个实验室里除了他和尸体、仪器，空无一人。张弛慌乱起身，地上不知何时布满了蛆虫。他连忙挪动了两步，想要避开，却没留意到脚都踩到了这些生物的身上。

它们如同白色的潮湿苔藓，湿滑黏稠，他重心一歪，另一只手猛力一撑，解剖台被重力翘起，其中一具尸体从上面滑落下来，着地的那一刻，尸体上的白布掉了，剖开的胸腹腔扑倒在地上。白蛆如同洪水般，以湮没一切的气势朝四面八方用惊人的速度蠕动……

张弛浑身抽动了几下，迅速睁开眼睛，他抹去额头的虚汗，坐起身来，靠着床头柜静静思索了一会儿。现在只是夜里十一点不到，之前他从实验室回来，两顿餐未用，几乎是一沾到枕头就睡着了，还做了这个奇怪又逼真的梦。

梦里的尸体面部好不狰狞，细细回想起来，似乎还饱满有肌肉，脸上表情生动，似乎喃喃地在哀求着什么，两只手扯着衣领，反复在胸前交叉，又好像在请求他的帮助。

她们跑到自己的梦里来，是想说明什么呢？张弛想到这里又甩了甩头，对自己的想法觉得好笑，哪有那么邪乎。

打开手机，有一条未读消息，顾世告诉他联系上自己的父亲了："我不放心他的生活起居，想早点回去，你这里进展如何？"

他不由自主地微笑起来，顾世的生活似乎和自己终于有了交集，不再互不相干。他快速打了一串字："目前还未知，再等我两天。两天还没结束，你就先回A市，好不好？"

消息发送过去，很久没有回应，他就静静地一直看着手机，他知道顾世肯定看到了，甚至都能想象她侧卧在床上出神思考的样子。

手机屏幕暗了，他仍旧握在手里。不出五秒，屏幕又亮了起来，一行字：“两天后，我要你和我一起走。”

一片漆黑里，张弛和顾世不约而同地抱着手机，抿嘴傻笑，一次次把手机摁亮。

张弛隔天早上在食堂里碰到法医，对方同情地端给他一碗豆浆：“看你这脸色，昨天一定没睡好。”

他苦笑：“看得太出神，都跑到我梦里来了。”

“哦，那看来是给你送了什么信？”法医低头吃了一大口辣肉面。

张弛啃着油条，讶异地抬头：“你们搞科学的也信这一套？”

“有时不可不信。我们不少刑警队的同志碰到难办的案子，都会去烧香拜佛，也不知道是巧合还是精诚所至，真有那么几次，莫名其妙冒出来了线索，毫不费力地把悬案破了。”

“还有这么玄乎的？”

“你别以为我说故事，这都是真事。”

张弛压低声音问：“那你觉得这两具尸体有什么不太一样的地方？”

法医警觉地抬起头：“我都清清楚楚写在报告里了，推理破案可是你的事情。”

“我看到报告里有提到，其中两名死者都有过整容经历，之前队里有没有查过她们的医疗记录。”

“该查的都查了，一无所获。”

“根据你对死者的分析，受害前，对方经济条件怎么样？”

"我可不是神仙，你别套我话。"

"那么这样说，她们的营养程度、身体状况好不好？"

"老兄，拜托，两个都快变成巨人观状态的尸体，年龄都无从精准确定。我只能说，她们生前的健康程度远远高于平均水平，但这又能说明什么？"

张弛笃定地看着他："那就八九不离十，过后你就知道了。"

纪亮在走廊里抽着烟，张弛在他面前举着两幅画像。纪亮乐了："小张，你这效率真高，才一个晚上就赶出来了，这是急着回去？"

"案子不等人嘛。"张弛关照道，"纪队，我在画像旁边特意注明了几个备选项，撒网找人的时候，带着画像，千万不要问有没有见过这个人。"

纪亮诧异地反问："不问这个，那问什么？"

"这次画像比较特殊，是根据死者的身体状况、年龄、运动体能、长相共性、地域特性等等很多因素综合倒推的。"

"不太有把握？"

"是相当没有把握，所以不妨问受访对象，有没有见过长得像的人，更有可能找到死者的真实身份。"

"这虽然缩小范围了，但还是大海捞针啊。"

"所以，我还有个建议，不知道是不是妥当。"张弛谨慎地提出，等他接话。

纪亮一挥手："你说，尽管说。后头的事情我来兜着。"

"纪队，你有没有发现，两具尸体除了年龄、性别上的共同点，还有个共性特征？”

纪亮回忆不出什么，示意他说下去。

“她们生前都有做过隆胸手术。我问过做医疗整容的朋友，以目前国内的医疗水准，高端的隆胸材料一般都采用进口素材，这类硅胶上都会有独一无二的编号。”

“你是建议从硅胶编号上进行追查？”

“没错，根据法医检验分析，结合我的判断，这两名死者生前的经济条件都相当不错，如果是选择了隆胸手术，势必会选择正规医院和高档材料，根据编号再结合画像和失踪人口库，这三个元素，应该就能够帮您找到她们的真正身份，后面的事情就能够推进下去了。”

纪亮掐掉烟头，激动地握住张弛的手：“唉，我们怎么就没想到，你真是个有真才实学的人才，四两拨千斤，给我们开辟了一个新的思路。现在我就叫人去办。”

第二十一章 爆炸案

问题就在于，这个“群众”从头至尾都没露过面，选择了在缺失探头的地点用公共电话报警，电话听筒上没有残留任何指纹。是什么“群众”如此细心又足够贴心，让顾志昌和小吴在毫无防备的情况下，在一个寻常值班日里走上不归路？

张弛在机场里远远地就看到了顾世，她正在左顾右盼地等他，即使如此，她看起来仍是不乏淡定。她穿着一件象灰色羊毛大衣，围着一条樱桃红的围巾，高挑的身材和精致的面容在人潮中分外引人注目。

“你来了。”看到张弛走到自己面前，她又故作平淡地打招呼，脸上却掩饰不住微笑。

“答应你的事，我只能尽力做到咯。等饿了吧，我们先去垫垫肚子。”张弛说着，顺手就接过她的背包，爱怜地摸摸她的头，有力地牵住她的手，就往餐厅集中的方向大步走去。

顾世没有反抗，也没有说话，他好奇地侧头一看，她只是低着头，满脸羞红地尽力跟着他的脚步。

没想到冷漠强势的姑娘一旦火候到了，居然是如此小鸟依人般温柔，他松开手，一把又把她苗条的身体搂到怀里，站定了，看着她的眼睛问：“是不放心你爸，还是想早点见到我？”

她被这么一问，羞得简直抬不起头来：“你说呢？”

“我猜猜，都有吧。”张弛满意地搂着她继续走，“你别说，习惯了你爸在左右的日子，每次出差，除了想你，我还真的挺想他的。”

顾世笑盈盈抬头：“我爸就是父爱泛滥，把你简直当亲儿子一样。”

“那可不是，女婿本来就是半个儿子。”张弛一脸灿烂。

顾世无语，轻拍着他：“算你会说，少说两句吧。赶紧吃了就要登机了。”

张弛安顿她坐下，去点了咖啡、沙拉和三明治，端着托盘先把她的那份送到桌前，自己的打包放在纸袋里，只是喝着咖啡，看着她吃。

顾世莫名地抬头问：“你这是干什么，自己怎么不吃？”

“我不饿，看着你吃我就开心。”

“看着我饭都吃不下了？”顾世也开玩笑道。

“哪有，这叫作秀色可餐，我看着你就等于吃了道大餐。”张弛笑着解释道，索性坐到了她的边上。

两人浓情蜜意，有说有笑用完餐，就赶去登机口排队。人群熙熙攘攘朝前挪动，张弛紧紧护在顾世的身后，让她丝毫感觉不到周围人迫不及待的逼近。这时，他叫住顾世，把证件递给她：“帮我拿下，我手机好像有消息。”

顾世不在意地说：“等会儿下了飞机回吧，这时候，如果有要紧事早就直接打电话了。”

张弛看了眼手机号，并不是熟悉的号码，果断摁掉手机，关机。拖着行李箱，继续随着人群往前方挪动。

恐怕多年后，张弛回忆起这一切，会无奈又痛心地摇头。前路的幸福刚刚从机舱的窗户透出一丝光，整个看似已知的航程却很快被厚厚的云层遮蔽了几乎所有的希望，哪怕只是奢望。

有时候，他甚至会想，倘若一切都从没有发生过，是不是对于他，对于顾世，都会有个相对不那么痛苦的经历。

刚下飞机，两人的电话几乎是同时响起，手机刚一开机，微信汹涌而入，电话紧随其后。他们诧异地互看一眼，就分别接通了电话，眼神依然停留在行李传送带上。

“顾世，你快回来，你爸出事了。”

她的身体一下子抽紧，好像受惊的猫弓起背：“我爸怎么了，发生什么了？你慢慢说。”

“顾队值班的时候出了状况，现在人在医院里，具体我也说不清楚，你快点回来就是了。”陈庭有点语无伦次。

顾世想对他说值班能出什么事？交通事故，打架纠纷？却一句话都说不出，更多的情况也无从了解。

张弛挂断了一个简短的电话，此刻正凝视着她的背影。

他接到的电话是刘队打来的："情况不容乐观，你陪顾世一起回来，要照顾好她的情绪。"

刘队的语气沉重、严肃，他想让她深呼吸，放轻松，张弛自己正在这么做。她的身体开始不由得颤抖起来，他明白这不是因为寒冷。

顾世把话筒拿得离自己远一些，用尽可能大的声音制止陈庭慌乱的声音。在确认刑警队的人员基本都在赶赴医院的路上之后，顾世扶了下张弛的肩膀，用来平衡快要跌倒的身体。张弛甚至都没能来得及问些什么，她已经从转盘上找出行李。

张弛出示了警官证，有热心的医护人员径直领他们到了手术室门口。顾世的脸色刚刚缓和了些，陈庭从走廊那头快步走了过来："你们在这里等什么？小吴刚刚进到手术室里，还要等很长时间，这里有我就够了。"

张弛回想起来，小吴和师傅两人是同一个值班组。他又拉着顾世的袖子，找到另一个护士，对方默默快步给他们带路。

张弛明显感觉到，顾世的手越拉越沉，简直是在拖着她走。在靠近房间门口的时候，她泪流满面地停下了脚步。他静静等着她，在病房门口驻留了不到一分钟，顾世深呼吸一口气，急匆匆走了进去。

这个病房很安静，安静得气氛有点诡异，里面只有顾志昌一个床位，靠近门的一侧拉着帘子，最先看到的是他一只没有什么血色的脚。

陈庭陪他们走了一段，告诉他们，爆炸发生时，小吴正在向报警人了解情况，顾志昌准备靠边下车。那一声巨响就在顷刻间把他们的人影埋在了蘑菇云里头。至于哪里来的炸弹，谁在爆炸余尘里乱刀砍伤小吴，现在都还在调查中。

“调查中”，这是他们工作中的高频语，蕴含着希望，也常常包裹着绝望。在外人听来只是冠冕堂皇的外交用语，对于民警，却是实实在在的一个个泥坑，即使你愿意在其中为了一点点线索摸爬滚打，人们似乎也大多只会看到郁结于泥潭的被动和纹丝不动。

张弛尽力撇开脑子里徘徊不定的这三个字，继续往里走。周围的一切都变成慢镜头，时间有点凝固，顾世的脚步越来越快，走到了他的身前，突然又停了下来，他看到床上有个人盖着医院的白床单。确切地说，是白布，没有一丝杂质的纯棉白布。

师傅的胸口部位有一大摊血渍，旁边的吊架上挂着几瓶点滴，氧气机在运作着，周围并没有医护人员。

应该是情况稳定了，顾世好像稍稍松了口气，她走上前去，拍拍他的一侧：“爸，现在我们在医院了，安全了。”

没有应答。顾世意识到手感有点不对。她诧异地靠上前去，轻轻撩开他身上的布。

父亲的眼睛微睁，整张脸异常苍白，鼻孔里还有已经凝结的血块。

顾世不敢相信地触碰他的手，冰冷，没有温度。这时张弛注意到旁边的显示器已经关闭，氧气机的管子低垂在床边，点滴瓶的针头回旋在瓶口。

原来师傅已经走了！

顾世一下子瘫坐在床上，呆呆地盯着这张从没有如此陌生的脸，她终于无助地放声大哭起来。张弛只觉得眼前一黑，脚下一软，他一下子跪在了床边。

整个走廊里，顾世的世界里，只有她自己的哭声和张弛压抑在喉咙口的呜咽声。有那么一刻，她甚至想，倘若是父亲而不是小吴躺在手术室里，那该有多好。

在顾世哭泣断续停歇的空隙里，张弛没有停止对师傅喃喃自语。只有张弛知道，自己泪流满面地和已然远去的顾志昌说了些什么。他给了顾志昌三个迟到的承诺。

他郑重其事地拜顾志昌为师，直到把膝盖磕得生疼；他提出要照顾好顾世，就好像面对一个未来丈人那样诚恳、真诚；最后，他暗下决心，一定要为师傅揪出真凶，这个案子的恶劣程度不只是袭警，不只在于让他心爱的人痛不欲生，更在于让一个快要退休的老刑警永远失去了享受安逸的机会，这本是师傅为别人奋斗一辈子的价值，而今，却成了无声的耻辱和嘲笑。

这些承诺说出口，随着泪水流逝的精气神又一点点回到身体里。不说出这些，不详尽地表达这些平日没机会说的内容，张弛感觉几乎要失去说话的意义，身上的警服也对他不再有任何的含义。

顾世如同一摊肆意流淌的胶体，黏糊地瘫软在父亲床前。她记不清是什么时候，两只有力的臂膀扶着她离开了快要被她焐热的尸体——父亲面目全非的尸体。

顾世本能地瘫软在他的怀里，抓住他的一只手臂，如同落海的人抓住最近的一块浮木……

法医检验说：爆炸发生那一刻，小吴距离爆炸地点相对较远，所以并没有致命伤。当天下午，小吴却因为失血过多，在重症病房里停止了呼吸。张弛隔着玻璃看到的那张脸，前几日还在茶水间里和他谈笑风生。

此刻，他木然地坐在询问室角落里，看似冷眼旁观，手里却飞快地记录着。

张弛本应该参加顾志昌的治丧小组，但是，他坚决要求参与办案，本已经安排了人手的刘队脸色有点铁青，还是默许了。张弛在他眼里一向线条俊朗，甚至有点清秀，这时候，他才看清张弛眼睛里一晃而过的狠劲，犹如烟雾蔓延，一见天日，又猛然消散。他终于清楚顾志昌为何看中这个徒弟了，张弛本不像他想的那样是个“斯文画家，没点刑警的劲道”。

袭警恶性案件打破了A市大概近三十年的纪录。突如其来，起初上下都有点措手不及，接警员反复确认了好几次，才相信不是老百姓在恶作剧打骚扰电话。

应急预案随即启动，侦查工作因而并不显得慌乱。分局局长亲自带队成立了专案组，刑侦总队在市局指派下，第一时间调拨得力干将参与勘查。

相形之下，倒是刘队，这个事发单位的刑警队队长，有点孤军奋战的意味，手下本就人手不多，丧失两名得力干将，其余半数协调着顾志昌的后事，张弛的加入倒有些雪中送炭的意味。

追根溯源，顾志昌他们当天出警不是常规巡控，而是去处理指挥中心下发的一个实时警情。报警人称出租车司机在北阳路上被劫，除当天营业款被劫外，还大量出血，生命危急。

北阳路，顾志昌在脑海里搜索了一遍，并没有对应的路貌浮现，这种情况极少出现，他基本是这片辖区的活地图，说明这条路足够生僻。后来一路寻去，果然是大路整修时，一条临时开辟、临时挂上路牌的小路，好在“报警群众详细描述了从派出所到这里的路径”，否则还真是找不到。

这条路生僻到即使一声巨响，警车四分五裂之后，还有人时间充裕地上去寻找活口，小吴身上的伤虽不是一刀毙命，却是刀刀见血，血肉模糊。小吴母亲赶来时撕心裂肺地哭，都让大家觉得，小吴惨不忍睹的伤口，就像犯罪分子一张张狰狞的笑脸，公然向他们示威。

问题就在于，这个“群众”从头至尾都没露过面，选择了在缺失探头的地点用公共电话报警，电话听筒上没有残留任何指纹。是什么“群众”如此细心又足够贴心，让顾志昌和小吴在毫无防备的情况下，在一个寻常值班日里走上不归路？

到底会是谁，目标又是谁？张弛在心里问了无数遍的问题，同样也困扰着专案组的其他人。

现场前后派去了三批专家，除了发现犯罪分子故意设置的简陋路障——几块路上不常见的巨石，关键线索却一无所获。听到这个消息，张弛都快忍不住直接冲去爆炸中心了。

当天下午，等到一众刑警再次来到现场时，他终于看到了这个隐蔽又已然满目疮痍的地方。爆炸点位于警车左后轮和后离合器之间，炸药威力很大，警车直接被抛出原地点近八米，这也正好是顾志昌离开警车的一半距离，以至于一块碎片插入他的大腿，直接切断了他的动脉。

张弛不知道这一天是怎么浑浑噩噩过来的，欲哭无泪。

下班前经过顾志昌的办公室，他还习惯性地想走进去，想和师傅闲聊几句，这曾几何时都成了每天的常规动作，没有约定，只有默契，两个人好像总是有说不完的话题。有几次刘队进来和顾志昌商量事情，看到两人怡然放松的状态，再想到自家儿子正在青春叛逆期，和他们两口子很是疏远，他就无比艳羡地说：“这徒弟算是称了你的心，比亲儿子还亲热。”

张弛所能回想起来的最后一次对话，是临行时在食堂的人声鼎沸中。这天中午，每年新一批学警毕业报到。他们三五成群地走进餐厅，带着新人特有的憧憬又好奇的表情，整个空间里瞬间青春四溢。

顾志昌感慨了句：“再来一批，我就该走了，该脱下这身衣服了。”

师傅是笑眯眯说的，张弛当时并不能体会这其中的伤感意味，只是开着玩笑：“师傅，你走了以后，岂不是没人罩着我了？”

“一年后你还需要有人罩，那就是我这个师傅做得太失败喽。”他说着把一个酱鸭腿放到了张弛的碟子里，“你们年轻人新陈代谢快，多吃点。”

那天，他们聊的都是些平常琐碎的事情，除了零星几句对案件的私下观点。顾志昌就是如此，总是能够见缝插针地举出几个案例，引导他思考，然后再用商量探讨的口气，说出自己的经验之谈。

对于看似破案就在眼前却遥不可及的案子，顾志昌似乎永远都能心平气和：“走过的弯路越多，排除的嫌疑人越多，你离真相也就越近。永远不要给自己心理暗示说‘破不了’。”

“那如果真的成了悬案呢？”

“只有被放弃的悬案，没有破不了的悬案。你要记得，按照我国的刑法，一旦立案，对犯罪嫌疑人有永久追溯权。”

张弛看着顾志昌说这句话的表情，真感觉他离“退休”有很远的距离，他混浊的眼神背后，还有着和年轻人一模一样的神采。他真希望自己到了这个年龄也能保持这样的精气神，虽然他明白这种乐观很大程度上是对自己的鼓励，毕竟，在实际工作中，由于警力、体制、案件难易程度等等，成为悬案是大家不想看到却不得不遭遇的现实。

下班时间已经到了，张弛却坐在电脑前定格了一样，小吴的位子也空空荡荡。专案组前所未有地重视这个案子，短时间内派去过公安部刑侦专家、市局鉴证处首席技术员、分局技术科勘查员三组人马，现场搜查采样，除了几个模糊的脚印，一只破旧的绝缘手套，有价值的物证屈指可数，张弛几乎都不用问，都能从组长的脸上看出案子的进度。他现在关心的是这个案子会不会也成为悬案？这起案件是随机选择了警车伺机行动，还是针对个别民警的预谋作案？

顾志昌平时话虽然不多，但是说起业务来总是滔滔不绝，零散地给张弛灌输了不少公安刑侦工作的理念：“基础工作要扎实，要舍得花力气，可能一开始没有思路，但是磨刀不误砍柴工，你永远不会知道你需要的线索、圈定的嫌疑人范围，会在哪个点把根基扎实，自己浮出来。”

现在距离爆炸已经过去二十七个小时了，案发的路段尽管撤掉了警戒线，但是因为僻静，会得到天然的保护。张弛决定自己过去看一看，刘队看着张弛行尸走肉般经过门口，不太放心，快步追了出来。

当得知他是要去现场时，刘队虽然明白拦不住他，还是不忍心看他抱太大的期望：“那里都快被三批专家和助手们翻个底朝天了，他们连一张用过的餐巾纸、一个被踩烂的香烟屁股，还有几节废旧电池都没放过，你还是早点回家养精蓄锐，根据专案组的安排有针对性地去工作比较好。”

张弛眼眶红着，木然地点点头。

刘队从没见过他这样失魂落魄的样子，劝慰道：“如果你师傅在，绝对不希望看到你这个样子。”想到老战友，他心里一紧，鼻子一酸：“你师傅大概都没和你说起过，我想，按照他的心意，应该是希望由你来接他的班，照顾顾世的。小张，你可要坚持下去，不要让你师傅看错人。”

张弛的眼神缓缓停留在刘队的脸上，好像在确认声音的来源，而不是话题的内容。隔了几秒钟，他大梦初醒般坚定地点了点头：“刘队，你说的我都明白，我不会让师傅失望的。”

刘队不会知道的是，张弛在勘查方面虽说不是专业人士，但是耳濡目染之下，的确有的放矢。正如顾志昌教导的，他在出发前集中研究了几种爆炸装置的原理和零部件，结合现场勘查照片和检验所得的炸药成分，排除之前已被搜寻到的电池，确定了新的寻找目标。

尽管他并不确定这样的东西是否存在。

这条路临近城郊，典型的城乡接合部路况。一侧靠着临街废弃的商用矮平房，窗户有的紧闭，有的甚至都没了玻璃，铁制门锁上面落满了铁锈，外墙虽有空调机体作为支点，可以攀爬上楼，占据高点，却是毫无遮蔽，目标暴露无遗，绝不是个理想的作案点。

而另一侧则是视野开阔的荒凉农地，野草齐人高度，犯罪嫌疑人若想最近距离又能有所隐蔽，除了藏身于车内，冒着被拍车牌追查的风险，恐怕只有这么个选择。

张弛沿着爆炸中心，量取了一个极限范围，按照市面上或者自制的遥控器材，目前能够达到的最远遥控距离就在这个范围之内。

天已经快黑了，张弛并不理会脚下草地里的淤泥和各类爬虫，戴着手套，闷头一寸一寸地翻检过去。四周寂静一片，只有远处野狗的叫声和耳旁此起彼伏的昆虫伴奏。

路灯瞬间全都亮了起来，张弛关了手机内置的手电筒，眼前依然模糊一片，他刚脱掉手套准备重新拿出手机，一束强光从他头顶直照下来。

他看到了路面上自己和一个男人拉长的影子。

第二十二章　顾世的秘密

两人无言地并肩朝前走，在一片繁茂的大树下，不约而同地停下脚步，默默蹲下身来，陈庭打开手电，又递了一支给张弛，分头开始以树为中心点，在泥土混合着沙砾的表层一寸寸往外翻找。

张弛看到影子的一瞬间，唰地站起来，同时往后退了一步，和来人保持距离。

手电筒的灯光随之晃动了两下，来人好像也受到了惊吓，又很快收回了光束，照向自己。

一个熟悉的声音不紧不慢地响起："张弛，是我。"

张弛的眼睛这时适应了灯光，看清了来人正是陈庭，陈庭穿着便服，手里提着一个工具箱，居高临下地站在路边。

“来都来了，还不快下来帮我？”张弛依然对他不动声色地靠近有些不满，尤其是在刚发生了爆炸的案发现场。

陈庭并不见怪，递过一个玻璃瓶：“这两天你休息时间太少，肝火自然不会小，我给你带了瓶菊花茶，败败火。”

张弛看着他真诚的眼神，明白如果自己不喝，陈庭就会滔滔不绝地说出一套中医养生理论，只好接过来，仰头一饮而尽，里面加了蜂蜜，甘而不甜，倒是爽人心脾。

“怎么样，你们有发现了吗？”张弛指指工具箱，“全套都带来了，看来那里是没戏？”

“之前几个专家都说，核心物证就是引爆器电池。但我们用各种试剂、仪器都检测过了，上面并没有关键线索。我听刘队说你在这里，看看能不能搭把手。”

张弛看了他一眼：“依我看，线索没那么容易找到，三次勘查还远远不够。”

“照你这么说，你想找什么？心里有谱吗？”

“案发现场，除了我们的人和车，没有其他任何人受伤的痕迹，而且炸弹在车辆刚好通过时引爆，说明对方是在安全距离内，直接可以看到警车，同时用遥控方式来控制炸弹。”

“这个安全距离至少在八十米开外，否则技术上，从自制这种类型的炸弹的角度来说，是不可能做到的。”

“所以，我推测嫌疑人是用电线通电，遥控引爆爆炸装置的，没错吧？”

“对，三批专家都认可这种说法。”

“那么在爆炸装置上能看到，电线是双股的，每股里面都有十六根铜丝，合力拧成直径为一厘米的圆圈，在这之前，有个步骤是必不可少的。”说着，张弛示意他过来，和他同一视线。

陈庭把工具箱递给他，随后大步跨到了沙砾地的荒地边界上，问道：“你是说，他们必须要剥离掉原来两股电线头部的橡胶皮？”

张弛肯定地点点头，眼神在附近的田野里搜索，像是在圈定范围：“对，引爆时，只有去掉电线外层的橡胶皮，才能进行下一步。”

“但是，我们的物证里面没有这一项。”

“不是这些专家没有想到，而是没能找到，认为对方一定精心处理掉了。”

“你觉得这东西还在这里？”陈庭好奇地朝他看。

张弛想起了师傅和小吴临终的惨状，顿觉一股悲壮涌上心头：“除了掘地三尺，你认为我现阶段还能做什么呢？”

两人无言地并肩朝前走，在一片繁茂的大树下，不约而同地停下脚步，默默蹲下身来，陈庭打开手电，又递了一支给张弛，分头开始以树为中心点，在泥土混合着沙砾的表层一寸寸往外翻找。

他们像考古学家一样专注、虔诚地面对着眼前这片土地，尽管谁也不知道，会不会直到凌晨还是空手而归。

“顾世现在怎么样？”陈庭背对着他，打破了寂静的气氛。

张弛一愣：“我还没来得及去看她，你呢？”

陈庭好像在思考应该怎么回答，过了一两分钟，他声音闷闷地道：“我想去看她，但是还没去，怕你误会。”

张弛的手停滞了一下，很快又像之前那样高频率地翻动起来：“碰到这样的事，同事去探望一下，很正常。”

陈庭的身体缓缓转过来：“这么说，你们的关系到现在还没有明确？”

张弛没有料到他会如此直接，索性回答：“这是我的私人事情，没必要和你汇报。”

“你的私人事情？你不能还在何萌和顾世之间摇摆不定了，是时候决定了，在这个关节上，希望你不要雪上加霜伤害顾世。”陈庭的声音有着平时没有的决绝，还因为一口气说出压抑已久的话，音调有些变化。

张弛站起身，看向陈庭的背影。陈庭转身盯视着张弛，空气里似乎还残留着爆炸后的焦灼气味。

“你多虑了。我知道你关心顾世，但她现在有男朋友了，就站在你面前。”张弛指指自己的胸口，平静地告诉他，“如果你作为朋友，还是愿意关心她，倒不如和我抓紧时间把这个案子破了，这才是给她最大的安慰。”

陈庭的脸色一点点地缓和下来，在来的路上，他就猜到了这样的结局，唯一不放心的就是张弛和何萌的纠缠不清，如今看来，的确是他想多了。

“你还是应该抽时间去看看她，激烈的情绪冲击直接损伤人的内脏，思伤脾、悲伤肺，她本来脸色就苍白，要当心她的身体状况。”陈庭念念不忘地关照道。

“我正想说这个，如果可以，我希望这段时间可以拜托你多关心她的健康问题。”张弛诚恳地请求道。

陈庭很意外："那你呢？"

"相信她会理解我的选择，我现在的心思只有眼前这一件事情，分心不得。"张弛的眼睛还在周围的区域内搜索。

凌晨一点，门卫打着哈欠启动大门，分局院子里黑灯瞎火，两三只流浪猫趴在警车车顶上，耳朵轻转，警觉地睁眼瞪着来人。流浪猫看到是白日熟悉的面孔，微眯着眼睛开始打盹。

张弛从夜宵摊到分局的路上步调匀速，双眉紧锁。一向慢吞吞的陈庭都不免催促起来："哎，大家都等着我们，你能不能快点？"

历经五个多小时的翻查寻找，张弛真的从一堆沙砾的下面找到了几片零碎的塑料皮套，陈庭简直喜出望外，当场从工具箱里掏出简易仪器初步检测了一下，上面的指纹虽不完整，却也清晰可见。

他第一时间让张弛向专案组汇报，张弛却心不在焉地掏出手机，打电话的时候语气平静，看上去一点儿都不兴奋。

"现在说破案还太早，这很有可能是无关人员的指纹。"张弛淡淡地解释了陈庭的疑问。

"你还记得你是怎么来到刑警队的吗？"

张弛愣了愣，这才回想起来，是自己这个情敌"引狼入室"的："还不是因为你当初说我画得好，婚纱照都可以不用拍。你的一句话，改变了我的职业生涯啊。"

"不完全是。说到底，你的画画技能，改变了你的命运。"

陈庭这么说也不错，如果不是因为模拟画像一举破案，他就不会被顾志昌选中进入刑警队，自然也不会和顾世有朝夕相处的机会。

“犯罪模拟画像，既然在其他案件中都起了决定性的作用，那为何在这个案子里，你却反而把希望寄托在物证上面呢？”陈庭这一天不知是由于疲倦还是长期的压抑，每一句话似乎都比平时要尖锐直接。

张弛若有所思地听着，也在心里问自己：为什么他不能用画笔为师傅找到真凶？

他明白，这个案件对于他来说，和其他所有的案子都不一样，流的是师傅的血，他不允许自己失败。

“想一想，如果顾师傅还在，他会希望你怎么做？他大概不希望自己的徒弟是个害怕失败和尝试的人吧。他不是一直说‘走过的弯路越多，我们离真相也就越近’吗？”

张弛不语，两行清泪在夜色中悄无声息地滑落，他不由自主地加快脚步，走到了陈庭的前面。

专案组的几个组员先后从家里赶来，大家听了张弛和陈庭的详细介绍，各自有条不紊地投入检测比对工作中。工作范围从刑满释放人员一直延伸到嫌疑车辆的目标区域，排查量不小，但至少有了方向。

张弛交代好一切，和陈庭打了个招呼，就慢慢走到了顾志昌的办公桌前，搬了个椅子像往日那样端坐下来。

他每天还是按照习惯把师傅的办公桌擦得一尘不染，上面摆放着一张师傅和顾世小时候的合影，一张刑警队的合影被压在玻璃桌下，一只洗干净的烟灰缸靠着电脑，旁边还站着一只高大的褐色玻璃瓶，顾志昌平时用它来喝水。桌子外沿上排列着一长排的工作日志，其中一本里还夹着一副老花镜。

师傅有写工作记录的习惯，除了会议记录和案件记录，每日的工作行程和内容都会被单独记载，半年一本的速度，桌上的一长溜本子浓缩了他近五年的工作和加班时间。张弛呆坐了很久，开始慢慢翻开日志，同时拿出自己的本子记录一些要点。

他留意到，顾志昌的值班时间很固定，有重特大案件发生点名要他去的时候，他才会找人顶替一会儿，他自己的班次基本不变。即使和别人换班，也大多不要别人还班，轮到值班那天，他还是会乐呵呵地出现在值班组："大家不是单身小伙要谈婚论嫁，就是上有老下有小的，忙得团团转，都这么过来的，理解，理解。我没什么事，多做点是应该的。"他的脸又在张弛面前浮现出来。

张弛累了就在桌上趴一会儿，到早上八点时，翻了十多本日志。他的本子上也零星记录着一些数据。

上班时间还没到，陈庭精神抖擞地出现在走道里。他昨天为了节约路上往返的时间，在值班室休息了一晚，连日的劳累好像缓解了不少。看到顾志昌办公室的门虚掩着，他吃了一惊，打开一看，才发现是张弛。

还没等睡眼惺忪的他缓过神来，陈庭就上前拍拍他，语气亢奋："被我昨天说准了，你又要派上大用场了。昨天不仅物证上有突破性进展，嫌疑人的视频寻线追击也有进展，你快去看看有什么安排。"

张弛一下子睡意全无，去洗手间里风一般地洗脸刷牙，小步快跑赶到专案组集合的会议室里。他一走进去，众人的眼神就集中在他身上，看他的身形几乎一夜间消瘦憔悴了不少，大家不免有些唏嘘。

刘队招呼他入座：“你来得正好，经过我们技术人员的细致工作，报警的对象虽然在案发附近的公用电话亭里挡住了自己的面部特征，但是在离开案发地的时候，有明确的目击者对他印象比较深刻。”

“我去看看吧。”张弛主动提出。

“要不要让他到局里来，可以少奔波一趟？”刘队看他满面倦容，提议道。

“不用，我还能看看周边环境，说不定能找到其他目击者。”

刘队看张弛声音不响，话不说满，眼神却坚定得很，示意他赶紧过去。

张弛欲言又止，并不起身，刘队奇怪地看了他一眼：“有什么话就直说。”

“刘队，能否请您帮一个忙？”

“你说说看，是不是我能帮得上的。”

张弛翻开笔记本，在一张白纸上写下了两个日期：“能否帮我确定一下，在这两个日期中间的时间里，师傅直接参与或者牵头的案件有哪些，我需要这些案件的资料。”

“你怀疑这次的事情和他的工作有关联？”

“只是一种推测，扩展一下可能性，现在我也没有答案。”

刘队沉吟了一下，眼眶微微一红，把纸叠起来放进胸口的口袋："有心了，我会让人尽快准备资料，你放心吧。顾志昌的事情，就是我的事情。"

那天晚些时候，张弛揉一揉酸胀的眼睛，朝远处眺望。窗外川流不息，身着统一服装的外卖小哥在路上紧赶慢赶地穿行，张弛这才想起来，自己早餐后没吃过任何东西。

桌上，刘队派人送来的几沓案卷加起来大概有半人高，都是顾志昌近半年来经手的资料，张弛并不放心让别人来查看，唯恐错过什么关键性线索。可是如此独自奋战，他势必又要熬到半夜才能粗粗过目一遍了。

他起身刚从抽屉里取出一个泡面，顾世就发来微信："有空来一趟我家"。

张弛看到这条消息，第一时间回了句"马上来"，把档案材料锁在铁皮柜里，立即动身了。他很想她，几日未见，心里就充满了牵挂，恐怕她也是。这是顾世头一次邀请他到家做客，他隐隐感觉到，她或许一直默默关注着爆炸案的进程，这会儿应该是有了什么思路或者线索，想要告诉他。

大约一刻钟后，张弛就到了顾世楼下。把车停好后，他徒步走出小区，在门口的台湾进口食品小店里采购了两大袋食物，又拐到旁边的西点店里买了一箱牛奶和两盒甜品，这才大步流星地朝顾世家走去。

顾世打开门，看到大包小包的他，倒也没什么意外，请他到厅里沙发上休息。他不忙着入座，问了厨房的位置，在她的带领下，把购置的食物归类摆放好，细细嘱咐她牛奶是鲜奶，保鲜时间比较短，要尽快喝，坚果和红枣对身体有好处，闲下来就吃几个，要持之以恒。顾世情绪还是很低落，一直只是沉默点头。

等到在沙发上坐定，张弛粗粗扫了一眼这套公寓，和他想象中差不多。公寓的面积虽然不大，但是白色调为主的极简北欧风格让空间显得尤为宽敞，配以多为油画蓝和樱桃粉的装饰物，看上去温馨雅致。开放式餐厅里最显眼的大餐桌已被布置成了灵台，上面摆放着顾志昌的黑白照片。张弛鼻子一酸，走过去默哀了五分钟，深深地给恩师鞠了个躬，心里说：师傅，我一定会给你查明真相的。

茶几上沏好了一壶水果茶，正用微火在加热。烛光点点，倒是衬得顾世的脸色略有些红润，张弛原以为会惨白如纸的，现在总算松了口气。“事情操办得怎么样？”张弛问道。虽然治丧小组就设在刑警队内，但主要的协调处理还是顾志昌的家人在操办。“差不多了，下周一就要开遗体告别会。”顾世的声音还是很微弱。张弛轻轻揽住她的肩，她无力地靠在他的脖颈间，沙发前的电视机似乎开了很久，或许一直就作为背景音和灯光开着。

顾世的身体从他怀里突然微微转向他：“今天叫你来，是想告诉你一件你一直想要知道的事情。”

张弛不明白她为何这样说，又很快想起来，自己几次三番或直截了当或旁敲侧击问过她有什么不为人知的秘密。想必应该是指这件事情，可是，这又同顾志昌的死有什么直接的关联？现在还有什么比调查清楚他的死因更为重要的呢？

她的眼睛肿着，欲言又止，似乎是下了很大的决心，沉默了许久。张弛耐心地喝茶，佯装看电视，默默等她开口。

“前段时间，我的私人笔记本电脑出了故障。”她的开场白让张弛更加摸不到头绪，只能静静等待下文，“我爸有个朋友是电脑高手，我就拜托我爸去找他朋友帮我搞定。

“电脑很快拿回来，又能正常使用了。但是我发现其中的一个标题是我名字的文档有被浏览过的记录。因为那个人的电脑维修商店的客人很多，平时的业务量和职业操守都决定了他不会去随便翻看客人的文档，何况是警察女儿的文档，并且留下了一般外行都能察觉到的痕迹。”

“所以，你认为是师傅查看了你的加密文档？”

顾世长长叹出一口气：“一开始我都没有察觉，因为检查过文档仍然是加密的。但后来，我发现父亲的状态有点不对。你也知道，他平时总是笑呵呵的，好像从来没有什么事情能让他放在心上，存在心里。”

“你说的是哪几天？我没察觉到他有什么异样啊？”

“你当然不会意识到，毕竟我才是和他朝夕相处的人，我更了解他。他先是看到我欲言又止、阴郁低沉，后来下班后很晚才回家，不知道在忙什么。我有了解过，那几天队里没有要加班的案子。”顾世翻出手机记事本，指了几个特定的日子给他看，“后来，我才突然想到，会不会是因为他看了我的加密文档，才开始有了烦恼。”

“文档里都是流水账还是写了什么特别的东西？”

“文档实际上是日记，平时我把它当作减压的一种方式，所以在里面记录下来的大多是不开心的、烦恼的事情，甚至是噩梦。写出来，我就觉得问题啊、压力啊解决了大半。但是，看的人恐怕是恰恰相反的感觉。”

“所以，这里面藏着你没有告诉过师傅的秘密？”

“是的。”顾世顿了顿，涨红着脸一口气说出来，“大概在我十岁左右的时候，有一天，我一个人在家里，听到来人敲门，说是看煤气表，进屋以后，我才发现他不是工作人员。他反锁上门，威胁我不许叫，然后就捂住我的嘴，脱下裤子……后来，我没有告诉任何人，但是自此以后经常做噩梦，每一次做噩梦，我都会把噩梦的细节详细写在日记里。”

张弛听到这里，心疼地捂住她的头，帮她擦去眼泪：“当时没有报案，那你有没有记住他的样子？”

“十五年过去了，我以为会忘记，但还是记得一清二楚。在这件事过后的半年里，我一直在关注周围是不是有同类案件发生。”

顾世喝了口茶，稳定了一下情绪，接着说：“情况正像我预料的那样，那个变态从那次以后没有收手，陆续就听到差不多还有两三个孩子有过和当时的我一样的遭遇。

“唯一不同的是，有一次，其中一家的家长中途回家取工作材料，正好撞到了变态，当场把他扭送到了派出所。”

“按照对应罪名来判刑，现在对象应该还没有出狱？”张弛在心里粗略估算了下时间，特意省略了“猥亵未成年人”这几个字。他感觉到怀里的顾世轻微地动了下，失望的声音传了出来：“如果还没出狱，我爸也就不会投入时间和精力了。不知道是什么原因，人证到最后没有出庭指认。我托警校同学查了资料，当时公安机关没有办法走完程序，他只被关了一天一夜就被放走了。”

“你怀疑师傅那几天下班后忙里忙外，是在外围寻找人证？”

“在我看来，想要定他的罪，几乎是不可能了。时间过了那么久，物证缺失，人证当年就退缩了，现在更不会出面，但你也明白，以我爸的个性，怎么可能就此放弃？”顾世的一滴泪落在张弛的手臂上，“就在他出事前几天，我翻到了他到外省的几张动车票。”

“师傅莫非一个人在追查那人的下落？我不记得他有打过出省报告。”

“问题就出在这里，我爸虽然平时在人情世故上不拘小节，但在遵纪守法上那是有名的一板一眼，究竟有什么事能够让他翘班，私自出省去独自操办？我实在猜想不出第二种可能。”

张弛把她从怀里扶起，把她脸上的眼泪和鼻涕仔细地擦拭了一番，一字一顿地问她：“从你的判断来看，这件事情和后面的事故有没有关联？”

“如果他不小心被对方发现了行踪，甚至意识到了潜在的危险，冲动之下和他当面对质，那个变态冲动之下，说不定会做出什么出格的事情。我不敢打百分百的包票，但觉得很有可能。”

张弛问了几个具体的时间，又记录下了她掌握的对方资料，面色阴沉着给了她一个拥抱，匆匆离开。

顾世看着他的背影，感受到前所未有的怒气在他的身体里一点点滋生、繁殖和迸发，就快要满溢而出。她把这个秘密告诉了张弛，他没有同情，没有评判，有的只是就事论事的严谨和客观。她很受用，有一种如释重负的轻松。胡思乱想了一天，加之连日的悲痛，她早已体力透支。张弛虽然还没能带来什么消息，但是他的反应已是她预料之外的最好结果了。

这么想着，顾世就靠在沙发上，昏昏沉沉地睡去了。

张弛揣着笔记本，马不停蹄地想要赶回办公室。得知顾世有这样一段往事，好像一剂猛药，让他疲惫不堪的身体瞬间恢复了几分活力，但是他莫名地有些焦躁，在路上几次遇到闯红灯的电动车或者行人，都忍不住长鸣喇叭，有一次还急踩油门，探出头，怒骂了一对推着婴儿车的老夫妻：“你们自己的命不值钱，小孩是无辜的，你们知不知道？！活那么大年纪，还不知道过马路要走横道线，不能闯红灯？！”

老太太刚想还嘴，自知理亏，又看着他一脸怒容，扯了扯老头的衣袖，两人快步走了过去。

张弛加大油门，一路往前开，不知不觉间，脸上热热的，全是泪。歇斯底里地大叫之后，他的胸口开始隐隐作痛，万箭穿心的痛。他自己也不清楚，这些泪，是为当年尚且年幼的顾世，还是为发现真相、因为自己加班而让女儿遭受性侵痛心不已的顾志昌。

他恍惚间似乎看到了一个略显苍老又很有筋骨的背影，他把车靠边停，打着双跳灯，等那老人慢慢地走过来，回头仔细地看，才发现只是像顾志昌。师傅到底是走了，此刻还孤单地躺在冷冰冰的停尸房里。

悲伤原来也是能够消耗能量的，张弛把车停在了院子里，就感到饥肠辘辘，不自觉地就走到了老樊的小店里。

店里生意不错，散客座位都坐满了，包厢里也人声鼎沸。老樊正一个人坐在收银台后面发呆，思绪脱离开了整个喧闹的店铺，不知道游走到哪里去了。等到张弛趴在收银台上瞪着他，他才看到来人，回过神来。

“近来可好？”老樊面无表情地问，他知道这段时间刑警队里上上下下谁都不好过，尤其是张弛和顾世，但脑子短路，脱口而出的就是这一句。

张弛随意点点头，算作回答。他看得出老樊也在为顾志昌的突然离去而伤心。

“没吃饭吧？我去给你做几个菜。”老樊系上围裙就要往后厨走。张弛忙拉住他，招呼来一个服务员，指了指菜单上的糖醋排骨盖浇饭：“不用麻烦，让伙计给做一个就行，你陪我坐会儿聊聊。”

老樊的眼眶一下子红了：“你师傅平时也这么说。我有时候忙，还老大不高兴，早知道……”

张弛打住他的话头，问道：“据你了解，我师傅近期有没有得罪过什么人？”

“得罪人？你师傅可是出了名的老好人，除了那些他送进监狱的罪犯，他还能得罪谁？”

张弛苦笑，这和他想的一样，等于没说。

老樊没有察觉到他的表情变化，悲伤似乎让老樊变成了个絮絮叨叨的人："倒是你，进局子的，没进局子的，大混混，小混混，现在大家都知道你的名头，管你叫'犯罪画师'，说你是他们的死敌、天敌。我本来还担心你小子，谁想到，你师傅倒出事了。"

张弛皱眉问道："哦，你到底听到了什么风声？"

第二十三章 第三种可能

此刻的她躲在办公室窗帘后，这个角落隐蔽又安全，可以清楚看到大院的出口，外面的人却无法看到她。她冲着张弛回望的脸挥手道别，心痛到无以复加。

老樊无视旁边人的怒目斜视，满脸写着“我的地盘我说了算”的不屑，狠狠吐出一个烟圈，告诉他说：“我这馆子，价位不高，营业时间又长，平时三教九流什么人都有。我耳朵又尖，基本上在店里都会留意一些来历不明的人，也特别嘱咐过手下的几个伙计平时多留心些，听到什么蹊跷的、不寻常的事情及时告诉我，平时给老顾也提供了不少线索。”

这倒是完全出乎张弛的预料。老樊之前曾经为此家破人亡，现在居然又做起了线人，除了无牵无挂、无所畏惧外，自然还有对顾志昌百分百的信任。

“你之前不是有破过一个外地的系列杀人案吗？就在老顾事发前几天，我正巧听到有客人说，被抓那人是他的狱友。”

“他们的信息来源是哪里？”

“鬼知道他们平时怎么联络的，反正圈子里谁进去了谁出来了，他们门儿清，消息灵通得很。”

“那人还说了什么？”

“这帮混混，一定是觉得我这里靠近派出所，最危险的地方最安全，都是老狐狸，说起话来还是习惯打暗语，但我能听懂。有个人说：‘听说这派出所有个姓张的小民警，是个犯罪模拟画像专家，不少兄弟都因为他进去了。看来以后作案，不但要避开探头，还不能心软留活口，一个都不能留，否则怎么都逃不掉，他总能画出来。’”

张弛把筷子一搁，脸色一沉：“够毒的啊，有没有提到我师傅？”

“这帮人似乎连你的工作规律、生活作息都很清楚，聊的话题除了最近干的勾当就是你，不过倒真没提到老顾，也不清楚他们是不是知道你师傅是他。”

“我师傅知道这事吗？”

“之前我在这方面工作都是和老顾单线联系的，这信息全告诉了他。话说他好久……”老樊说着突然意识到顾志昌已经走了，长叹一声，闷头喝了一大杯啤酒。

“你师傅是个好人，不该是这种下场，好人往往逃不过这种命运。”老樊送他出门时说道。张弛知道他一定想起了自己的妻女。

老樊平时酒量很好，这天却喝醉了，舌头有点大，眼神有点混浊。顾志昌似乎是一股精气神，这股力量消亡了，老樊就有点失了魂，一夜之间真的有点老了。

张弛在回单位大院的路上，怔怔地想着他说过的话，正走到院门口，刘队和专案组的小王风风火火地开车回来，看到他就摁下车窗，大声招呼道："小张，有新情况。你先上去，等我消息。"

刘队的表情在夜色里模糊不清，说不上来是兴奋还是失望，张弛回到办公室里，坐立不安，这个新情况是指新线索、新对象，还是新案件？刘队这话说得也够含糊的。他翻了几页案卷，喝了一杯咖啡，估计他们差不多也该上来了，径直走到电梯间那里原地等着。

电梯门还没开，就听到刘队骂骂咧咧的声音。看到张弛，刘队示意朝他办公室走，并且让小王给他看张图片。张弛一看就莫名了，这哪是什么图片，分明是一张断指的照片，可以看到这是一段人为切断的手指，但是下手的那人明显不够果断，应该是犹豫了很久才下定决心的，因为切口并不整齐，估计失血不少，手指看上去毫无血色，像是假的一样。

张弛心里有种不祥的预感，抬起头，用征询的眼神看看两人。他这时看清了，刘队阴沉着脸，满腹的怒气无处发泄的样子，小王无奈地说："没错，这就是你找到的证据上指纹对应的那截手指。一个小时前，最近的那家医院有人报案，说发现断指，所有监控都只能看到一个戴着头盔的男人，手上包着纱布，把袋子扔在预诊台就走了，没有看医生，也没有留下任何信息，视频线索跟不上，没法查来源和去处。”

“等于这条线断了？”张弛极力掩饰着失望确认道。

小王无奈点头：“十指连心，他对自己有多狠，那就是对我们民警有多狠。真是让人揪心，难保以后不搞出什么新动静来。”

“你也不要灰心，还有个消息。”一直没出声的刘队告诉他，“刚刚得知的情况：技术组在辖区一个废弃的厂房里，发现了和现场爆炸物尘土成分对应的原料，附近的小卖部老板对一个头盔男有印象，说他曾经去打过几次电话。”

“行，给我地址，我马上去。”张弛几乎是条件反射般站起身。

刘队朝他瞟了眼：“先别急，现在这个时间，人疲劳了记忆也会出现偏差。我和那老板约了明天上午九点，你现在还是先好好休息会儿。你师傅不是一直和你说，身体是革命的本钱嘛。”说完这句，他突然闭口不语了。旁边的小王看气氛不对，大气都不敢出一口，偷偷瞄着两人的神情。

张弛身体僵硬地站在那里，眼里没了平时灵动的神采，像是在发呆，又像是在回忆，少有的木讷。刘队熄灭了烟头，又长叹了口气，轻轻说了句：“小张啊，对不住。我知道这段时间，大家都不容易，谁也不要再搞垮了身体，我说话欠考虑，没别的意思，你别在意啊。”

张弛机械地点了点头，他的思绪早飞到了第二天。头盔，这是一个很明显的特征，本身是个有利因素。不过，面部形态如果戴着头盔，会有哪些影响，产生怎么样的变形，去哪里搞个头盔，让不同的人试试才会知道效果。这件事情，必须在明天见小卖店老板前就迅速搞定，他已经在心里盘算着身边同事的不同脸型分类，列起了头盔实验的名单。

第二天，张弛出发前，再三和车队的师傅进行确认，是否对车辆进行过排爆检查。对方因为他的质疑露出了一丝不快，他只当没看见，也的确没放在心上。

他没有办法和车队师傅解释案子还没有破，昨天又意外获得一截血腥的断指。他本身就不是个爱解释的人，何况真没有时间去解释。这天，他必须预留出相当多的时间在路上。那截手指，与其说是一部分人体组织，倒更像是一句犯罪嫌疑人的无声宣言，有点破釜沉舟的意味。暗箭难防，行驶在路上的时候，张弛尽量避开平时经常会穿越的小路，宁可在龟速爬行的上班高峰车队里耐心等候，惜命是其次，使命未完成前，他可不能再倒下。

上头天天关心着爆炸案的进展，侦查员们日日在外疲于奔命。可是，断了的线索比掌握的细节还多。张弛胸口似是有瘀血堵着，吐不出，也化不了。看着前面道路宽敞了些，他不自觉地加大了油门，拉响了警笛，疾驰而过。

这已经是顾志昌离开他们的第七天了。

张弛把画像第一时间传回局里，再慢慢往回赶路。这次他模拟画像，遇到个特能侃大山的老板。这对于他来说是把双刃剑，老板有可能把嫌犯的体貌特征描述得直观形象，也有可能天花乱坠添油加醋，反而混淆掩盖了有用的核心信息。张弛耐着性子听他说，光笔记就做了五个整页。因为过于谨慎细致，作画的时间比平时翻了一倍，就在那两个小时里，张弛都暂时忘了画板上的人可能是杀害师傅的凶手，只是把画像当作一件艺术品，力求画像的精准。

直到小店老板在旁边连连惊呼，浮夸地拍手："太像了！有了这幅画，我先祝贺你们早日抓到凶手。听说两个警察死得可惨了，其中一个都快退休了。难怪常听我们这儿的户籍警说这年头做警察不容易，要平安退休都是很有福气的事情了，现在看来真的是一点不夸张啊。"

张弛这才意识到，自己画板上的男人正是把师傅活活炸死的凶手。凶手打电话报警，听到民警和他仔细核对地点时，是不是还在窃笑？他看到警车疾驰而来时，是不是有着猎物入网的心花怒放？他听着一声巨响，看到顾志昌被弹飞出来，当场血流成河的模样，真的会感觉到淋漓尽致的刺激和满足吗？

这群禽兽！

车往回开的时候，恰遇周末的晚高峰提前了，路况一塌糊涂，张弛的警车嵌在车队里动弹不得。他暗自庆幸画像在第一时间回到了大院，这样一来，刑警队就能在有限的时间里尽快分发搜寻可疑人员。

电话响起，他打开免提，刘队的声音急促地响起："小张，你人到哪里了？"

"还在路上，现在挺堵的。"

"你马上掉头，我发你个地址，你现在直接过去。嫌疑人找到了。"

这真的是出乎意料。照理说画像定位那么迅速，理应惊喜，但刘队的语气里丝毫听不出一丝愉悦，无数种可能如一群密密麻麻的飞虫掠过他的眼前。张弛的头一下子大了，那里到底是发生了什么状况？

反方向的车道并不拥堵，大约只用了十分钟，张弛就回到了小卖店的位置，他对刘队给的地址有些印象，那是一条和爆炸地、小卖店相平行的相邻小道，确切地说是城乡接合部外来务工人员的集中住宿地。

在路的尽头，有一片垃圾山，拾荒人员大多把当天收集来的泡沫塑料、纸板箱叠起来，用绳子绑好暂时存放在这个地方。当然，这其中免不了一些杂乱腐臭的生活垃圾，还有几辆报废的面包车，车轮瘪着，车厢里塞满了一些闲置的日常用品，几户人家平时把它们当作了自己的储藏室。

张弛皱着眉头在一旁停下警车，徒步朝里面走，看到满面愁容的刘队正从垃圾山深处艰难地往外走：“刘队，您找我？”

“人找到了，你进去看看吧。”

这种场景和口气似曾相识，张弛深吸一口气，轻声说了句：“好的。”他头脑一片空白地往里面走，不确定会看到什么，但能确认的是，一定是自己不想看到的画面。

没走几步，他远远看到的先是端着相机起身又俯身忙碌着的陈庭，心又往下沉了一点。

看来，他画像上的人已经不是活人。

“尸体是谁发现的？”张弛穿过警戒线，俯视着眼前那具扭曲得有点滑稽的男人的尸体，这具尸体像是个废弃的人偶一样，被抛弃在这座垃圾山的深处。

“拾荒的人报的警。本来社区民警接到画像，都到他家里找了，他家人说从今早开始就没见过他，不知道去哪里混了。刚才家人也来辨认过了，确认是嫌疑人。”

张弛感到后背有点发冷——先是残缺的手指，后是光天化日下的尸体，这些在十年里都极少发生的恶性案件，高频率地集中在这个辖区，接下来，还会面对什么？隐藏的敌人到底是在针对谁、恐吓谁，或者说，还想要除掉谁？

倘若对象是顾志昌和小吴中的一个，他的目的已经达成。倘若只是怕同伙说漏嘴，或是怕被根据画像辨认出，那么为了消灭罪证，对同伙的凶狠程度也是到了穷凶极恶的地步。问题是，会不会有第三种可能？！

他看着尸体微睁的眼睛，之前小店老板自豪地挺直身板的样子又浮现在眼前：“我接到任务，就告诉乡亲们，不用怕，咱们公安对这个案子很重视，有了画像，谁是凶手一目了然，逃不了。我们的安全有保障。”他又想到老樊曾经对他说：“这帮人似乎连你的工作规律、生活作息都很清楚，聊的话题除了最近干的勾当就是你！”

张弛翻开笔记本，把其中的值班表翻开，寻找案发那天的值班人员名单，自己的名字赫然在列——师傅当天顶的就是自己的班！

他猛然觉得喉咙有点发干，他听到自己的声音很机械地从身体里发出来：“我现在应该去找找他的狱友了。”

顾志昌的遗体告别仪式在当天十点举行。刑警队内部的治丧小组成员在有序地忙碌着，负责签到的、联络殡仪馆工作人员的、引领宾客的、调试会场影音设备的……每个人都安静而沉默地完成着各个环节的内容。

顾世一袭黑衣，把原本并不瘦小的身体裹得小了一圈。在熙熙攘攘的人群中，她脸色苍白地站在大厅门口迎候父亲生前的好友，不过几分钟就会来一拨人马，张弛陪在她身边，看她恭恭敬敬地不怠慢每一个人，自己却抿着嘴强烈克制着即将滑落的眼泪，他说不出地心疼，也只能搬来个椅子，让她在间隙时坐下休息一会儿。

今天来的人远远超过了他们的想象，市局领导来了，分局局长来了，以前分管辖区的区长来了，甚至一些被他帮助过的老百姓都捧着花泪流满面地来了。张弛知道师傅并不是个讲究排场的人，或许只有最后一种人才是他真正在意的，但来者是客，他们也无从筛选，无力阻拦。

这时，大厅里一阵骚动，远处来了一群风尘仆仆的人，问着路，在工作人员的指引下，来到他们面前。听到他们自报家门，原来是顾志昌在兄弟省市出差时打过多次交道的刑警老朋友，特地从外地开车来和他见最后一面，顾世连声说："谢谢你们，我父亲知道你们来，一定会很高兴的。"说罢，眼泪汹涌而出。

这拨人红着眼眶进去了，市局领导张局长和一行人揣着手机，成群地快步走出来，还没走到跟前，就毕恭毕敬地弯腰伸出双手，向大厅边上一位身着白衬衫的中年男人致敬，张弛和顾世看到，白衬衫的身边还站着一位像是秘书的人，提着一只黑色真皮公文包。

张局长热情恳切地问候道："姚部长，一路上还顺利吧？"

姚部长个子不高，微微发福，一脸慈态，慢慢地点了点头，眼神却在人群里搜索："两个民警是在出警时牺牲的，该有的荣誉和待遇你们都要给落实了。"

"一定一定。"

"据说，民警子女就在我们公安队伍里，务必重点培养好了，给予政策优待，尽可能安排在相对安全的岗位，不要再有任何闪失了。"

张局长忙不迭地点头："好的，回头我们就研究培养方案和优待政策。"

"殉职民警的徒弟，就是之前那个犯罪模拟画像师？"

"对，他叫张弛，是老顾一手挖掘和培养的。"张局长一眼看到了张弛，招呼他过来。张弛低声嘱咐了顾世几句，扶她坐下，就几个大步朝他们走来。

姚部长看着虚弱的顾世慢慢坐下："这是你师傅的女儿？"

张弛点了点头，不放心地看着她，怕她在告别仪式开始前晕倒。

"你们先进去吧，我和他们聊两句。"姚部长示意张局长不用陪着自己。

姚部长对顾世安慰劝解了一番后，语重心长地对张弛说："我知道，你师傅在的时候，就对你寄予了很大的希望。你发展的平台大、机会多、速度快，也是对他的一种回报。你觉得呢？”

张弛明白他想说什么，婉转地说：“我师傅一向给予我选择的自由，我很感激他。”

“现在，我也给你一个选择的自由。下个月，我们公安部二所会成立画侦室，希望能请你来当主任。如果你对参与一线调查更感兴趣，也可以选择刑侦局技术处，待遇是一样的，生活上的事情也不用你来操心。”说完，姚部长拍拍他的肩，让秘书把慰问金交给顾世，就朝礼堂走去。

顾世看着张弛不语，脸上的表情相当复杂。两人互望了会儿，张弛说：“先不想这个，时间快到了，我们进去吧。”

告别仪式第二天，尽管大家一再劝说，顾世还是执意马上恢复上班的节奏，不想再继续沉沦在悲痛中。张弛知道她是在用工作来怀念师傅，这对于她的心情倒是有利无弊，因此并没有劝她半句。

早上七点，张弛就把车停在她家楼下，然后给她准备了早餐，让她可以多睡会儿，在车上慢慢吃。顾世上车后，沉默了半晌，劈头就问：“昨天部长说的事，考虑好了？”

部长的提议，他内心的第一反应是拒绝的。可是，他随即想到目前的处境：只要他多一天留在这里，和顾世走得近是没有办法遮掩的事情，那她的危险就会多一分。以她的个性，她丝毫不会畏惧，把顾虑说给她听只是徒增风险，无济于事。他还在组织语言，就听她说：“如果你要去，我不会拦你。但是，你忘记当初的决定了吗？”

张弛在心里苦笑，他的犹豫果然逃不过顾世的眼睛。只不过，原因恐怕并不是她所能猜想到的。想到这里，他内心有一种悲壮的大义凛然，面不改色地发动了车，不想解释。

顾世拆牛奶盒的手，也因此停滞在了半空中。她沉默了一两分钟，而后淡淡地说："如果你认为这件事和我没有关系，那就当我多嘴了。"

"你明白我不是这个意思。"

"那你就是后悔当初的选择了？什么不想当官、淡泊名利都是官话？"顾世咄咄逼人地看着他，"部里的实职领导，很多人工作了一辈子都没有这种机会，何况你专业对口，又有公安部副部长的钦点，将来仕途一路开阔，多好。"

顾世的每句话都深深刺痛了他，原来，他在她心里只是个重视世俗利益、出尔反尔的人。前方红灯，他在路口停了下来，沉重地凝视着顾世，这个出口伤人的丫头，到底脸上还是写满了不舍和倔强，故意把头扭向窗外，但胸口的一起一伏，明明表达了强烈的情绪，如果不是因为爱，还能是什么呢？

他们都明白，师傅顾志昌不是借口，权位发展更不是理由，张弛瞬间有点鼻酸，释然地微笑着道："你知道我原来一直是无牵无挂的人，自从有了师傅有了你。所以，如果是为了你留在这个城市，你很清楚，我是愿意的。"

顾世难以掩饰内心的宽慰，马上扭头问："真的吗？不会后悔？这样的机会不会有第三次了，你以后真不会怨我？"

张弛强压着心头的忐忑不安，把车开得飞快，微微点了点头："不过，你首先要为刚才看轻我，向我道歉。"

正说着，车停在了距离单位大院最近的路口。只要张弛接送，他们总是在这里上下车，两人的关系还没有公开。

“我才不。”顾世说着，轻快地跳下了车。他笑着目送她的背影，停在原地没有马上发动车，脸上的笑意随着她马尾辫的一甩一甩，一丝丝地流逝。

春节临近，满大街的张灯结彩，喜庆年歌在各大卖场超市循环播放，平时略显俗气的旋律倒也和佳节的氛围相得益彰，人们的购物欲望被高昂的人气激发得水涨船高。平时冷清的实体商场里，难得开始人头攒动起来。在川流不息的人群中，一个休闲装的男人，手提公文包，大步迈入一家时装店。热情的营业员笑脸相迎，没费多少工夫，帮他选定了一件大衣，将他引到沙发上休息，转身去库房里取合适的尺码。

她走进库房的那一刻，男人恶狠狠地抹了一下额头上的汗，脸色有些阴郁疲惫，随即站起身朝外走去，他的公文包还放在沙发脚下。营业员显然没有注意到，她和周围喜气洋洋选购心仪服装的顾客一样，以为这又是平凡普通的一天，并不知道外面的世界将会发生什么……

顾世杵在刑警队办公室门外有半小时了。她背靠墙壁，呆呆地站着，佯装看着手机，好像在等待着领导的样子，无视来来往往的同事对自己投来的异样眼光。

门虽然虚掩着，但她站的角度，里面说的每一句话都听得清晰无比。顾世听着张弛少有的唯唯诺诺，她的脸色越来越难看。

“你知不知道，我应该怎么和领导解释？！你是把自己当诸葛亮了，必须要三顾茅庐才肯去部里？”刘队压抑着愤怒的声音。部长那天找张弛，说是商量，但谁都明白，是尊重张弛的一种说法。人民警察，往往都是一块砖，没有多少自主选择的权利，张弛当然也不例外。

“给领导添麻烦了。是我不好。”张弛平和地低声回应。

“别和我来这一套！”刘队低吼着，“你这是故意给我添堵？你说，你父母在国外，又没有谈婚论嫁，没有拖家带口，怎么就不能换个城市更好地发展了？”

顾世在门外捏紧了手机，低头往门的方向又挪动了一点。

长久的沉默后，张弛的声音响起：“我对这座城市有感情，Y市我去过，水土不服，一去就生病。”

居然是这样的借口，顾世抿了抿嘴，胸口有点透不过气。

“不过，领导放心，既然我去不了部里，但是工作我可以做，分工不分家，我可以出差帮助提供破案线索，也可以义务培训讲课，保证毫无保留地把我的经验教训和其他省市的储备画师交流。”张弛提出了替代的解决方案，坚守着留在原单位的底线。

“你知道我们队的法医老王吧？”刘队问他，“多年前，有个公安部挂牌案件，上头看中了他，提出把他调到总部重点培养。当时，他谈了个未婚妻，对方父母强烈反对，说是如果不留下这门婚事就黄了。后来的情况你也知道了，他从此以后默默无闻，再也没有过这么好的机会，恐怕到退休都还是个普通民警。”

“每个人的价值观不同，只要能做好自己的本职工作，问心无愧就好，没有什么好遗憾的。”

刘队无可奈何地想：这小子主意太大，我口干舌燥地说了一个多小时，夸赞了，批评了，分析利弊了，甚至给出了种种许诺，他就是不为所动，却也不肯说出留在这里的真实原因，他到底想干什么？

一个电话打破了室内的僵局，刘队接起电话："哦，张弛，他正在我办公室，我让他来听。"

张弛接过电话，随后就是单一重复的"嗯""好的""明白"，交还听筒后，几乎是夺门而出，门外的顾世被吓了一跳。他看她的身体语言，随即明白了她在干什么，似乎并不意外，脚步匆匆，回头对她说："能不能借一步说话，到我办公室怎么样？"

她跟着他走进了办公室，自从小吴走了后，陈庭又常常跑外勤，这个空间几乎是他一人独占，虽然自由却略显冷清，尤其是小吴那个空着的办公位，大家默契地没有改变任何物品的摆放，好像他从未离开过，明天还会谈笑风生地出现在这里。

张弛关上门，劈头就说："我们刚才的对话，你应该都听到了，你一定想问我，为什么不说出不肯离开的真实原因？"

"那你有什么想告诉我的？"

"很多事，我没有办法和你解释清楚。"

"包括上头派给你的第一批徒弟，要朝夕相处教学一个月？"顾世的手把一支笔的笔盖反复地拔开又盖上。她第一时间看过学员的资料，这份公安部下发的文件是她取文件时顺带着交给内勤的。

学员名单上，大多是年轻漂亮的女警，来自各个省市的警校。全国正要全面展开犯罪模拟画师的培训计划，张弛是教官之一。

“这不是重要的事情。”张弛看着窗外，欲言又止。

在顾世看来，他的表情，恰恰是欲盖弥彰。

“那你来告诉我，什么对你来说才是重要的？”顾世的声音依然平静如水，但张弛能听出其中的暗潮汹涌。

他该怎么告诉她，是说“自己无所谓荣誉与职位，无所谓岗位与分工，能够依靠自己的专业技术，用智慧和勇气给法律应有的尊重，这才是自己坚守的信仰”？还是说“面对穷凶极恶的歹徒，战友深情抑或男欢女爱，在生死考验前都已经无足轻重”？这种发自真心却听上去冠冕堂皇的话，他说不出口，她也应该心知肚明。

有手机振动了一下，顾世下意识地查看手机，马上示意是他的手机在振动。张弛回过神，的确是自己的消息，他点开，居然是前方传来的最新视频。屏幕上，是他被派往的目标区域的步行街的街面监控：熙熙攘攘的人群穿梭在商场门口，不到两分钟，随着一声闷响，紧接着是一声巨响，沿街陈列的玻璃橱窗随之瓦解，一股浓烟从碎裂的玻璃处溢出。人们尖叫着，争先恐后地从多处出口潮水般涌出商场。

他不动声色地看着视频，把声音调到最小，余光里感觉到顾世不满的眼神无声扫过自己，马上点了快进。

屏幕上，出现的是一个男人泪流满面、惊慌失措的面容，他抱着满身是血的女人，跌跌撞撞地冲出人群，几乎是跪倒在商场门口。张弛的心猛地抽紧了，他好像看到了镜头里，是自己抱着奄奄一息的顾世，绝望无助地瘫倒在门口台阶上，瞬间惊出了一身冷汗。

张弛有点恍惚，突然喉咙发干："你刚才的问题，我想说的是，很多时候，对于成年人，感情并不能随自己的主观意愿转移，就像我现在明明想和你继续，却不得不暂时分开，这样对我们更好。"

顾世像不认识他一样不可置信地朝他看着，听着一句句陌生的话机械地从他嘴里蹦出来："长痛不如短痛，好在我们才刚刚开始，你也看到了，两个人都在刑警队会忙成什么样，我不能好好照顾你，你需要我陪的时候，我也都在出差加班，我不会是个称职的男朋友，你值得拥有更好的人。"

张弛看着顾世缓缓起身，她明显是在强忍着眼泪，可是，他无法阻止自己说出刚才那番口是心非的话，但也只有他知道，这样做对顾世最好。如果真有缘，那就来日再续。

"所以，刚才你在刘队面前只字不提我，是早就想好了？"顾世直视他的眼睛，眼神里满是他早已快淡忘的惯有冷漠。

张弛将错就错，不置可否地沉默。

顾世咬了咬嘴唇，语速加快，红着眼眶道："你不用有任何负担，事情没有那么复杂，我们只是一同工作的同事关系，你我从没有开始过，结束又从何谈起呢？"

这番话的效果达到了。张弛蒙了，杵在原地，张着嘴，一个字都说不出。过了许久，他才说："我马上要去H市报到，有个爆炸案和我们这儿的案子刚刚串并，估计这一去，最起码要两周时间。那么，就此作别吧。"他说着，想要给顾世一个大大的拥抱，顾世却别过头去，他回想起刚才的一番话，手颓废地垂了下来，眼睁睁看着顾世快步走了出去。

张弛闷闷地坐下来整理电脑里的相关案件资料，把随身携带的笔记本、画夹和画纸一并放进办公室角落的行李箱里。走出大院的时候，他扭头朝顾世办公室的窗口看了一眼，那里空空荡荡的，他的心里也是如此。滚烫的泪防不胜防地从眼眶里跌落出来。他有一种预感，顾世正在某个角落静悄悄地看着自己，他不敢再回头，只怕再看一眼，就会动摇用牺牲两人关系来保护她的心。

她或许永远不会知道，他就像答应师傅的那样，永远会用自己的方式，默默关注她，守护她，保证她的安全。即使自己的心因为她失望的眼神和疏远的表情而千疮百孔。

顾世在那一刻，是真的想扬手给他一巴掌，但是他眼底分明有着难以言说的隐情。她宁可相信他的说辞，却放不下自己的骄傲，口是心非的话便如脱缰之马，横冲直撞地闯了出来，把他的好意冲散得七零八落。

此刻的她躲在办公室窗帘后，这个角落隐蔽又安全，可以清楚地看到大院的出口，外面的人却无法看到她。她冲着张弛回望的脸挥手道别，心痛到无以复加。

这世上最亲近的两个人都离开了自己。

手挥着挥着，她蹲下身，她不知道这是短暂的告别还是一别再难见面的永别，只能在角落里掩面而泣。